講談社文庫

おもかげ

浅田次郎

JN054998

講談社

目次

おもかげ

第一章

旧友

たそがれとともに雪が落ちてきた。

降るでもなく、舞いもしない牡丹雪《ぼたんゆき》だった。フロントガラスに当たって潰《つぶ》れ、たちまちワイパーにかき消されてしまうひとひらが、はかない命に思えた。

時間の余裕はある。口やかましい秘書もいない。

「すまんが、病院に寄ってくれるか」

言葉が足りなかった。ルームミラーの中で、運転手がぎょっと目を剝いた。

「どこかお加減でも」

「いや。知り合いが入院しているんだ」

胸を撫《な》で下ろす気配が伝わった。社用車の運転手はいわば黒衣《くろご》のような存在だが、実は秘書や部下よりも、ときには家族よりも自分を気にかけているのではなかろうか、と思った。面と向き合わなくても、二人きりで過ごす時間は長い。ましてや彼は、常務取締役に上がって社用車が付いてから、ずっと堀田《ほった》憲雄《のりお》の専属ドライバーだった。

「かしこまりました。どちらの病院に」

「中野の国際病院、わかるかな。青梅街道を少し入ったところだが」

「はい、存じております」

運転手は配車予定表を一瞥《いちべつ》した。時間があると言っても、中野の病院に立ち寄ってから青山のレストランに向かうのは、やはり厳しい。病人の容態がよほど悪いのか、あるいは多少待たせても無礼に当たらぬ会食相手なのか、と読んだのだろう。

どちらも正解である。この運転手を七年も手放さずにいるのは、寡黙で勘がいいからだった。

首都高速に入ると、車は速度を上げた。トンネルを潜《くぐ》るたびに、重い牡丹雪は数を増すようだった。こうなると会食の時間よりも、郊外の傾斜地に建つ自宅に帰ることのほうが危ぶまれた。もっとも、意味のない接待を早めに切り上げる理由にはなるのだが。

「斎藤さんは、いつまでかな」

定年だのリタイアだのという言葉を避けて訊《たず》ねた。

「はい。再雇用も来年が限度です」

唐突な質問であろうに、用意されていたような答えが返ってきた。

街灯の光が車内をオレンジ色に染めて過ぎてゆく。あいつもこんなふうに、会社員としての余命を算《かぞ》えていたのだろうか、と思った。

竹脇正一《たけわきまさかず》とは、しばらく疎遠になっていた。最後に会ったのはいつだったかと考えても思い出せなかった。

本社の部長職から関連会社の役員として転出するとき、専務に上がっていた堀田を訪ねてきた。事前にわざわざ秘書室を通して、十五分間の面談時間を取ったのは、いかにも律義者の竹脇らしかった。

定年まであと一年というところで関連会社に出るのは順当な人事で、堀田が何を計らったわけでもなかった。給料はいくらか下がるが、定年は確実に五年延びる。いわばグループ内の天下りである。潔く辞めるならともかく、再雇用を申請して閑職にとどまるよりは、ずっといい方法にちがいなかった。

――いやあ、お蔭様《かげさま》で首がつながったよ。

――おいおい、俺は何もしてないよ。おまえのことなんかまるで忘れてたよ。

そんなやりとりのあとで、家族の消息を語り合った。そしてしきりに時計を気にしながら、きっかり十五分で竹脇は立ち上がった。

――落ち着いたら一杯やりたいね。

――ああ、そうしよう。連絡するよ。

けっして社交辞令ではなかったのに、約束は果たされなかった。旧友との一夜を作れないほど忙しかったはずはない。忘れていたのである。さもなくば、竹脇を何の利害もない人間としてなおざりにしていた。

車は初台で首都高速を下りた。相変わらず雪は降りしきっているが、この大粒のうちは積もることもあるまい。

「斎藤さんはナビを見ないね」

「はい。どうも信用できなくて」

「そうだね。世の中、信用できないものだらけになった」

「経験と勘のほうが、まちがいありません」

あれから六年が経つ。その間に一度も竹脇と出会わなかったはずはない。転出した関連会社のオフィスはすぐ近くだし、業務内容も本社とは深くかかわっている。たぶん何度もすれちがい、エレベーターに乗り合わせた。竹脇は頭を下げ、自分は声をかけなかった。いや、記憶にとどまっていないのだから、無視をしたのだろう。いつの間にかかつての親友を、四千人の従業員の一人、いや正しくは何万人もいる連結従業員の一人としか、思わなくなっていた。

取締役会議の資料に添付された退職者名簿の中に、「竹脇正一」の名前があった。六年前の名簿には転出先が記載されていたが、二度目の退職事由は「定年」であり、六十四歳と三六四日目に当たる日付が併記されていた。

名簿は堀田の知る名前ばかりである。定年後に再雇用された者も、竹脇のように関連会社の役員になった者も、同期入社は社長の堀田を除いて今年が限界だった。

だからと言って、特段の感慨を抱いたわけではなかった。百人の新規採用があれば、百人が辞めてゆく。ただし退職期日は一律ではないから、月例報告されるというだけの話である。

散会のあと、常務のひとりが席にやってきて、プリントを指し示しながら訊ねた。

——社長。この竹脇さんという方はご存じですね。

——ああ、同期入社だよ。

竹脇の定年期日は過ぎていた。役員を務めていた関連会社はアパレル・ブランドの製造販売であり、常務は繊維部門の担当役員であるから、身内で一席設けるのだろうと思った。ならば同期の社長に声をかけぬ手はない。

ところが、話は意外だった。

送別会は三日前に終わっていた。多忙な社長を煩《わずら》わせるな、というのは竹脇の希望だったらしい。そして、後輩たちに送り出された帰り途《みち》に、地下鉄の車内で倒れた。

金曜の晩の出来事である。週明けの会議のあとで堀田に伝えたのは、責めるほどのことではなかった。

――で、具合はどうなんだ。

――詳しくは知りません。一応お耳に入れておいたほうがいいか、と思いまして。

本社の担当常務ならばたぶん送別会の主賓格で、乾杯の音頭を取ったあと早々に引き揚げただろう。詳細を知るはずはなく、むろん知る必要もない。

社長室に戻って竹脇の自宅に電話をしたが、繫がらなかった。思いついて、掛けたためしもない携帯電話の番号に打つと、あんがいのことに妻が出た。

同じ社宅に住んでいたころには毎日のように聞いていた声を、堀田の耳は覚えていた。

意識が戻らないのだ、とその声が言った。お忙しいのだからお気になさらず、とも。

「せいぜい十分か十五分。ここで待っていてくれ」

車は玄関に付けず、駐車場に入れた。社用車から乗り降りするところを、竹脇の家族や会社の人間に見られたくなかった。

運転手のさしかける傘を拒んで、堀田は降りしきる雪の中を歩き出した。せいぜい十分か十五分。意識が戻っていないのなら、長居をしても仕方あるまい。

ちょうど夕食の時間なのだろうか、病室の窓からは光が溢れていて、人影も多かった。

増築を重ねた古い病院である。いかにも高層病棟に建て替えそこねて、こうなるほかはなかった、というふうに見えた。一部を立体化した駐車場も、外来診療の時間帯はとうてい間に合うまい。

ふと堀田は、大手町の本社ビルを建て替えたころのことを思い出した。

戦前に建てられた六階建の旧社屋は、空襲にも耐えて、一時期はGHQに接収されていたという。その社屋で働いたのはほんの一年足らずだったが、化石の埋まった大理石の階段や、真鍮《しんちゅう》の蛇腹が付いたエレベーターは、今もありありと思い出すことができた。

堀田と竹脇は同じ繊維部門の営業部で机を並べていた。入社一年目の主な業務は、オフィスの引越しだった。今ならば専門業者にそっくり委託するだろうが、好景気にもかかわらず合理性を考えぬ時代だった。研修をおえた夏の盛りから、新入社員たちは段ボール箱を担いで、大手町のオフィス街を往還した。

雪の帳《とばり》の中に佇む古い病院は、その旧社屋を彷彿させた。何百もの病床があって、そのひとつひとつが命にかかわっているのだから、いっぺんに建て替えることは不可能なのだろう。都内の古い病院には、こんなふうに増築をくり返したものが多いように思う。

近付くほどにいよいよ、白い外壁や小さな窓や、その下に行儀よく並んだエアコンの室外機が、旧社屋の外観に似てきた。

竹脇は送別会の帰りに、地下鉄の車内で倒れたという。荻窪の自宅から会社までの、通い慣れた丸ノ内線の車内である。そしておそらく、新中野の駅から担ぎ出された。

堀田は病棟を見上げて溜息をついた。その夜、旧友が帰り途を見失って、懐かしい社屋に似たこの病院に迷いこんだような気がしたのだった。

面会受付で記名をしようとして、ボールペンの先が止まった。竹脇のフルネームが、とっさに出てこなかった。

思い出しても漢字がわからずに、「マサカズ」と書いた。職員が打ちこんだパソコンの画面に、「竹脇正一」と表示された。何やら淋しい名前に思えた。

「集中治療室ですので、面会ができるかどうかはナース・ステーションでお訊ね下さい」

冷ややかな言い方が腹立たしかった。だが、面会者の感情をいちいち気遣っていたのでは仕事になるまい、と思い直した。つまり、口のきき方が悪いのではなく、自分の耳がそうした物言いに慣れていないのだ。

手渡された案内図を頼りに、集中治療室へと向かった。東棟の二階。増築を重ねた病院の内部は複雑だった。

堀田憲雄にはこれといった持病がない。同年配では珍しいはずである。今になって考えれば、順調に出世できたのも体力と健康に負うところが大きかった。

義理に絡まぬ性格だから、病気見舞いをすることもほとんどなかった。むしろ思い立って竹脇を見舞う自分が意外だった。

配膳車があわただしく行き交う病棟の喧噪とはうらはらに、東棟の二階は静謐《せいひつ》だった。一歩ごとに生が退《しりぞ》き、そのぶん正確に、死が浸潤してくるように思えた。

十分だの十五分だのと、時間を区切った自分を堀田は訝《いぶか》しんだ。そもそもここには追いつめられた命があるばかりで、時計の針が示すような営為は何もなかった。

病棟を隔てる扉の前で、足がすくんでしまった。このまま引き返そうかと思った。旧友に対して、ことさら淡白であり続けたおのれを堀田は恥じた。それは、社内人事がいわゆるラインで決定してゆく現実に、ずっと懐疑していたからなのだが、だにしてもあえて遠ざけるほど、竹脇正一は悪い人間ではなかった。いや、かけがえのない親友だった。

そして結果としては、やはりすり寄ってくる者を引き立て、欲のない者を追いやった。

濡れたコートを脱ぐと、ようやく肚《はら》が据わった。冷淡ではあっても、怯懦《きょうだ》であってはならないと思った。

「ご面会ですね」

看護師に声をかけられて、堀田は小さく友の名を告げた。

ひときわ明るい空間の中央に、半円形のカウンターに囲まれたナース・ステーションがあり、そこから目の行き渡る範囲に、カーテンで仕切られたベッドが並んでいた。

命の境に立つ病人たちの姿はあからさまだった。こうした光景を初めて見る自分は、そのことだけでもよほど幸運な人間であるにちがいなかった。現に同い齢《どし》の竹脇正一が、この集中治療室のどこかで、意識を欠いたまま横たわっているのである。

父は二十年前に心筋梗塞で急死している。海外に赴任中の出来事であったから、死に目には会えなかった。九十歳になる母は今も矍鑠《かくしゃく》たるもので、妻を煩わせるどころか家事を担ってくれている。

やはりどう考えても、この齢になるまで人の生き死にに立ち会ったためしがなかった。むろん齢なりの苦労はあったけれど、死や病や事故といった人間の不幸に、直接触れていないのはたしかだった。

もしや自分を社長の地位に押し上げたものは、上司の引きでも実力でもなく、持って生まれた強運なのではないかと堀田は思った。

その伝で言うなら、竹脇は運のない男だった。生い立ちは不遇で、聞くも語るもつらいほどの話であったから、なるべく話題に上らぬよう気を遣った。

幼な子を交通事故で失った。同じ社宅に住み、同じ齢ごろの子供があったから他人《ひと》事ではすまなかった。正気を欠いてしまった夫婦を別れさせないよう、堀田は心を摧いた。

　仕事上のトラブルも、竹脇には運命のようについて回った。それらの多くは、けっして彼の落度ではなかった。たまたまその場に居合わせてしまったか、さもなくば要領の悪い好人物のせいにされてしまったかの、どちらかだった。

「竹脇さあん、ご面会です」

　余分なことは何も言わずに、看護師は立ち去った。

　医療機器に囲まれ、チューブに搦《から》め捕られて友は眠っていた。豊かな白髪の上に降り積むような窓ごしの雪が哀れだった。ああ、ああ、と声にならぬ声が唇を震わせた。

「あー、何だってよォ、タケちゃん」

　ベッドの縁《へり》を摑《つか》んで身を支え、堀田は忘れかけていた友の名を呼んだ。

妻

堀田憲雄の来訪は思いがけなかった。

夫の携帯電話に連絡が入ったときも、すぐにはそうとわからぬほど疎遠になっていた。ましてや本社の社長となれば、旧知の仲を口に出すことすら憚《はばか》られる人だった。

具合を聞かれて、意識が戻らないと答えると、堀田は電話の向こうで黙りこくってしまった。節子もすっかり取り乱していて、事の次第や詳しい病状を説明した記憶はない。

およそ二十年ぶりの邂逅《かいこう》だろうか。夫が赴任していた上海の事務所に堀田が立ち寄って、夕食を共にして以来だった。

そのうち二人の間にどの程度の交誼《こうぎ》があったのか、節子は知らない。夫は仕事の話を口にしない人だし、同期の出世頭だと思えば、堀田の消息を訊ねることも気が引けた。

たいしたものだよなあ。あいつにはかなわないよ。

堀田が昇進するつど、夫はわがことのように喜んで節子に伝えた。嫉妬心などはかけらもなくて、心から親友を誇らしく思っている様子だった。

きっとあなたも引っ張り上げてくれるわ。

あまり物を考えずにそんなことを言うと、夫の顔がたちまち曇った。

冗談よ、と節子は言葉を濁した。夫は学級委員の優等生がそのまま大きくなったように潔癖な性格で、冗談の通用しないこともしばしばだった。

そんなふうだから、堀田が出世してゆくほどに、夫はむしろみずから距離を置いたのだと思う。歯痒《はがゆ》くはなかった。夫のあらゆる属性の中で節子が何よりも愛しているのは、見映えのする長身でも、ユーモアのセンスでも、どこかあっけらかんとした明るさでもなくて、肝心なところは頑として譲らぬ、その潔癖さなのだから。

奇妙なことに、思いがけなく集中治療室に入ってきた堀田は、椅子から立ち上がった節子がまるで視野に入らぬようだった。腕にかけていたコートを取り落として、すがりつくようにベッドのパイプを握りしめ、「あー、何だってよォ、タケちゃん」と、呻くように言った。それから、まさかと思う間に顔を両手で被《おお》って慟哭《どうこく》した。引きも切らずに訪れる見舞客は、励ましこそすれ嘆きはしなかった。

きっと夫は死んでしまうのだと、節子は初めて思った。

「ああ、これはどうも」

堀田がようやく顔を上げて言った。節子に気が付かなかったのか、気付いてはいても感情が先に立ってしまったのか、よくわからなかった。

「きょうになって聞いたものですから。びっくりしました」

堀田はハンカチで瞼を拭った。取り乱したことを恥じるふうはなかった。これほど仲が良かったのに、社会的な立場が二人を疎遠にしていたのだと、節子は知った。

「お忙しいでしょうに、わざわざありがとうございます」

言葉には細心の注意を払わなければならなかった。何を言おうが、嫌味や愚痴になりそうな気がした。

「ご容態は、どうなのですか」

ありのままを告げてよいものかどうか、節子は迷った。だが、嘆いてくれた堀田に、言葉を濁すのは水臭いと思った。

「きびしいらしいです。出血がひどくて、脳圧も高いから手術はできないそうです」

堀田が窓を見上げて、太い息をついた。

「きびしい」という医師の文言が、命の瀬戸際を意味していることは知っている。わかりやすく言うなら、たぶん「危篤」だろう。だが節子には、現実味がなかった。

脳出血は助かるものなら手術をする。見込みがないのなら、はなから手術はしない。そんな話を聞いた憶《おぼ》えがあった。きっとCT画像で、正確な判定ができるのだろう。

医師を問い質す勇気はないが、実に夫にはその判定が下ったのだと思う。

「金曜の送別会も知らなかったんです。聞いてさえいれば、何はさておき出席しました。奥様も同席されなかったのですね」

「どうする、と訊かれましたけど、とてもとても」

堀田ならばわかってくれるだろう。おそらく送る側の人たちからそう勧められたのだろうが、夫は女房を人前に出すことを嫌がるし、節子も得意ではなかった。古くさい夫婦なのだ。

「でも、セッちゃんのせいじゃないよ」

雪を見上げたまま、堀田がふと昔のままの口ぶりで言ってくれた。それはふいに時間を踏みたがえたような唐突さだったが、節子の胸は温《ぬく》もった。

パイプ椅子を開いて堀田に勧めた。いくらか太ったようだが、老けたとは思わなかった。

「堀田さんは、変わらないですね」

「いや、それを言うなら、セッちゃんはまるで変わらない。竹脇は幸せだな」

節子は三日前の出来事を、問わず語りに話し始めた。

送別会の催された十二月十六日は、夫の六十五回目の誕生日の翌日、すなわち定年退職の翌々日だった。ずいぶん間のいい話だと節子は思ったが、夫に言わせれば「在職中にやられるよりはまし」なのだそうだ。師走の忙しいさなかに、縁の深かった社員たちの日程をすり合わせるのは容易ではなく、金曜日の午後五時というはんぱな時刻に落ちついたらしい。

なるほどその時間帯ならば、義理を果たしたあとで仕事に戻るなり、接待の席に向かうなりできるだろう。

夫は早い時間からいそいそと仕度を始めた。きのうまでとどこも変わらない服装だった。白いワイシャツに地味なネクタイ。若いころからスーツは紺と決まっていた。

健康にはさほど不安がなかった。深酒はしないし、タバコはとうにやめていた。血圧は年なりに高めというところで、気にするほどではなかったはずだ。コレステロールと中性脂肪を減らす薬は嚥《の》んでいたが、だから病気だとも言えまい。

どこも変わった様子はなかった。ふだんとまったく同様に、玄関先で「行ってきます」「行ってらっしゃい」と言った。

きのうはさしたる感慨もなかったのに、冬枯れた桜並木を遠ざかってゆく後ろ姿を、これが見納めだと思ったのはたしかだった。虫の知らせであったのかもしれない。

それから節子はリビングルームにパンフレットを拡げて、夫に任せていたらいつになるかわからない海外旅行の計画を練った。

夫婦の時間は、このさきたっぷりあると思っていた。持て余すほどの時間が。

上海と北京に、つごう六年も赴任していた中国はもうたくさん。ここはやはり、縁のなかったヨーロッパだろう。パック・ツアーは面倒がないが、夫も節子も人付き合いが得意ではない。ならばいっそのこと、お金も時間もかけた個人旅行を計画してみようか。

夫は英語も達者だし、海外出張には慣れているし、新しい人生を歩み出す二度目の新婚旅行だと思えば、けっして贅沢ではない。

そんなことを考えながらパンフレットや雑誌を散らかし、思いついて衛星放送の旅行番組を見た。何の不安もない、豊饒な時間だった。

ソファでまどろんでいると、電話が鳴った。とっさに時計を見たのは、何か悪い予兆を感じたからなのだろう。八時十五分という時刻もはっきりと覚えている。その瞬間に、節子の豊饒な時間は絶たれた。

——竹脇正一さんのお宅ですか。

はじめのその一言で、あらましを察知したような気がする。まったく意想外の出来事であるにもかかわらず、まるでプレゼントの箱を開いた瞬間のように、すべてが瞭《あきら》かになってしまった。だからそれからのやりとりは記憶にない。

それでも思いのほか落ち着いていたのは、そもそも病だの死だのというものが、夫に似合わないからだった。節子の耳は緊急の電話を、なぜか他人事のように聞いていた。

火の元を確認し、留守を悟られない程度に灯火を残し、きちんと戸締まりをして家を出た。青梅街道まで歩いて乗りつけぬタクシーに向かって手を上げたとき、ようやく事の重大さを知った。バスや地下鉄に乗る場合ではないと、目覚めた体が呑気な心に命じたのだった。

「送別会なら、車ぐらいつけるのが当然だよ。申しわけなかった」

「堀田さんのせいじゃないわ。遅かれ早かれこういうことにはなっていたんですもの。気になさらないで」

だが、節子にはわかっていた。夫は事前に、車での送迎を断っていたにちがいなかった。

贈られた花束を抱えて、ホテルのエントランスを去る夫の姿を、節子は胸に描いた。

「そうそう、立派なお花をいただいたの。地下鉄の中でもずっと持っていたらしくて。誰が見ても送別会の帰りでしょうに、恥ずかしくなかったのかしら」

堀田の目が花を探した。夫とともに救急車で運ばれてきた花束は、集中治療室には持ちこめなかった。今も病院のどこかで咲いていてくれればいい。

「いかにも竹脇らしいね」

「傍目を気にしない」

「そうじゃなくて、貰った花を誰かに回すことも、ホテルに置いていくこともできなかったんだ。いや、そんなふうには考えもしなかったんじゃないかな」

「みなさんのお気持ちですものね。でも、それってこの人らしいんですか」

うん、と堀田は声に出して肯いた。

「セッちゃんならわかるだろう」

「そりゃあ、わかりますけどねえ」

四十年を連れ添っても、夫にはいまだに節子の知りえぬ顔がある。それは夫にとっての節子も同じだろうと思う。世間の夫婦はどうか知らないが、二人にはたがいの過去を詮索しないという、暗黙の掟があった。

「すみません、お茶も出せなくって」

「こちらこそ、うっかりしていてお見舞も持ってこなかった」

「意識はなくても、耳は聴こえているかもしれないんですって」

「へえ、そういうものかね。それじゃあ、めったなことは言えない」

「花心なんてないですよ、この人。観葉植物の鉢が増えてくると、ジャングルみたいだって言うの」

「男なんてそんなものだよ。僕だって同じさ。きれいだと思うよりも、うっとうしくなる」

「奥様、お元気かしら」

「相変わらずベランダに花を咲かせているよ。見舞いに来させてもかまわないかな」

「ぜひお会いしたいけど、お気遣いなく」

堀田は薄い掛布団の上から、夫の足を握ってくれた。

「セッちゃんに、花を見せたかったんじゃないか」

その一言は応えた。花束を抱いて地下鉄のドアにもたれる夫の姿が、瞼にうかんだのだった。

そうかもしれない、と節子は思った。

「申しわけないんだが、このあと予定が入っていてね」

腕時計を確かめて、堀田が言った。

「あら、すっかりお引き止めしちゃって。わざわざありがとうございました」

節子は心から頭を下げた。帰りがてらに立ち寄ったのではなく、これからまた都心に引き返すのだろう。あわただしいスケジュールの合間を縫って、堀田は駆けつけてくれた。

「茜《あかね》ちゃんは、お元気？」

「はい。産休中なので、付き添ってられないの」

「へえ、知らなかった。竹脇もじいさんだったのか。お祝いもしなかったなあ」

「孫は二人ですよ。年子で」

娘の名前を覚えていてくれたことが嬉しかった。

「堀田さん、お孫さんは？」

「実はうちも二人。孫じゃなくって、子供の子供」

「え、子供の子供？」

「そうだよ。まだ孫だとは思いたくない」

堀田は声を殺して笑った。夫も似た者だ。まちがっても「ジイジイ」などとは呼ばせない、と言っていた。

帰りぎわに夫の顔を覗きこんで、堀田は囁きかけた。

「おい、竹脇。いいかげんに目を覚ませ。おまえには言いたいことが山ほどあるんだ」

冗談には聞こえなかった。家族の知りえぬ会社という世界に、夫は住んでいたのだと思った。

「あの、堀田さん」

節子は去りかける背中を呼び止めた。これだけは伝えておかなければならない。

「うちの人、とても感謝していました。何から何まで堀田さんのおかげだって、ずっと口癖みたいに。ありがとうございました」

背を向けたまま諾《うべな》うでも否むでもなく、「じゃあ」とだけ言い残して堀田は病室を出て行った。何の他意もなく、ただ夫の心を代弁したつもりだったが、かえって堀田をとまどわせてしまったのかもしれなかった。会社というもうひとつの世界を、節子は何も知らなかった。

窓辺に倚《よ》って、降りしきる雪の中を傘もささずに歩いてゆく堀田の姿を見送った。

義理

目の前でおっさんがコケた。

両足が空回りしたと思ったら、物のみごとにスッテンコロリン。あんまり鮮やかなもんで、つい笑っちまった。

俺のせいじゃねえよな。けど、俺の前で倒れたんだから無視はできねえ。幸いここは病院だし、ケガをしても面倒はねえんだ。

「大丈夫ですか。頭とか打ってないよね」

俺はおっさんを扶《たす》け起こした。おんもてェー。しがみつくなって。

どうやら頭は打ってねえようだけど、肘が痛そうだ。

「手とか、折れましたかね。何なら救急センターとか行きますか。すぐそこだから」

「いや、何ともないようです」

おっさんかと思ったら、けっこうジジイでやんの。たいした貫禄だから、社長さんとかかもしれねえ。

社長？　――もしかして、本社の社長じゃねえの。同期だか何だかで、昔同じ社宅に住んでて、女房がちっちぇえときかわいがってもらったとかいう。

ありえねー。あんなでっかい会社の社長が、うちのおやじの見舞いにくるわけねえだろ。

一瞬、目が合った。もし社長さんだったらまずいぜ。なにせ現場帰りのワークマンスタイルだもんな。

「革靴、ヤバいっすよ。積もり始めたから。ほら、こういうのでなくちゃ」

俺はおろしたての安全靴で地べたを蹴った。二十七センチ。新宿萬年屋のブランド品。女房が誕生日にプレゼントしてくれた。泣けるぜ。

「いやァ、みっともないところをお見せしました。ありがとうございます」

握手かよ。ふつうジジイはこんなことしねえから、マジ商社マンとかじゃねえの。

俺は考えることをやめて歩き出した。こっちはそれどころじゃねえんだ。おやじが死んじまうかもしれねえ。

現場にいても、気が気じゃなかった。ケータイが鳴るたびに、心臓が止まりそうになった。あんまり落ちつかないものだから、親方に足場には登るなと言われた。

一歩ごとに安全靴が重くなる。夢ならばいいと思う。おやじが死ぬのはいやだ。どうしてもいやだ。ずっと眠ったままでもいいから、俺のそばにいてほしい。


東病棟とのつなぎ目まできて、どうにもやりきれなくなった。眠ったままのおやじも、急に老けこんじまったおふくろの顔も、見たくはなかった。

熱い缶コーヒーを買って、長椅子に腰を下ろした。ああ、タバコ喫《す》いてえ。

ほんとうなら、俺が子供らの面倒を見て、女房が付き添うんだろうな。どこの家だって、そうするんだろうな。

でも俺は、なるたけ女房に悲しい思いはさせたくない。だから、ミルクのやり方がよくわからねえとか、おしめなんか替えたくねえとか言って、病院にやってくる。もともと他人の俺がこんなにもつらいんだから、実の娘の女房は百倍ぐらいつらいと思うし。

俺は窓ごしの雪を見上げた。何だってこんな日に降るんだ。きれいでもロマンチックでもねえぞ。でも、缶コーヒーはやっぱりうまいからふしぎだ。

おやじと初めて会った日のことを思い出した。クソ、切ねえじゃねえか。

やっぱりちらちらと小雪の舞う寒い日だった。親方がネクタイを締めた紳士を現場に連れてきた。誰もが施主さんだと思ったろうけど、俺はピンときた。茜のおやじだって。立つ瀬がねえよ。こっちから行かなきゃなんねえと思っているうち、先に来られちまった。

自動販売機で熱い缶コーヒーを買って、材木の上に並んで腰かけた。親方はどっかに行っちまうし、職人たちはこっちを見てへらへら笑ってるし、俺はもう、今このとき核戦争でも始まればいいと思ったぐらいだった。

――あんがいうまいものだな。

――え。コーヒー、飲まないんすか。

――いや、コーヒーは好きだが、缶コーヒーは飲んだことがなかったんだ。

それからおやじは、くそまじめに言った。

ベストセラー商品というのは、大勢の人が買うんじゃない。一部のハードユーザーが毎日買うんだって。

そんなの知らねえよ。でも、何だかおやじがとても大切なことを教えてくれたような気がして、涙が出た。泣きながらやっと言った。

――俺、ダメすか。

――ダメじゃないよ。ちっとも。

――親とか、いねえし。

――それがどうした。

――齢下だけど。三つも。

――金のわらじさ。

――え。何すか、それ。

――齢上のかみさんを貰うと、男は出世するんだ。

あのとき俺は、逃げ腰になっていた。その場から逃げ出すんじゃなくて、あやまってすむことなら茜と別れてもいいと思っていた。図体《ずうたい》のわりには、ビビリなんだ。

――高校中退すよ。親方に拾われなきゃ、やくざになってます。

――その親方が、まちがいないと言っている。

思わず立ち上がって、親方を目で探した。ふざけんなよ、どこへ行っちまったんだ。

――そりゃまあ、齢のわりには叩けるほうだと思いますけど。

俺は足場を見上げて、「コラ、手ェ休めんな」と後輩たちを叱った。やつらはみんな高校や高専を出ている。中には大学を卒業して、建築士の資格を持っているやつもいた。でも、グレたおかげでキャリアは俺が一番だった。いや、キャリアばかりじゃねえぞ。生まれつき手先は器用だし、ビビリの分だけ仕事はていねいだと思う。

——俺、何もねえんだけど。

——当たり前だ。生まれてくるとき、何か持っていたか。

——けど、途中でいろいろ手に入れる。

——死ぬときは何も持っていけない。

おやじの言葉がありがたかったわけじゃない。まるで親方の鉋《かんな》仕事みてえに、俺のビビリや劣等感が削ぎ落とされて、茜を愛していると思った。

——すんません。現場まできてもらって。

俺は少年院《ネンシヨウ》じこみの気を付けをして、おやじに頭を下げた。茜さんを下さいなんて、教科書みてえなことは言えなかった。言おうとしたんだけど、グズグズ泣いちまった。

やっと親方が現れた。どこ行ってたんだよ、ひでえじゃねえか。でも俺は、やっぱり核戦争が起きなくてよかったと思った。

その晩、おやじと親方と俺はそこいらの居酒屋で、正体のなくなるまで飲んだ。真夜中に荻窪の家になだれこんで、おふくろと女房をたまげさせた。

どうだァ、いい普請だろうと、親方はてめえの家みてえに言った。それは親方が独立して、初めて手がけた家なんだそうだ。

冷えた体にコーヒーがしみ渡る。おやじに飲ましてやりてえけど、まさか点滴で入れるわけにもいかねえし。

もう丸三日も飲み食いしてねえんだろ。だから俺も昼飯を抜いてる。ダイエットなんかじゃなくって、ほかにしてやれることが何もねえから。

思いついて、おふくろの分の缶コーヒーを買った。たぶん飲んだことがねえんじゃねえかな。ワークコートのポケットの中で熱い缶を握りしめると、何もできねえてめえがいよいよ情けなくなった。

おふくろは俺たちの結婚に反対だったろう。目に入れても痛くねえほどかわいい一人娘を、どうして俺みてえな男にくれてやらなきゃならねえんだ。でも、文句はこれっぽっちもつけなかった。

事務所のアルバイトが施主さんの娘だと知ってりゃあ、ちょっかい出すわけねえよ。こう見えて俺は、女とのゴタゴタを起こしたことがなかった。

付き合い始めて一年も経ってから、おやじと親方が幼なじみの親友だと聞いた。茜の言い方だと、「私のおとうさんと社長が」だ。

バカヤロー、そういうことは早く言えっつーの。酔っ払ったあげくのまちがいだって、よっぽどやべえ話だぜ。もっとも女房は、頭も顔も気立てもいいけど、天然なんだから仕方ねえ。きっとどうでもいいことだと思ってたんだろう。

よくねえよ。俺はその晩のうちに親方を叩き起こして、玄能で頭を割られるのを覚悟で白状した。奥さんが止めに入ってくれなきゃ、「大工惨殺事件」になるところだった。

おめえどうするんだよ、と訊かれたから「結婚します」と言った。プロポーズをする前に親方と約束しちまった。ダッセー。

茜はそのころ、大手のデパートに就職していた。ただの店員じゃあねえ。バリバリの総合職とかいうスーパーキャリアだ。で、現場が雨で休みになった日に、初めて新宿のデパートを訪ねて婚約指輪を買った。

高いものなんだから茜の実績にもなると思ったし、社員割引はデカい。夜はスタバで待ち合わせをして、茜の好きなベトナム料理を食いに行った。スタバは禁煙だし、俺は香草が苦手なんだけど。

あんたはバカか、と言いながら、茜は指輪をはめた手で顔を被って泣いた。

そんなこんなで、なかなか荻窪の家を訪ねる気にはなれなかった。

二人の子供の父親になっても、俺はあのころと変わっちゃいない。やっぱ今も集中治療室に行くのが怖くて、こんなところで缶コーヒーを飲んでいる。

婿に入るつもりだった。どうせ親も家もねえんだから、「大野《おおの》武志《たけし》」なんて名前には何の未練もなかった。てか、その名前は好きじゃなかった。

――タケワキ・タケシじゃ、婿さん丸出しだろう。やめとけ。

あっさりとおやじは言った。何も考えてねえみたいに。

いや、マジで何も考えてなかった。タケワキ・タケシじゃ語呂が悪い、ってことしか。

結婚式もやらなくていいと言った。けど、それじゃあ茜がかわいそうだから、うんと地味な披露宴をやった。披露宴じゃねえな。新郎新婦だけ貸衣裳を着た、普段着の宴会。

俺はずっと考えていた。やっぱ気に入らねえんだよなあ、どこの馬の骨ともわからねえガテン系の男なんて、誰にも見せたくねえんだろうなあ、って。ずいぶん悩んだけど、そんなこと誰にも訊けねえし。

俺と茜はベタベタ付き合っていたわけじゃなかった。休みが合わねえんだから仕方ねえ。雨が降ったら休みなんて仕事は、世の中にそうそうあるわけねえだろ。工期に追われたら、夜明けから日の暮れるまで働きづめで、まるで江戸時代の大工だぜ。

だから、おやじとおふくろのことは、茜と一緒に暮らし始めてから、ぽつぽつ聞いた。それだって、茜もよくは知らねえんだ。ともかく、親類がいないのはおたがいさまなんだと。

たぶん一生聞けねえと思う。人間、口に出せる苦労なんてたかが知れてる。俺だってそのくらいのことはわかっていた。

何も知らねえ。けど、おやじは国立大学を出たエリートで、そのうえ茜を俺の嫁にしてくれた。それって、すごくね？

いけねえ、缶コーヒーが冷めちまう。俺はいくじのねえてめえを励まして歩き出した。廊下の先の、あの世とこの世を隔てる白い扉が迫ってくる。

なあ。まだくたばる齢じゃねえだろ。いつか娘たちにはめいっぱいハデな結婚式を挙げさせるから、見届けてくれよ。

開けっ放しの白い部屋の中で、おやじは眠っていた。

窓の外は雪。カーテンは閉めねえほうがいい。病室はあったかいし、愛想のない壁がだんだらに染まっている。大きい影と小さな影。こんな壁紙があってもいいな、と俺は思った。

おふくろはおやじの頭を撫でていて、缶コーヒーを差し出すまで俺に気付かなかった。

「飲んだことねえかもしんねえけど」

「あるわよ」

へえ、そうなんだ。俺はプルトップを開けて、おふくろに手渡した。

「具合、どうなんすか」

「相変わらず。経過観察ですって」

悪く考えたくはないけど、それって何だか絶望的な気がする。じっと観察してたって、何が変わるとも思えねえし。

「きょうは俺がついてっから、家帰ってちょっとでも寝ろよ」

おふくろの答えは溜息になった。

「なあ。二人で経過観察してたって、しょうがねえし」

それだけはお願いって、女房も言っていた。ここにはパイプ椅子があるきりで、横になれるのは廊下の長椅子だけだった。

やっぱ俺じゃダメなんかな。俺が子供らの面倒を見て茜が病院に来れば、おふくろも家に帰って寝られんのかな。

ちがうちがう、これは俺の務めだ。結婚したとき、親方に言われたことを俺は忘れない。「いいか、タケシ。義理は義務だぞ」って。ふだんは小難しいことなんて何も言わねえのに、親方は貸衣裳の紋付の肩を掴んで、はっきりとそう言った。

血の繋がった親子ならテキトーにやったって許されるけど、義理の仲なら何だって義務だ。たぶんそういう意味だろうと思う。

だから今の俺の務めは、子供らを寝かしつけることじゃない。

「それじゃ、そこでちょっと横になるわ」

「そこいらじゃダメだって。コンビニで弁当買って、家に帰って寝ろよ。シャワーぐれえ浴びねえと、おやじに嫌われるぞ」

もうちょっとやさしい言い方ができりゃいいんだけど、俺には無理だ。ボキャブラリーが足んねえ。

「ありがとね、タケシ君」

頭なんか下げるなって。つらいぜ。

幼なじみ

永山徹《ながやまとおる》が病院に着いたのは、夜の八時を回ったころである。

面会時間は七時までだが、集中治療室はその限りではない。救急受付でサインをして、バッジをもらうだけでよかった。つまり、病院のルールに従わなくてもいいくらい、竹脇正一は重篤なのである。

急を聞いて駆けつけた晩は、会うこともできなかった。翌日も、きのうの日曜も、チューブでがんじがらめになった寝顔を眺めているしかなかった。

綿雪の降りしきる中に、救急車が停まっていた。回転する赤いランプが煽《あお》り立つ炎に見えて、永山は立ちすくんだ。

救急隊員がストレッチャーを下ろし、看護師たちがあわただしく引いて行った。

正一が担ぎこまれたのは、三日前のちょうど今ごろだったのだろう。意識を失ったまま、あんなふうに。

救急車のランプが消えるまで、永山は雪の中に佇んでいた。

他人事じゃないんだからね、と妻は言い続けている。だが永山はその忠告を素直には聞けなかった。正一を他人だとは思えないからだった。

親友という言い方は中《あた》らない。だったらまだしも、三十何年か前に自宅を建てた大工と、施主だと言ったほうが正しい気がする。しかしそれ以前からの、長いつきあいだった。

兄弟みたい、というのはたがいの妻の口癖だが、齢は同じだし、外見も性格も似ているところはなかった。

幼なじみ、という便利な言葉がある。これならばまんざら嘘ではなし、気心が知れていて当然だから、人に訊かれたときにはしばしばそう答えてきた。

作業衣のボア襟にしみこんでくる、湿った雪である。あたりが落ち着くのを見計らって、永山は受付に向かった。

永山徹。六十五歳。この年齢を書くたびに、我がことながら信じられない気分になる。六十五といえば、昔は立派な年寄りだった。たとえば夏には日がな一日、縁台に腰を下ろして往来を眺めていたり、冬にはどてらにくるまって火鉢の灰を掻いているような。

あの老人たちと同じだけの時間を生きてきたはずなのに、自分はあちこちの現場を駆け回っており、正一は地下鉄で通勤していた。

永山徹は大の医者嫌い、薬嫌いである。もっとも、六十五という年齢からすると、それだけ健康だと言えるのだが。

さんざ待たされたうえに、偉そうな白衣と向き合えば無性に腹が立つ。だからまっさきに計測される血圧の数値などは信じない。

風邪薬や下痢止めは嚥むが、降圧剤を処方されようものなら女房に悟られる前に捨てる。現場で急に血圧が下がればよほど危ないと思うからである。

組合の健康診断を受けるたびに、高コレステロールだの高脂血症だのと言われるが、この薬もただちに捨てる。

どうも同じことを言われて同じ薬を嚥んでいるやつが多すぎる。みんなが同じ症状ならば病気ではなく、それが正常であるはずだから、病院や医者の都合だろうと永山は読んでいた。余分な薬を嚥まされて肝臓をこわすのはごめんだ。

居酒屋でそんな話をしていたら、竹脇正一は「あ、忘れてた」と言って食後の薬を嚥んだ。深酒もせずタバコも喫わず、ダイエットとは無縁の正一が病気なら、俺はとっくに死んでいるだろうと思ったものだ。

やめとけ、と言った記憶がある。むろんなかば冗談だったのだが、まさか本当に薬をやめてこんなことになったわけではなかろうな、と永山はずっと考えていた。

愛想のない廊下が続く。正一がどうなろうと、これでいっそう病院が嫌いになるのはたしかだと思った。

駆けつけた晩に看護師から関係を訊かれて、「幼なじみです」と答えた。あのとき、兄弟だの親類だのと言えば会わせてもらえたのだろうか。

幼なじみ。ほかに言いようはあるか。

もともと縁もゆかりもない。一滴の血も繋がってはいない。だが正一は、かけがえのない幼なじみだった。

俯《うつむ》いた武志の横顔を、雪降る窓が縁取っていた。

「ごくろうさん。セッちゃんは?」

「家に帰りました。ずっと付きっ切りだし」

武志が椅子を譲った。

「変わりねえようだなあ」

「夢とか、見てるんすかね」

「どうだか。いい夢ならいいけどな」

「うなされたりしねえから、悪い夢じゃないすよ」

光に溢れたお花畑の中を歩いて、川のほとりで誰かに追い返されるなどという話を、いつか酒の肴にできればいい。

だが正一には、その追い返してくれる人間がいないのではないか、と思うとたまらなく不安になった。いくら何でも、そこまでの不公平はあるまいが。

「年が明けて落ち着いたら、おふくろと二人してドックに入るって言ってたのにな。二泊三日で五十万とかいう、ホテルみてえな病院でさ。パンフまで見せてくれたんだ」

その話は永山も聞いていた。女房と海外旅行をするつもりなのだが、六十五と六十二ならこっちが先だろう、と正一は笑った。

「さっさと済ませてりゃな」

「いくら暇になったからって、年の瀬にドックもねえもんだろ。それよか、親方もドックに入ったほうがいいよ。おやじと同い齢なんだから。五十万出せば、きっと痛くも苦しくもねえし」

「二晩も禁酒禁煙だってかい。死んだほうがマシだ」

「勘弁してくれよォ、親方」

切実に武志は言った。もしこのうえ自分に万一のことがあったなら、こいつはさぞかし大変だろうと永山は思った。

現場は四ヵ所。工期通りに進めなければ後がつかえている。古株は根っからの叩き大工で、会社のことなど何もわからない。いずれは武志にすべてを任せるつもりだが、まだ十年も先の話だと思っている。

だが、その十年は勝手な思いこみなのだと、正一が教えてくれたようなものだった。

「おまえ、飯食ってねえだろ。俺が見てるから、そこいらで食ってこい」

武志は見かけによらず繊細で、あんがい勘もいい。しばらく二人きりにしてくれという永山の気持ちを、とっさに汲《く》んでくれた。


なあ、正一。

いいかげん目を覚ましてくれよ。他人みたいな顔をしてはいるが、夜は眠れないし、飯も咽《のど》を通らない。酒もまずい。タバコだけが倍になった。

セッちゃんからの電話を受け取ったときは、鮨屋の椅子を倒して立ち上がった。何も聞かないうちから、何が起こったのかわかった。

設計士の先生と事務所で打ち合わせをして、帰りがてら鮨屋に寄った。カウンターに座っていくらも経たないうちに、作業服のポケットで電話が鳴った。

——もしもし、トオルさん？

発信者の名前は「竹脇正一」なのに、いきなりセッちゃんの声が聞こえれば、ほかに考えようはないだろう。おまえが口のきけない体になっている、としか。

そのまま店から飛び出して、タクシーを捕まえた。俺が駆けつけたところで、何がどうなるものでもないんだがな。

小さなおまえが、悪ガキどもに囲まれて痛めつけられているような気がした。茶畑の中を走ってくる俺の姿を見ると、やつらはちりぢりに逃げ去った。

五十何年も前の話さ。だが俺には、きのうのことのように思えた。いいかげんにしろ、またかよ、って。

このごろでは、ああいうわかりやすいいじめッ子はいなくなったらしい。そのかわり、陰湿になった。

風景もすっかり様変わりした。茶畑も、芝畑も、もうどこにもありはしない。道路はみな舗装されて、砂利道すらなくなった。

タクシーの窓から、明るい夜の景色を眺めているうちに、五十何年も経ったんだなと思った。そしてようやく、現実を認めた。

東京都下西多摩郡。いつか東京と地続きの住宅街になるなんて、想像もしていなかった。中央線と西武線の駅の間を、ボンネットバスが繋いでいた。土煙を巻き上げて、エンジンを唸らせながらのんびりと。

もともと縁もゆかりもない土地だった。だから中学を卒業したらさっさと出て行こうと思っていた。だが、地元の大工に弟子入りしたのが運の尽きで、結局は居ついちまった。幼なじみもいるにはいるが、たいていはテナント・ビルや賃貸マンションのオーナーさ。

「おい、マサカズ。寒くねえか。どこか痛えとか痒いとか」

俺は耳元で言った。声は聞こえているかもしれないから。

チューブだらけの手を握っても、反応はなかった。体温は同じくらいなのに、俺の手はじっとりと湿っていて、正一の手はひからびていた。

ずっと考え続けていることがある。

もし意識を回復する望みがないなら、医者は家族に決断を迫るかもしれない。だが、誰が何と言おうと俺は反対する。まちがっても、楽にしてやろうなどとは思わない。

十年だろうが二十年だろうが、病院代は俺が持つ。そのうち俺が同じ目に遭ったなら、一緒に死なせてくれればいい。

「なあ、それでいいよな」

俺は禿頭の額にひからびた手の甲を押し当てて懇願した。

これまで一度だって、おまえに頭を下げたことがあるか。だったらいっぺんぐらい聞いてくれ。勝手に死ぬな。

ずいぶん気持ちよさそうな寝顔だが、おまえまさか、変な納得をしているんじゃなかろうな。

これでいいとか、上出来だったとか、もう思い残すことはない、とか。

そんなはずはないぞ。会社のことや家族のことはさておくとしても、おまえはまだまだ不幸の分を取り返しちゃいない。

精いっぱい働いて、退職金もしこたま貰って、女房子供も幸せだろうが、おまえの人生はまだ釣り合っちゃいない。納得するのはこのさき二十年か三十年、悠々自適の年金生活を送ってからだ。

そういう人生ならば、俺だって四の五の言わずに笑って送り出してやる。

まだだ。まだまだだ。

俺たちがどんな思いをしてここまでたどり着いたか、よく考えてみろ。

戦後復興が何だった。東京オリンピックが何だった。高度経済成長なんて、俺たちにとっちゃまるで他人事だったろう。

それだけ頑張ったとは言わない。努力をしたかどうかなんて、わからない。ただ、世間の人に片ッ端から頭を下げ続けなければ、生きられなかったのはたしかだ。

そんな人生を、取り返したはずはないぞ。


「竹脇さあん、点滴かえましょうねえ」

看護師の声で永山徹は目覚めた。病人の手の甲に俯《うつぶ》せたまま、まどろんでしまった。

意識のない人間にいちいち声はかけまいから、自分を起こしたのだとわかった。

「いやあ、うっかりした」

「お休みになるのなら、廊下の長椅子をお使い下さいね。毛布もありますから」

笑顔のやさしい、熟練の看護師である。

「暗くしないいんですか」

「お顔色の見える程度にしておきます」

「眩《まぶ》しくねえかな」

「文句を言ってくれればいいんですけどね」

「眩しくて寝られねえぞォ、って」

二人して小さく笑った。口ぶりからすると、家族ではないが親しい仲だと察したのだろう。「幼なじみ」のほかに、うまい言い方はないものだろうかと永山は思った。

「二人とも親がなかったものでね」

え、と看護師の手が止まった。赤の他人に愚痴をこぼしたためしはない。言ったとたんに唇が寒くなった。よほど参っているのか、それとも齢を食ったかの、どちらかだ。

「戦争ですか？」

「いやいや、そんなじいさんじゃないよ」

同い齢の二人は、戦争が終わって六年目に生まれた。いわゆる戦災孤児とは世代がちがうと思っていたのだが、この齢になれば見分けがつくまい。

「交通事故でね。昔はひどかったんですよ。今の倍くらい人が死んだ」

「竹脇さんも、ですか」

「いや、こいつの事情はよく知らないけど、ずっと同じ施設で育ったんです」

これでわかってくれるだろうと思った。ただの幼なじみではない、と。

「その話、誰にもコレだよ」

永山は人差指を立てて唇に当てた。正一の事情を知っているのは自分だけだと思う。たぶん節子にも娘にも、詳しい説明はしていないはずだ。恥ずかしい話だとは思わないが、なかった過去にしなければ、まともに生きてこられなかった。

永山は集中治療室を出て、廊下の長椅子に横たわった。じきに看護師が毛布を持ってきてくれた。

雪が積もり始めたのだろうか。瞼を閉じると、深いしじまが迫ってきた。

何の記憶もないというのはおかしい。たぶん、考えないようにしているうちに、何もかも忘れてしまったのだろう。

父と母はオートバイに二人乗りをしていて、事故を起こしたのだと聞いていた。その事実だけが頭に残っているのは、いくらか年が行ってから、施設の先生か誰かに聞かされたのだと思う。

詳しくは知らない。だが、いつの間にか想像が凝り固まって、その現場を目《ま》のあたりにしたような気がしてきた。

都電のレールがてらてらと輝く真夏の午下《ひる》がり、父はちょっとイカれたアロハシャツを着て、バイクを飛ばしている。スカーフで髪を被った母は、後ろの座席に横座りして、父の背中に頬を寄せている。

バイクは黄色の信号を突進して、都電の緑色の車体に吸いこまれる。父と母の体が妖精のように天を舞う。

昔はヘルメットをかぶらなくてもよかったらしい。多くの女性は後ろの席に跨がることを羞《はじら》って、横座りに乗っていた。交叉点《こうさてん》の信号も、赤と青が同時に変わった。

だが、そうした想像はけっしてむごたらしくもなく、厭わしくもなかった。たとえば、神風特攻隊の勇壮で哀切なイメージと、どこか似通っていた。

まるで見てきたように、イカれたアロハシャツを父に着せたり、母に白いドレスを着せ、レースの日傘を小脇に挟ませてサングラスまでかけさせたのは、その想像が美しいものだったからだ。

だから永山は、飽くことなく想像をくり返した。交叉点のあちこちに佇み、ときには都電の運転士になったり、交番の巡査になったりして、父母の死を見届けた。しかし何と言っても最も胸の轟く視点は、一瞬ののちの死に向かって驀進《ばくしん》する、父の目だった。

想像をやめたのは、大人になってからである。何かの拍子に、正一が言ったのだ。

――おまえの親、交通事故じゃないかもしれないな。そういうことにすれば面倒がないだろう。

頭のいい正一が考えたのだから、そうなのかもしれないと思った。ましてや正一は、永山よりもずっと世間を知っていた。

毛布の中で、しめやかに通り過ぎる女の気配を感じたが、重い瞼は開かなかった。

第二章

マダム・ネージュ

ここはどこだ。

僕はいったい、何をしている。

どうやらベッドに寝ているらしいが、薬でも嗅がされたのか、体が動かなかった。だが、恐怖感はない。それどころか、ぽかぽかと暖かくて、とても幸せな気分だった。

白い壁を無数の影が伝い落ちている。さて何だろうと考えているうちに、外は雪なのだと気付いた。

雪降る夜に、絵も花もない白い部屋で、麻薬か何かを打たれて寝ている、ということはわかった。

誘拐されたか。いやいや、定年をおえてこれから年金生活に入る男を攫《さら》って、いったい何の得がある。もし人違いか勘違いだとしたら、大迷惑だ。

もう少し考えてみよう。

ええと、何だっけ。そうだ、送別会。「竹脇正一さんを送る夕べ」。不愉快なタイトルだが、ほかに言いようはないのだから仕方がない。

しかしまあ、よくもあれだけ集まってくれたものだ。百人の上はいたんじゃないか。会場の出入りは激しかったから、延べ人数はその倍もいたと思う。五時から七時すぎまで、ずっといてくれた暇なやつらだけで百人。ありがたい話じゃないか。たかが関連会社の役員のために、本社の社員やOBまでがわざわざ来てくれるなんて。

若い連中からは毛嫌いされていると思っていた。コンプライアンスだのハラスメントだのという言葉は、はなから僕らの世代を標的にしていた。

自分では当然の言動だと信じているから、そうそう改まるはずはない。たぶん僕は、コンプライアンスなんてくそくらえの、パワハラとセクハラの宝庫みたいな上司だったと思う。

最後の挨拶でステージに立ったとき、あちらこちらに泣いているやつがいたからびっくりした。

「おまえら、嘘泣きだろう。手のこんだ台本だなあ」

とっさのギャグが受けなくて、背筋が凍りついた。それから何をしゃべったのか、まるで覚えていない。

帰りのハイヤーは断わった。べつだん理由はない。地下鉄で帰りたかっただけだ。花束は。もちろん持って帰るさ。女子社員が泣く泣くくれた花を、捨てられるものか。

それから、どうしたっけ――。

赤坂見附の駅から地下鉄に乗った。国鉄はＪＲに変わってもなじめたが、「東京メトロ」はいつまでたっても「チカテツ」だ。

荻窪に家を建てたのは、地下鉄の始発駅だったからで、ほかにこれといった理由はなかった。二十三区内の始発駅に住むというのは、何よりの贅沢だと思った。

年齢からすると少し早い気もしたが、ちょうど地価が急上昇を始めたころで、今しかないとも思った。

はんぱな時間なのに、車内はあんがい混んでいた。いつもドアの近くに乗るのは、横着をしているわけではない。まさかとは思うが、もし奇特な若者に席を譲られたら、さぞかしショックだろう。むろん、シルバーシートには近寄らない。

セルフ・イメージは四十五歳。だがこのごろ鏡に向き合うと、実年齢よりも老けているような気がする。心も体も錆《さ》びていないはずだが、顔つきやちょっとしたしぐさを見て、七十すぎの年寄りだと思う若者もいるかもしれなかった。

新宿で席が空いても座らなかった。何でも、立っているだけで足腰は鍛えられるらしい。それに、花束を胸に抱えて席に座る勇気はなかった。網棚に載せたら、たぶん忘れる。

中野坂上駅を出たあたりで、急に頭が痛くなった。いや、頭痛だの吐き気だのではなくて、かつて経験したこともない気分に襲われた。何を考える間もなく、立っていられなくなって、バーを握ったままずるずるとへたりこんだ。

乗客が騒いでいた。

「おかしいぞ」

「車掌さんを呼んで」

「わかりますか、しっかりして」

「動かしちゃだめだ」

わけがわからなかったが、嬉しかった。見ず知らずの人々が、僕を心配してくれていた。世の中がこんなに善意に満ちていたなんて、今の今まで知らなかった。

ありがとう、ありがとう、と僕は声にならない声でくり返した。いつも斜《しゃ》に構えて生きてきた自分が情けなかった。

新中野のプラットホームで、救急隊の担架に乗せられた。それからの記憶はない。


やっとわかった。

病院に担ぎこまれたんだ。それはそれで信じ難いけれど、テロリストに誘拐されるよりは、ずっとありうる話だろう。

脳か心臓か。どっちにしろ、かなりまずいことになっているらしい。

麻薬を打たれているのではなくて、体が麻痺している。ロープで縛りつけられているのではなく、チューブが絡みついている。

ピッ、ピッ、という電子音は爆弾のカウント・ダウンではなくて、心臓の拍動なのだ。

ベッドの脇のパイプ椅子に、誰かが座っていた。

節子か。いや、ちがう。もっとばあさんだ。

「あら、目が覚めたわね」

女は僕に向かってほほえみかけた。まったく見覚えのない顔だった。

ご近所の人でもなし、見舞いにきてくれるような親類はいない。節子の知り合いか、あるいはかつての上司の奥方か、とも思ったが、それにしては表情が親しげだった。

「よく寝てたわねえ。すっかり良くなったみたい」

「はい。ご心配をおかけしました」

すんなりと声が出た。

「あの、家内は」

「きょうはおうちに帰って寝てるわ。三日も付きっきりなのよ。感謝しなくちゃ」

「三日、ですか」

それは思いがけなかった。地下鉄の中で倒れたのは、つい今しがただと思っていた。

「そう。まるまる三日よ。まあ、眠っていれば三時間も三日も同じでしょうけれど」

「家内に知らせて下さい」

「ぐっすり眠ってるわよ。いい奥様だわ」

そういう言いぐさもないものだろう。きっとジムかエステの仲間なのだろうが、こういう仕切り屋のばあさんがいるという話は、節子から聞いたような気がする。

なるほど、齢なりに美しい人である。銀髪は短く整えられていて、青みがかったメガネがよく似合った。貴婦人の風格を感じさせた。

「あの、どなたでしたっけ」

老女はタートルネックのほっそりとした胸に手を当てて、何の衒《てら》いもためらいもなく名乗った。

「マダム・ネージュとお呼び」

ジョークか。まさか死神ではあるまいな。

マダム・雪《ネージュ》。

フランス語はからきしだが、それくらいの単語は知っている。

天から舞い降りた雪の精だとでも言いたいのか。それとも、「雪子《ゆきこ》」という名前なのか。いずれにしろ、いつの時代にもふしぎと同じ数だけいる、フランスかぶれの鼻持ちならない女なのだろう。

だが、このばあさんに限ってはあんがい様になっている。何年かはパリに住んでいたのかもしれない。だとすると、やはりかつての上司の奥方かと、もういちど考え直してみたが、どう記憶をたどっても思い当たるふしはなかった。

だいたいからして僕は、職場と私生活を混同する日本の習慣が大嫌いで、上司に対しては新入社員のころから盆暮れの付け届けなどもしたためしがなかった。

家族ぐるみの付き合いと言えるのは、若い時分に同じ社宅の向かい合わせに六年も暮らしていた、堀田憲雄ぐらいのものだ。その堀田の女房にしても、たしか節子より齢下だったはずだから、いくら社長夫人になったからといって、こうも老けこんでいるわけはない。

マダム・ネージュはほほえみ続けている。その謎めいた笑顔を見ているうちに、何だか難解なクイズに頭をひねっているような、楽しい気分になってきた。

僕は足元に視線を向けた。カーテンは開け放たれていて、その先にナース・ステーションのカウンターが見えた。夜勤の看護師が働いているが、この謎の見舞客を気に留めている様子はない。

「あの、マダム――」

「はい、何でしょう」

「病室をおまちがえじゃないですか」

まさかとは思うが、その可能性がないわけではない。マダムは僕よりもずっと齢上である。

「何言ってるの、あなた。ほら、シャンと目を覚ましなさい」

呆けているふうには見えない。それに、この病棟はおそらく、重篤な患者を収容しているのだろうから、徘徊老人が紛れこむこともなかろう。第一、看護師たちは知らん顔をしている。

可能性は否定された。考えなければ。僕はこれまでのわずかな会話を振り返った。そうだ。僕は目覚めるとまっさきに、女房の所在を訊ねた。

（きょうはおうちに帰って寝てるわ。三日も付きっきりなのよ。感謝しなくちゃ）

それがマダム・ネージュの回答だった。決定的なヒントである。

看病にくたびれ果てた節子が、隣のベッドの付添人に後を託していったん帰宅した、というのはどうだ。

壁というよりも、天井と足元に空間のある白いパーティションの向こう側には、マダムの亭主がチューブに繋がれて眠っている。そうした状況ならば相身たがい、「お疲れのようだから、きょうはおうちに帰ってお休みなさいな」という話になった。看護師たちも事の次第は了解ずみ。これですべて説明がつく。

「ご面倒をおかけします。ご主人の具合はいかがですか」

僕は自信たっぷりに訊ねた。しかし、マダム・ネージュはきょとんとした。

「あら、何か勘違いしてらっしゃるわね。わたくし、あいにくつれあいを持ちませんの」

「え。付き添いの方じゃないんですか」

マダムは筋張った手の甲を口元に当てて、ホホホ、と貴族的な笑い方をした。

僕は恥じ入った。クイズ番組でもよく見かける光景だが、イチかバチかの回答がはずれたならまだしも、自信満々の誤答ほど滑稽な場面はない。

そんなときは、節子と二人してテレビの前で笑い転げる。してやったり、という顔がたちまち壊れて、羞恥と絶望のいろに染まってゆくさまが、たまらなくおかしい。

たぶん今の僕も、そんなどうしようもない顔をしているのだろう。

誰なんだ、このばあさん。

僕自身の信ずるセオリーによると、あれこれ迷ったときの正解は最初の勘働きである。情報が混雑するほどに、常識的判断は遠のいてゆく。

そこで僕は、気を取り直して考えた。やはりマダムは、節子のジム仲間のばあさん。

悪い人じゃないし、私より一回りも齢上の人がよく頑張ってるなって思うんだけど、何となくうっとうしいのよ――。

めったに愚痴をこぼさぬ節子がそうまで言うからには、よほど腹に据えかねているのだろう。

「まあ、きれい。雪の夜って、ロマンチックよねえ」

窓辺に倚ったマダム・ネージュの影を、僕は目で追った。

たしかにその後ろ姿は、フィットネス・ジムに通って鍛え上げているように見える。痩せてはいても背筋がすっくりと伸びている。しかるべき筋肉がついているのだろう。七十代でこれだけのプロポーションを維持するのは、並大抵のことではあるまい。

節子の言う通り、「よく頑張ってる」のである。そうした努力と、その結果についての自負があれば、女王のように君臨するのも当然だろうと思った。

つまり、メンバーの女性たちからそれなりの敬意を払われているが、同時に疎《うと》ましくも思われている。

取り乱した節子が電話でもしたか。いや、それほど親しい仲ではあるまい。ジム仲間から人伝てに聞いて見舞いにきた。あるいは、病院でばったり出くわして、かくかくしかじか。自宅もジムも病院も同じ地下鉄の沿線で遠くはないから、これはどちらもありそうな話である。

悪いふうに考えるのはやめよう、と僕は思った。

マダムが善意の人であることにちがいはないのだから。

目をつむって反省した。どうもこのごろ、猜疑心が強くなったような気がする。もともとは何だっていいふうにしか考えない楽天家なのだが、六十を過ぎたころから悪意を警戒するようになった。

世の中のせいではない。体力が衰えた分だけ、何か事件や事故が起きる前に予防をしておこうとする、動物的な本能なのだろう。

しかし考えてみれば、それはずいぶん情けない話で、そうした本能の命ずるままに老いてゆけば、しまいには煮ても焼いても食えぬ偏屈な年寄りになってしまうと思う。

もっと寛容にならなければ。六十五年も生きてきたのだから、善悪の判断はきちんとできるはずだ。

「あなた、おなかすいたでしょう」

窓辺からベッドを見返って、マダムはどうしようもないことを言った。チューブに繋がれたまま三日も気絶していた人間に向かって、腹がへったかはあるまい。

さてどうだろうと、僕は自分の腹工合について考えた。

空腹感らしきものはない。たとえ胃の中がからっぽでも、必要な栄養分を点滴で補給されていれば、体は満足してしまうのだろうか。

咽の渇きもない。これもやはり血管に水分を注入しているせいなのだろう。

「あら、どうなさったの。神妙な顔をしちゃって」

「いえね、これっぱかしのことで人間は生きていられるんだなと思ったら、何だか虚《むな》しい気分になったんです」

僕はふと、飲み食いに捧げてきた膨大な金と時間について考えたのだった。

収入の何分の一かは食費で、少なくとも一日のうちの二時間や三時間は物を食っている。六十五年間のそれらの総和は、まさしく膨大だと思った。

「あなた、ご苦労なさったのね」

窓ガラスを白く曇らせて、マダムはしみじみと言った。僕は抗った。

「物を食わなければ生きていけないのは、誰しも同じですよ」

「いえ、そうじゃなくって。豊かな時代に育ったあなたたちは、食べることが楽しみだったはずだわ。でも、あなたのご感想は、そういうふうには聞こえない」

きっとマダムは、食おうにも食えぬ貧しい時代を生き抜いてきたのだろうと思った。しかしそうした誠実な苦労を、僕の人生に重ねてほしくはなかった。

自分がどれほど幸福な人間であるかを、僕はよく知っている。人類史上最も幸福な場所と時代に、生まれ合わせたからである。めくるめく高度経済成長の中で、「苦労」という言葉は死語になった。

　戦争はなかった。機会は均等だった。宿命的な困難には最大限の援助があった。そうした時代における「苦労」は、比喩的な表現か、さもなくば「努力不足」という意味だったと思う。少なくともそう考えなければ、幸福な僕らは苛酷な歴史に対する責任を負えない。

「苦労なんかしてやしませんよ。食いたいだけ食って、飲みたいだけ飲んだあげくがこのザマです」

　僕はチューブの絡みついた手を挙げて苦笑した。まったくその通りなのだ。

　年齢とともに食欲は旺盛になった。しかし都合のよいことに、体重はまったく変わらない。

　僕と同い齢の堀田憲雄は、この十年でまず十キロは太っただろう。永山徹もそれは同様だから、環境のちがいではないと思う。

　基礎代謝とかいうやつか。だが、節子もやはり体形が変わらないところを見ると、あんがい食事のメニューに配慮してくれているのかもしれない。

　代謝ではなく感謝。珠玉のオヤジギャグだが、義理笑いに苦慮する部下ももういないのだと思うと、ちょっぴり悲しかった。

もともとは食が細いほうで、接待の食事に供される会席料理やフレンチのフル・コースは、いつも持て余していた。人並みに食うようになったのは、五十を過ぎてからだと思う。

そのことを食卓の話題にしたら、節子は笑いながら、「ほかの欲望がなくなったのね」と言った。「えー、そうなんだァ」と娘も大笑いをした。

僕とちがって、節子にはユーモアの才能がある。茜も母親の遺伝子を継いでいる。だから僕がその言葉の意味を理解したのは、翌朝の地下鉄の車内だった。

ユーモアを欠く分だけ、僕は熟慮をする。だからその日は新聞も読まずに、大手町までずっと考え続けた。

人間にはさまざまの欲望がある。しかもそれらは均等ではない。だから、野心があるのに働き者ではなかったり、ショート・スリーパーのくせに健啖家《けんたんか》であったり、借金をしてまでギャンブルに入れあげたりする。そうした欲望を数値化して、バランス・グラフに表すことができるとしたら、大きくて美しい形ほど、ひとかどの人物と言えるのではなかろうか。すなわち、人間の器量である。たぶん僕は、形は悪くないが全体のサイズは小さいと思う。

そして、ここが肝心なところなのだが、個人的な欲望の総量は一定で、増えも減りもしない。だから年齢とともに形だけが変化する。つまり僕の場合は、性欲が減退した分だけ食欲が増大したのである。ほかならぬ女房の指摘なのだからまちがいなかろう。

地下鉄の改札を出たときようやくそこまで思い至って、僕は歩きながらほくそ笑んだものだった。

そんなことを考えているうちに、丸三日も点滴だけで生きている自分が、情けなくてたまらなくなった。

やはり飲み食いがどれほど手間のかかるものであろうと、健康な人間が点滴だけで生きていけるはずはない。つまり、ベッドに横たわったまま物を考えず筋肉も動かさないからこそ、過分のカロリーを必要としないのだ。

食えるものなら食ってやろう、と僕は思った。むろん食欲などはないが、人間の尊厳にかけて。

「言われてみれば、小腹がすいたような気がしますね」

「いいことだわ。それじゃ、何か食べに行きましょう」

「え、どこへ」

「それはあなた、三日ぶりのお食事ですもの。何かおいしいものを食べましょうよ」

「外へ、ですか」

「大丈夫よ。さ、行きましょう」

マダム・ネージュに肩を支えられて、僕は起き上がった。

「ちょっと。大丈夫なわけないでしょう。乱暴はやめて下さい」

体を縛《いまし》めていたチューブやコードが、紐がほどけるように、あるいは輪ゴムがはじけるように、次々と解け落ちた。

びっくりして両腕をさすった。点滴の針どころか、一片の絆創膏さえ触れなかった。

やはり夢なのだ。いや、夢にしてははっきりとしすぎているから、きっと点滴液の中に麻薬のようなものが含まれていて、幻覚を見ているのだろう。

そうにちがいない。マダムに手を引かれてベッドから下りた僕は、そのとたんスーツ姿に変わっていたのだから。

ついいつもの癖で、暗い窓に向き合った。服装に乱れはない。三日も寝たきりだったわりには、シャツの襟も緩んではいなかった。

「いい趣味のネクタイね。奥様のお見立てかしら」

「まさか。着るものを女房に選ばせたためしはないですよ。下着だって自分で買います」

「手のかからない旦那様ね」

自分のことは自分でする。それは子供のころからの習い性である。

髪を撫でつけ、スーツの前ボタンを留めると、雪の中に見慣れた僕が佇んでいた。

僕はクール・ビズとやらになじめなかった。そもそもの目的はエネルギー資源の節約だったはずだが、当初は高めに設定されていた社内の温度も、いつの間にか元に戻ってしまって、「夏にはノータイが可」という習慣だけが残っているように思える。

だいたいからして、ネクタイを締めていようがいまいが、さほど変わらない。ならばビジネスマンとしては、礼を失していると誤解されたり、だらしなく見えたりするほうがリスクだと思う。いや、理屈はともかくとして、自分自身が落ち着かない。

「キマッてるわ。さすがね」

「さすが、ですか」

「あなたは上背があるし、おなかも出てないわ。それに、背広っていうのは、やっぱり若いうちは垢抜けない」

「なかなかお上手ですよ、マダム」

「あら、お世辞じゃないわ。すてきよ」

「四十四年も着ていれば、誰だって垢抜けます。そのかわり、カジュアルはだめですね。ゴルフ・ウェアしか持ってなくて、これからは何を着ていいかわからない」

「いっそおうちでも背広を着てらしたら」

笑いながら思い出したことがある。

自宅の近所に、毎朝スーツ姿で犬と散歩をする老人がいた。頑固な個人経営者か、さもなくばよほど昔かたぎの紳士なのだろうと、さして気にも留めなかったのだが、今になって思えば、彼は「スーツの脱げない会社員」だったのかもしれない。名前も住まいもついぞ知らぬまま、あるときふいに姿を見かけなくなった。

もしそうだったとしたら、クール・ビズもあながち悪いものではあるまい、と僕は思い直した。少なくとも今後は、ネクタイを締めて犬と散歩をする老人がいなくなる。

「さあ、おいしいものを食べましょうね」

マダム・ネージュは僕の首にマフラーを掛け、コートを着せてくれた。乾いた女の匂いがした。

それにしても、すばらしい幻覚である。さまざまの薬物が流行した僕の青春時代には、「サイケデリック」という言葉があった。薬物のもたらす幻覚のような極彩色を、そんなふうに表現したのだ。

だが、この幻覚には格別の色も光もない。まさに、もうひとつの現実としか思えない。

革靴の足音を忍ばせながら、僕は病室を出た。ナース・ステーションに人影はない。

膝が嗤《わら》い、腿が震えた。三日ぶりに歩けばこういうことになるのだろうが、それにしてもリアルな幻覚である。

「あらまあ、みなさん大変だわ」

開け放たれたカーテンの向こう側に、チューブだらけの重病人が何人も眠っていた。文字通り枕を並べて、生死の境をさまよっている気の毒な人々なのだが、実は僕もそのうちのひとりなのである。

集中治療室とかいう場所なのだろう。しかし、ここに運びこまれた記憶はない。地下鉄の車内で大勢の人に励まされ、うつらうつらとするうちに担架に乗せられた。御《み》輿《こし》のように担ぎ上げられて階段を昇った。そこまでだ。

たぶん地下鉄をしばらく止めてしまったのだろう。乗客の中には急いでいる人もいただろうに、迷惑な話である。

まさかと思って振り返ると、瀕死の僕が眠っていた。

「気にしなくていいわよ」

マダムが僕の手を引いた。

「気になりますよ」

怖いことを考えてしまった。もしやこれは幻覚などではなく、僕の魂が肉体を抜け出て、どこかに行こうとしているのではないのか。

「ちょっと待って下さい、マダム」

「はい、何でしょう」

悪びれる様子はない。もっとも、これが彼女の使命ならば、正体がバレるような演技はするまいが。

「あなたは、いったい誰なのですか」

僕は面と向かって訊ねた。はたして、マダムの顔色が変わった。僕から目をそらして、困惑するふうをし、小さな溜息をついた。

「ですから、マダム・ネージュよ」

「いいかげんにして下さい。あなた、死神でしょう」

「ここは病院よ。人聞きの悪いことは言いっこなし」

それもそうだと、僕は思った。生死の境をさまよっている人々の前で、死神と言い争うようなまねをしてはならない。

「でも、これだけは言っておくわ。わたくし、死神なんかじゃなくってよ」

マダムは断言してくれた。


クライアントが明確な意思表示をした場合、どれほど不本意な回答であろうと問い直してはならない。

商談の基本である。納得できなくても、再交渉は日を改めて。

つまり、僕はマダム・ネージュの答えを信用したわけではないが、とりあえずホッとしたというふうに笑顔を繕《つくろ》った。

「ジョークですよ、マダム」

「わかっているわよ。ちょっときつい冗談ですけど」

「大騒ぎにならないかな」

「どうして？　ほら、あなたは眠ったままじゃないの」

依然として何事もなく眠り続ける僕自身に手を振って歩き出した。マダムが死神であるかどうかはともかく、萎《な》えすぼんでしまった足を少しでも動かしたかった。

一歩ごとに、下半身を血がめぐってゆく。白い扉が近付いてくる。

三日前の晩に、僕はストレッチャーに乗ってその扉を通り抜けた。むろん記憶はないが、ガラス越しの廊下の先から、今にも瀕死の僕が運ばれてくるような気がした。

(竹脇さあん、竹脇さあん、聞こえますかあ)

ストレッチャーを押しながら、看護師が呼び続けている。向こうへ行くな、帰っておいでとばかりに。

名前はたぶん、免許証かクレジットカードで確認したのだろう。

もうひとりの看護師は口に挿《さ》し込まれたバルーンを押し続けていて、若い救命救急医がストレッチャーの先端を曳いている。みんながみんな、文字通り懸命だ。

竹脇さんなんて、誰も知らないのに。

(がんばれ、がんばれ)

(竹脇さあん、竹脇さあん)

白い扉を開けてまぼろしが通り過ぎるとき、僕は武志や茜よりも若い彼らに向かって、思わず頭を下げた。心から、「申しわけない」と詫びた。

「ま、そういうこと」

マダムが小首をかしげて言った。

扉の外は幅の広い廊下で、患者の家族らしい人々が長椅子に腰を下ろしていた。医療サービスの進歩した昨今の病院では、むしろ意外な光景だった。仮眠をとる人、ぼんやりと壁を見つめる人、小声で囁き合う人。

家族の顔は見当たらない。僕は胸を撫で下ろした。

みんなさぞかし心配しているだろうが、眠ったままの僕に付き添っていたところで何が変わるわけでもないのだから、夜は家に帰って寝てほしい。節子ももう若くはないし、武志は年末の工期に追われているだろうし、茜は三人目の子供をみごもっている。

廊下の端の長椅子に、見覚えのある禿頭が横たわっていた。毛布を被《かぶ》った体を寒々しく丸めて、トオルが眠っていた。

きょうは俺に任せとけ、どうせ暇なんだからよ、か。

家族には負担をかけたくないのに、トオルがいてくれるのは嬉しかった。

「ぐっすりと寝てらっしゃるわ。起こしちゃだめよ」

マダムが僕の背中を押した。

「暇なはずはないんだよ。ほら、ブーツが泥だらけじゃないか」

声が尖ってしまった。トオルのことは僕が誰よりもよく知っている。マダムは僭越《せんえつ》だと思った。

「だったら、なおさら寝かしておいてあげなきゃいけないわ」

「どうせなら、一緒に飯を食いたいんですが」

「勝手をおっしゃらないで」

いったい何が勝手なのだろうと思いもしたが、そもそもこの状況が理解できないのだから、無理を言うわけにはいかない。

「どう。自分の足で歩く気分は」

ひとけの絶えた廊下を歩きながら、マダムが訊ねた。

「気持ちがいい。血がめぐって、痒くなりました」

それは実感である。大病とも大けがとも縁のなかった僕は、二本足で立ち上がってこの方、歩かなかった日は一日もないはずだった。

三日ぶりとなれば、実に初体験なのである。血液が膝やくるぶしの関節の錆を洗い落とし、太腿やふくらはぎの筋肉が熱くなる。たまらなく痒いのだが、皮膚のそれとはちがうここちよさだった。

マダムに導かれるまま階段を下りた。面会時間は過ぎているから、出入りは夜間受付なのだろう。

「こんなことをして、いいんですかね」

「かまやしないわよ」

窓口のガードマンは、僕らを気に留めなかった。訪問者はチェックするが、出て行く人はおかまいなし、というところか。

雪が降っていた。天使が花籠《はなかご》から振りまくような、やさしくてやわらかな綿雪だった。

東京にはこんな雪がよく似合う。舞うでもなく緞帳《どんちょう》のように滑り落ちて、とたんにアスファルトを黒く染めることしかできずに溶けてしまう雪が。

コートの襟を立てたのは自宅や会社を出るときの癖で、寒いわけではなかった。降りしきる雪とはうらはらに、体はぽかぽかと温かかった。

たとえば、幸福なまどろみのときにしか感じられない快さだった。おかげで僕は、面倒なことを考えられなくなった。

「さて、三日ぶりのお食事だわ。あなた、何を召し上がりたいかしら」

腹がへっているというわけではない。さしあたって食べたいものなど、思いつかなかった。

「すみません、マダム。食事は男がセッティングしなければならないのに」

「あら。あなた、紳士なのね」

マダムは感心したように僕を見つめ、腕を絡めてきた。それはとても自然なしぐさで、やはり欧米社会の生活になじんでいる人としか思えなかった。

あるいは――彼女の住まう死の世界にも、そうした慣習があるのかもしれないが。

「でも、きょうはわたくしにエスコートさせてね。たとえ紳士でも、病人は病人よ」

聞きようによっては怖い言葉だが、悪意は感じなかった。

美人は得だ。ましてやこんなふうにうまく年齢を重ねる女性は、パリにだってそうはいないだろう。いかんともしがたい容色の衰えを、気品と知性で凌駕《りょうが》してゆくのは、並大抵の努力ではない。

マダムの足どりは軽やかだった。背丈は節子と同じくらいだろうか。僕が死のうと生きようと、こんなふうに老いていってほしいものだ。

このまま見知らぬ世界に搦め捕られるのかもしれない。だが、人生で最も幸せに思える温度と湿度に絆《ほだ》されてしまった僕の頭は、思考を止めていた。

「地下鉄に乗りたいんだけど」

羞いながら、僕はマダムの耳元で言った。

え、と小さな声を上げて、マダムは僕を見上げた。

「地下鉄、ですって？」

そこは青梅街道の交叉点に近い路上だった。古いアーケードが、僕らを綿雪から庇《かば》ってくれていた。

蛍光灯がくたびれ果てたように瞬《またた》いていて、夜空は思いがけないほど暗くて広かった。

僕はマダムのコートの襟に溶けそこねた雪を指先で払った。

「そうね。どうせなら新宿に出ましょうか」

タクシーに向かって手を上げようとするマダムの肩を、僕は抱き寄せた。

「すみません。地下鉄に乗りたいんです」

「あなた、重病人よ」

「だから、もういちどだけ」

指を立てると、青みがかったメガネの奥で、マダムの瞳が潤《うる》んだ。

「地下鉄の中で倒れたのよ。ほら、そこから担ぎ出されて」

「知っています」

僕はアーケードの先に目を向けた。

ランプをあわただしく回転させて、救急車が停まっている。

（おーい、おーい、目を開けて、息をして）

闇に投げられた光の中に、僕を乗せた担架が上がってきた。

（名前は、名前）

（竹脇さん、タケワキ・ショウイチさん）

救命士が訊ね、駅員が答えた。そうじゃないって。ショウイチじゃなくて、マサカズ。

（竹脇さあん、がんばれえ、病院は近いからねえ）

通行人を振り返らせるほどの大声で、救命士が叫んだ。

（もう大丈夫だからね。しっかりして。がんばれ）

あれ。僕のすぐ隣で、ゲームに没頭していた若者じゃないか。やあ、ありがとう。君がこの騒動を仕切ってくれたんだね。

まぼろしの救急車が闇の向こうに消えてしまうまで、僕はすべての人々に「申しわけない」と詫び続けた。

「ま、そういうこと」

マダムは洟《はな》をかんでから、涙目で僕を見上げた。

「まったく、思い出したくもないでしょうに」

僕は暗くて広い青梅街道を見渡した。高速道路が架からなかったおかげで、この沿道には空がある。

「でも、ずっと地下鉄で通勤していたんですよ。毎日お世話になって、しまいにこのザマじゃ後味が悪い」

はたしてそんな理屈があるだろうか。

ふと、風景が暗く広く見えるのは、街路樹がすっかり葉を落としているせいもある、と思った。

この交叉点を境にして、新宿寄りはプラタナス。荻窪寄りはイチョウ。どうしてそんなことを知っているのか、自分でもわからない。

地下鉄の階段を降りた。温かな風が吹き上がってきた。変容を続ける東京の中で、昔と少しも変わらないのは、地下鉄の匂いだけかもしれない。だからこの風にあたるたびに、体も心もほっこりとくるみこまれるような安息を感じる。僕はふるさとを持たないが、これはきっと、帰るべき人を待つ風に似ている。

マダム・ネージュは財布から小銭を取り出して切符を買った。そのしぐさを見れば、どうやら死神ではなさそうなのだが、死神だからＰＡＳＭＯを持っていないのではないか、という疑念も湧いた。

「これ、お持ちじゃないんですか」

「ああ、わたくし、そういうものは信じませんの」

「便利ですよ」

「この齢になると、そうそう乗るわけでもありませんし。第一あなた、いつ使うかわからないのに、お代金を先払いしておくって、おかしな話じゃございませんこと？」

そういう理屈もあるだろう。今ではすっかり生活の一部になってしまって、疑いも抱かなくなったが、たしかこの種のカードが登場したときは、僕も同じようなことを考えた。「代金の先払い」とは思わないにしても、使われずに退蔵されている金額は莫大で、事業者が自由に運用できる無利子のデポジットなのではないか、などと考えたのである。

もっとも、このところ交通機関の運賃がさほど値上げされないのも、その運用益の還元とも思えるのだが。

マダムの腕を支えながらホームに向かった。

「足元に気をつけて。濡れてますからね」

「年寄り扱いしないで。おたがいさまよ」

そう、おたがいさまなのだ。

言われてみれば、ジム通いをしている年寄りより、三日ぶりに歩く年寄りのほうが危ないに決まっている。

「でも、あなたやさしいわね」

マダムは僕を見上げてほほえんだ。笑顔のいい人だ。

この沿線に長く住んでいるのだろうか、彼女の存在そのものが、古い地下鉄になじんでいるように思えた。若い人の目から見れば、きっと僕も同じなのだろうけれど。

白いタイルのくすみ具合も、いくらか波打った床も、太い円柱の艶も、人間と同様ごく自然に年老いていた。

僕が子供のころ、東京の地下鉄は銀座線と丸ノ内線の二本しかなかった。新宿止まりの丸ノ内線が荻窪まで延長されたのは、東京オリンピックの少し前だった。

「五十年以上も働きづめなのね」

「四十四年ですよ」

「あなたじゃなくって、地下鉄の話ですよ」

僕らはくすんだタイル壁に背中をあずけて地下鉄を待った。ホームドアが設けられた以外には、どこも変わっていないような気がした。

「子供のころは、地下鉄に乗るのが夢だったんです。もっと郊外に住んでいたので、都心に出たことがなかった」

　言ってしまってから、きつく目をとざした。幼い日の記憶は、僕自身が禁忌とするところだった。

　生まれ育ちの劣等感を排除し続けなければ、人並みに生きてゆけないと思った僕は、いつのころからか少年時代の記憶に蓋を被《き》せた。話題に上ればごまかしたし、考えそうになれば振り払った。

　そうした情けない努力によって、どうにかこうにか納得のゆく人生を歩んできたのはたしかなのだが、このごろは記憶の蓋も緩んでしまったらしい。

「地下鉄は静かですね」

　僕は話の先をそらした。

「そうかしら。やかましいじゃないの」

「雑音がないんです。ほら、来ましたよ」

　暗渠《あんきょ》の涯《はて》から車輪の轟きが近付いてきた。温かな風も濃くなった。地下鉄が来た。

　僕らは壁を離れて、ホームドアまで歩いた。靴音が谺《こだま》する。ここには雑音がない。大地の底は静謐で、人間は謙虚だった。

さしあたって考えねばならぬのは、マダム・ネージュの正体である。節子のジム仲間か、それとも死神か。むろん、すべてが夢だと考えるほうが合理的なのだが、やはり何もかもがはっきりとしすぎている。

たとえば、このレストラン。

新宿の高層ビルの、すこぶる贅沢な店であることはわかる。窓の外には、地上よりだいぶ細かな雪が降りしきっている。その帳《とばり》の向こうには、副都心の見なれた摩天楼が並んでいるが、ではこのビルがどこかと考えても思い当たらない。つまり視野に入っている建物をひとつずつ消去してゆくと、困ったことに答えがなくなってしまうのである。

関連会社に異動してからは接待の会食もめっきり減ったから、この数年の間に建った新しいビルなのかもしれない。

天井はむやみに高い。二層分は優にあるので、その造作だけでもよほど高級な店だとわかる。テーブルには白いクロスがかかり、ディナーの邪魔にならぬ程度のブーケを、燭台に灯もる炎が照らしている。

「メリー・クリスマス。少し気が早いかしら」

「メリー・クリスマス。何だかわけがわかりませんけれど」

シャンパン・グラスを合わせてから、口をつける前に僕は訊ねた。

「あの、これは僕の快気祝いでしょうか。それとも、今生《こんじょう》のなごりとか」

うまい切り口だと思ったのだが、マダムの微笑に往《い》なされてしまった。

「気の早いクリスマスよ。イブはぜひ奥様と」

もういちどグラスを掲げて、僕らはシャンパンを飲んだ。

三日ぶりに口から物が入った。乾いた砂にしみ入るようだ。この感覚の確かさが、夢やまぼろしであるはずはない。

目覚めてからずっと続いている幸福感がいよいよ増した。不幸は知恵を生むが、幸福は思考すらも停止させる。つまり今の僕は、まさにそうした状態にある。人間の心理ではなくて、獣性に由来するものだからどうしようもない。

地下鉄を降りてからしばらく人ごみを歩き、マダムに導かれてこの店を訪れた。女性にエスコートされた経験はかつてないのに、病み上がりの僕には何もできなかった。

店内はすいている。天井から足元までガラス張りなので、何組かの客とともに雪の中を浮揚しながら食事をとっているような錯覚にとらわれた。高いところは苦手なのだが、仕事がら飛行機も高層ビルも恐怖は感じない。

「いつの間に予約なさったのですか」

「雪の夜よ。時間も遅いし」

メニューを遠目に見ながら、マダムはさりげなくメガネを替えた。老眼鏡はお茶目な赤いフレームである。

「さて、三日ぶりのお食事ですから、消化のいいものじゃなくちゃいけないわね。おまかせ下さる？」

食欲はない。ただ人間の尊厳にかけて、物を食ってやろうと思っているだけだ。

マダムは僕の意思などまったくお構いなしに、さっさと注文をすませた。ウェイターとのやりとりには、どことなく親密さが感じられた。なじみの店なのかもしれなかった。

「シャネルがお似合いです」

「あら、お詳しいのね」

「ずっと繊維畑で、最後の職場はアパレル・ブランドでした」

「専門家だわ」

会社の繊維部門は、生糸や絹製品の輸出が国の主力産業であった時代からの伝統を受け継いでいた。むろん僕の世代では、他部門に比べて取扱高など知れていたが、それでもフラッグ・シップとしての誇りはあった。出世コースであることに変わりはなかったし、現に堀田社長も繊維畑の同僚だった。

だから、同じ部門の関連会社に出たことについてはまったく異存がなかったのだが、業務がアパレル産業に集約されてしまったのは、いささか心外だった。繊維という広汎な世界の中の、高級既製服《プレタポルテ》という小さな村に、ちんまりと安住してしまったような気がしたのである。

だが今にして思えば、理想的な落ち着き先だったのかもしれない。休暇も取れたし、接待は減ったし、何よりも定年を迎える日まで地下鉄で通勤することができた。

そうした僕の目から見たマダムは、シャネルの似合う稀有な日本人女性だった。人生のキャリアと豊かな恋愛経験。いくらか小柄で、痩せていて、知性などはないほうがいい。そのシンプルでナチュラルなデザインは、近代フランスのエスプリに対する反抗にちがいないのだから。

体にやさしいコンソメ・スープ。まずはここから、というマダムの心づかいである。

タートルネックのセーターの胸には、小さなダイヤモンドのペンダントが輝いていた。

「あの、マダム。つかぬことをお伺いしますけど、よろしいですか」

「はい、何なりと」

「ディナーのあとは、病院のベッドに帰していただけますよね」

「ほかのベッドは、おいや？」

僕はスープに噎《む》せた。ただでさえ用心しいしい嚥み下しているのである。

ジョークにはちがいないが、いくらかは真に受けた顔をしなければならない。

「妻が心配しますから」

今度はマダムが噎せた。

「心配も何も、あなたは眠り続けてらっしゃるのよ。病院に帰ろうが帰るまいが、同じでしょうに」

スープを平らげて口元を拭い、僕は意を決して言った。

「いえ、マダム。このままあなたと、どこかへ行ってしまうわけにはいかないんです」

ワインに口をつけてから、マダムは低い声で言った。

「どこかって、どこよ」

あの世。天国。冥土。彼岸。ジ・アザー・ワールド。どんな言い方をしようと、口に出すのはおぞましい。

「職場での定年が人生の定年だなんて、悲しすぎるじゃありませんか。たしかに僕から仕事を奪ったら、何の取柄もありません。これといった趣味もないし、さしあたってやりたいこともない。そういう人間は、もはや存在価値がないのでしょうか。だったら、もう少し適当に働いて、趣味だの夢だのを老後のために残しておけばよかった。でも、僕にはそんなことすら考える余裕はなかったんです」

怒りも嘆きもせず、僕は冷静に言った。運命に抗っても仕方ないが、理は僕にあると思った。

「怖れてはいませんよ。我ながらふしぎなくらい。でも、夫として、父親としての責任は果たしていません。いくら何でも――」

死んでも死に切れんと言いかけて、僕は口をつぐんだ。

「あなた、誤解してらっしゃるようね」

マダムはスプーンを置いてほほえんだ。

前菜はホタテのマリネ。僕の大好物だ。いったいに僕らの世代は、子供のころ肉になじんでいなかったせいで、シーフードを好む者が多い。

日本人が魚ばかり食べていた時代にも、ホタテは庶民には縁のない最高級の食材だった。初体験はあろうことか出張先のニューヨークだった。ロウアー・マンハッタンのシーフード・レストランで取引先と食事をし、scallopという単語を知らずに大恥をかいた。食べたこともなかったのだから、単語を知らなくても当たり前なのだが。

「それはあなた、無理もない話だわ。四十何年前といったら、貝といえばせいぜいアサリかシジミね」

「不景気とはいえ、贅沢な世の中になったものです」

生意気な言い方はやめよう。僕よりずっと齢上のマダムは、第二次大戦後の食糧難の時代を生き抜いてきたはずだ。

適切な話題がないとき、あるいはナーバスな問題に直面しているときの会食は、食べ物の話に限る。だが、それも僕が若い時分には、相手の年齢に配慮する必要があった。苦労知らずの若僧と見くびられるかもしれないし、先方が苦労譚《くろうたん》でも始めようものなら、たちまち席が湿る。

実際に社内でも、管理職の多くは軍隊経験者だったし、少し齢上の先輩はまだ食べ物が十分でない時代に育っていた。つまり、昭和二十六年生まれの僕は、満足に食えるようになった最初の世代だった。

ところで、マダム・ネージュはいったいいくつなのだろう。

不老不死の妖怪であるという疑念は捨てきれないが、やはり気にはなる。いつのころからかアンチ・エイジングが国民の合言葉になり、とりわけ女性の年齢はわからなくなった。

かつて日本には、「年なりに見せる」という美学があった。それはヨーロッパでも同じだと思うが、唯一の例外はアメリカで、たぶんパワフルなお国柄のせいなのだろう。アメリカ人は総じて老いを怖れ、社会から疎外されないよう、自分を若く見せようとする。

その伝で言うなら、マダムは理想のヨーロピアン・スタイルだった。

まさか年齢は訊けない。だが古来わが国には、うまい詮索の手段がある。

「さっき僕のことを、やさしいとおっしゃいましたね」

実にさりげなく、ナイフとフォークを使う手を休めずに僕は言った。

「ええ。とてもやさしい方よ。奥様はお幸せだわ」

「家内に言われたことはありません」

「そう思ってらっしゃるわよ。何かお気に障《さわ》ったかしら」

「いえね、裏を返せば優柔不断なんです。僕はウサギ年でしてね。どうもこの年回りは、みんなその性格で損をしているようです。家内にもよく言われます。はっきりしない人ね、って」

マダムが真顔で僕を見つめた。さては作戦が露見したか。

「ウサギ年はやさしいけど優柔不断。そうねえ、たしかにその通りかもしれないわ」

かつての恋人たちを思い出しているのだろうか、口元が綻《ほころ》び、表情が若やいだ。

「どなたか思い当たる男性でも？」

「まあ、言われてみれば」

「マダムは？」

間髪を容れずに僕は畳みかけた。

「当ててごらんなさいな。干支《えと》が性格に表れるのはたしかよ」

「そんなこと言われても、まだマダムの性格を知りません」

「マメだわ」

それはわかる。マメな死神は怖ろしいが、節子のジム仲間ならば、マメを通り越してお節介なばあさんだ。

「じっとしていられない。お金にも細かい。恋人に逃げられるのは、落ちつけないから。わかってるんですけどねえ」

「なるほど、ネズミ年ですか」

マダムはフォークを持ったまま、人差指を立てて肯いた。

知らん顔でとっさに暗算をした。一九五一年生まれの僕がウサギだから、三つ齢上か。いや、それはあるまい。しかし六十八歳ではないとすると、その一回り上は八十歳となるわけで、いくらアンチ・エイジングの時代とはいえ、それもまずありえないだろう。

「あの、マダム。僕より少しおねえさんですか、それともずっとおねえさんですか」

「あいにく少しじゃないわ」

立派である。いや、奇跡と言ってもいい。


メインは舌平目のムニエル。やはり僕の大好物である。

肉の焼き具合を訊かれなかったので、たぶん魚だろうと思ってはいたが、これが出てくるとは。

「家内から何か聞いてらっしゃるのですか」

「え、何かって」

「僕の好物とか」

マダムは唇に指を添えて笑った。

「あなた、ほんとにお上手ね。やっぱり一流大学出の商社マンは、たいしたものだわ」

そんなつもりはなかった。僕自身がメニューを見て選んでも、スープ、ホタテ、舌平目、という順序にちがいない。好みもその通りだし、体調を考えてもそうなる。

「何だか、この世のなごりみたいですね」

笑えぬ冗談を言ってしまった。ユーモアのセンスはない。これぞとばかりに口に出した洒落《シャレ》は必ずと言っていいほど滑るし、そのくせ笑わせるつもりのないところで、なぜかいつも相手が笑う。

「大丈夫よ。ちゃんと病院までお送りするわ」

これは嬉しいお言葉である。思わずニヤリとしたあと、まさか体だけじゃあるまいな、と疑った。

おいしい。バターがしつこくなくて、味付けも淡白で、今の僕にはおあつらえ向きだ。

舌平目を初めて食べたのも、社会人になってからだった。「帆立貝」だの「舌平目」だのという名前が付いているからには、日本にも昔からあったのだろうが、僕は知らなかった。

学生時代は寮ずまいで、朝晩はあてがい扶持《ぶち》の食事、昼は学食か菓子パンだった。今の若者たちには想像もできないだろうが、いかに高度経済成長期とはいえ、コンビニエンス・ストアのない時代の学生生活はそんなものだった。

だから社会人生活の最大の衝撃は、会食のお相伴に与《あずか》るたびにめぐりあう、未知の食べ物だった。そのつど、世の中にはこんなうまいものがあるのかと思った。

「お好きなようね」

「ですから、大好物ですって」

「よかったわ。どう、少しは人ごこちがついたでしょう」

「生き返りましたよ」

これもジョークにはならないが、まったく本音の感想だった。

雪は降りやまない。窓際の客も一組二組といなくなって、夜が拡がった。

僕の好み通りとすると、デザートはいつもきまっている。そう思うそばから、アイスクリームが出てきた。

食事のメニューはおしきせでも、デザートは数種類の中からチョイスするはずだが、こればかりは偶然ではあるまい。しかも、コーヒーはエスプレッソ。

実にミステリーである。やはり節子からの情報かと思いもしたが、考えてみれば女房と改まって外食をする習慣はないから、ここまで僕の好物を知っているはずはない。

「お肉ははずしちゃったけど、物足りなかったかしら」

「いえ、病み上がりですから」

なぜアイスクリームとエスプレッソなのかと、訊ねるわけにもいかない。甘いものは嫌いではないが、得意でもなかった。だから食後のこってりとしたスイーツは受けつけず、もっぱらアイスクリームかシャーベットなのである。

「あの、マダム。僕の好みに合わせていただいたのですか」

「ちがうわよ。わたくしとあなたの好みが同じだっただけ」

僕はウェイターに向かって手を挙げた。幸福な時間に甘えていてはいけない。病院に帰らなくては。

「クレジット・カードは使えますかね」

「当たり前でしょう。居酒屋じゃあるまいし」

それはそうだが、決済はどうなるのだろうと思ったのだ。夢でもまぼろしでもないとすると、僕が気を喪っている間に誰かが勝手にカードを使ったという話になって、大騒ぎになるのではなかろうか。

「せかせるようで申しわけありません」

「いいのよ。とても楽しかったわ」

時計を見てはならないが、ずいぶん遅い時刻だろう。

マダムは小さな顎を掌《てのひら》で支えて、雪の夜を見つめていた。いくらかなごり惜しそうな表情だった。もし人生のどこかで出会っていたなら、きっと恋をしただろうと僕は思った。

「あなたは、がんばったわ」

たった一言なのに、僕の心は揺れた。見知らぬ他人の言葉だからこそ、素直に聞くことができたのだった。

静かな入江

睡《ねむ》たい。ただ睡たい。

どうやらマダム・ネージュは、何ごともなく僕を病院まで送り届けてくれたらしいのだが、ディナーをおえたあとの記憶がない。

今は元通りに、集中治療室のベッドでまどろんでいる。たくさんのチューブに繋がれた体は動かない。

だが、幸福感だけは相変わらずだ。痛みも苦しみも怖れもなくて、この心地よさが永遠に続いてほしいとさえ思う。

夢ではなかった。そうだ、マダムは病院まで僕を送ってくれた。クリスマスのイルミネーションを灯した大きな樅《もみ》の木の下で、僕らは別れた。

――さあ、ぐっすりおやすみなさい。

そう言って差し出された掌《て》を、握り返したものの別れがたくて、僕はマダムを抱きしめた。

――あら、どうしちゃったのかしら。

マダムは僕の肩に顎を乗せたまま、背中をさすってくれた。

この人が誰で、何のために僕と食事をしてくれたのか、もうそんなことはどうでもよかった。瀕死の僕から苦痛と絶望を取り除き、幸福にしてくれた。降りしきる綿雪までもが、やさしく温かく思えるほどに。

感謝の言葉すら穢《けが》れているような気がして、僕は彼女を抱きしめることしかできなかった。

しばらくそうしたあとで、マダムは僕の胸をそっと押した。少女が花籠をせせらぎに放つような潔さだった。

死神ではなく天使なのだと思った。だから僕は、何を言おうが自分の言葉に傷つくことを怖れて、黙りこくっていた。

マダムはほほえみながら、雪の帳《とばり》の中に姿をくらましてしまった。

それからのことは思い出せない。

「ご家族に連絡しましょうか」

唐突に看護師の声が聞こえた。僕の顔を覗きこんでいるのは、当直医だろうか。

「いや、その必要はないだろうね」

おいおい、そんなに悪いのかよ。

「廊下でお休みになってる方もいらっしゃいますけど」

「ああ、そうなの。いいよ、いいよ、起こさなくて」

不安なやりとりである。声の感じからすると看護師はベテラン。ちらりと視野に入った医師は若かった。

現場経験と専門知識の、どちらが正しいかといえばたいていは前者なのだが、決定権は後者にあるという階級主義も考えものだ。

しかし、この判断に限っては医者のほうが正しいだろう。なにしろ僕は、つい今しがたこのベッドを抜け出して、上等のシーフード・ディナーを食べてきたのである。全然死ぬ気はしない。

たぶん、ちょっと無理をしたのでデータに変化が現れた、というところか。

医師が何か指示をして、看護師が点滴薬を操作している。いじくらなくてもいいって。体が動かせないだけで、痛くも苦しくもないんだから。

ともかく今は、そっとしておいてほしい。生きるか死ぬかではなくて、このうえなく幸福なんだ。

「何かあったらすぐ起こして」

医師は出て行った。きっと白衣を着たまま仮眠をとっていたのだろう。イメージと実態は大ちがいの、つらい仕事にちがいない。

看護師が立ち去ってしまうと、ふたたび安息がやってきた。

明るくも暗くもない、障子ごしの光に満ちたような白い部屋。健康な人間にとっては退屈で仕方ないだろうが、肉体が最小限しか活動していない僕には、豊饒な時間だった。

熊やリスが温かなほらあなの中で冬眠をしている気分、とでも言えばぴったりだろう。眠るでも覚めるでもなくて、腹いっぱいに食い貯めた秋の木の実を少しずつ消化しながら、平穏な時間だけが過ぎてゆく。

これまでの僕の人生には、こうした安息がなかったのだと気付いた。夜はくたびれ果てて気を喪うように眠り、朝はまどろむこともなくはね起きて職場に向かった。読書をしていてもテレビを見ていても、没頭できずにいつもほかのことを考えていた。そうした生活が習い性になってしまっていたから、定年後の身の処し方がわからない。

ずっと戦場にいたのだ。

では、僕がめでたく甦生《そせい》するとして、その後はいったいどのようにすれば新たな人生を獲得できるのだろうか。

戦場にある兵士とはちがって、退職する日は正確にわかっていた。だから、あらかじめ考えておかなければならなかったのに、ゴールをめざして疾走してしまった。片付けておかねばならない仕事が多すぎて、退職予定日が迫ってからは、一ヵ月でも二ヵ月でも日延べできないものかと考えたほどだった。

そんな具合だったから、休暇もまるまる残したままだった。退職すればそのとたんからずっと休暇なのに、どうしてそれを正当な権利として在職中に行使しなければならないのか、僕にはわからなかった。

そうしてゴールインしたとたん、僕は立ちすくんでしまった。同僚や部下たちの祝福と喝采も、遠い耳に聞いていた。もう走らなくていいという事実が、僕にはどうしても理解できなかった。

これといった趣味はない。さしあたってやりたいこともなかった。とりあえず贅沢な海外旅行でもしようかと、節子とは話し合っていたが、それも「夢」と言えるほど大げさなものではなかった。

本音を言うのなら、業務目的がなくて飛行機に乗る自分が、想像できなかったのだ。

このさき、どうすればいいのだろう。もし重大な後遺症でも残ったなら、新たな人生の可能性はいよいよ狭まる。

ナース・ステーションで話し声がしたと思う間に、靴音を忍ばせてトオルがやってきた。

「どうだァ、マーちゃん」

どうもこうもあるか、見ての通りだよ。

トオルが僕の苗字を呼んだためしはない。「マサカズ」か「マーちゃん」だ。

チューブに繋がれた僕の掌をくるみこんで、さすってくれた。気持ちはありがたいが、同じぐらい気持ちが悪い。だが、振りほどこうにも体が動かず、なすがままになるほかはなかった。

肉が厚くて、ざらざらしていて、それこそグローブみたいなトオルの掌。僕が握手をし続けてきた何万もの掌の中には、ひとつもなかった荒々しい男の掌。

「セッちゃんは家に帰ってるからな。俺じゃ用が足んねえか」

足りるよ、と僕は胸の中で答えた。

トオルのぬくもりは肌にしみ入って、体中をめぐった。

「聞こえてるよな、マーちゃん」

聞こえてるよ。続けてくれ。

「おまえ、妙な納得はするなよ」

僕はきっと、安らかな顔をしているのだろう。トオルはそれが気に入らないのだ。

ちょっと声がデカいんじゃないのか。おまえは囁いているつもりかもしれないが、まったく傍《はた》迷惑な胴間声だな。

「もう働かなくていい。高給取りが退職金も年金もしこたま貰って、百まで生きても左うちわだろうが」

それがどうした。おまえの築き上げた財産に比べたら、高が知れている。まあ、僕なりに満足はしているがね。

「セッちゃんを、どうするつもりだ」

そりゃあ、おまえ。僕が死のうが生きようが左うちわだよ。

「あのな、マサカズ。俺はおまえに言いたくて、どうしても言えねえことがひとつだけある。いくら幼なじみだって、夫婦の仲に首をつっこむわけにはいかねえだろ」

ほう。この際だから言ってくれ。おまえの説教に耳を貸したためしはないが、参考までに聞いておくよ。

トオルの掌にいっそう力がこもった。やれやれ、いったい何を言い出すやら。

「おまえ、セッちゃんに何も話してねえだろ。両親に早く死なれて、遠縁に育てられて、どうにかこうにか大学まで出してもらった、か。俺がセッちゃんから聞いたのは、あらましそんなところさ。それも、おまえらが結婚する前か後か、気になって仕様がねえもんで、セッちゃんは俺に訊ねたんだ。おまえが話せねえのに、俺がかくかくしかじかなんて言えるわけねえだろ。よくは知らねえけどそんなところだろうなんて、うやむやに答えるしかなかったんだぞ。だからセッちゃんだって、二度と訊かなかった。こりゃあよっぽど何かあるんだって、怖くなっちまったんだよ。そんな亭主にこのまんま死なれてみろ。後生《ごしよう》が悪いとはこのことだぜ」

僭越だぞ。僕のプライバシーじゃないか。亭主の生まれ育ちなんか、どうでもいいだろう。思い出すだけでも吐き気がするような話を、どうして女房に伝えなけりゃならないんだ。

トオルの説教はやまなかった。

「おまえの気持ちはわからんでもねえさ。いや、わかるのは世界中で俺ひとりだろう。そんなの、おかしいとは思わねえか。女房が亭主の正体を知らなくって、赤の他人の俺が知ってるっての」

正体、かよ。ひどい言い方もあるものだな。もっとも、生まれ育ちは人生を支配するだろうから、あながちまちがいではない。

どうせなら、もっと突拍子もない正体だったらいいね。実はツルなんだ、とか。竹から生まれたかぐや男だとか、滅亡した天体からカプセルで送られてきた宇宙人だとか。そういう話ならば、節子はかえってホッとするはずさ。

おい、トオル。何も泣くことはないだろう。まったく、昔から泣いたり笑ったり怒ったり、忙しいやつだ。サラリーマンにならなくてよかったな。

おし殺した嗚咽《おえつ》を聞いているうちに、僕はふと思い当たった。

こいつはかみさんに、すべてを告白しているのだ。それでよかったと思っているから、僕の秘密主義に我慢がならないのだろう。

しかし、考えてみれば事情がちがう。中学を出て地元の大工の徒弟になったトオルは、やがて親方に人柄と腕を見込まれて婿養子に入った。はなから素性がバレていたというわけだ。告白も何もあるまい。

いや、たぶん誰と一緒になっていようが、トオルは洗いざらい告白しただろう。嘘も秘密もトオルには似合わない。

僕は嘘つきか。ちがうと思う。余分なことを言わないだけだ。

「だからな、マーちゃん。もういっぺん目を覚まして、セッちゃんにうちあけてくれよ。おまえがどれくらい頑張ったか、教えてやれよ。恥晒しだと思うのなら、茜やタケシには口止めしておけ。子供は知らなくたっていい」

いやだね。四十年も暮らして、今さらどの口が言うんだ。

うちあけてくれ、だと。何だよ、それ。かぐや男でも宇宙人でもあるまいに。

僕に秘密などない。トオルがそうと決めつけている時代は、悪い夢だった。夢ならば話す必要などないし、筋書きを多少変えても嘘つきとは言えまい。

僕は人生を書きかえた。まともに生きてゆくために。

「いくじのねえ雪だな。降るだけ降って、積もりもしねえ」

窓を振り返ってトオルは言った。ざまあみやがれ、というところか。この分なら明日の仕事は止めずにすむ。

降りしきる綿雪の影が、白い壁を相変わらず斑《まだ》らに染めていた。

いくじのない雪を見ながら、トオルが何を思い出しているか、僕にはわかった。

ずいぶん昔の話だ。昭和四十五年の三月。やはりこんな雪が降っていた。

朝刊の配達をおえて店を出たら、作業着姿のトオルが待っていた。くわえタバコで、足踏みをしながら。

——現場、休みでよ。付いてっていいか。

——勝手にしろよ。

本当に休みだったのか、それとも親方に無理を言って休んだのかは知らない。大学の合格発表に、トオルは付き添ってくれたのだった。前後の記憶はほとんどないが、その一日だけはまるで細密画のように克明だ。

浪人をする余裕はなかった。受験料も馬鹿にはできないから、国立一期の一校だけに狙いを定めた。奨学金は新聞社と大学の二段構えで申し込んでいた。

そもそもその大学を選んだ理由は僕の学力ではなく、奨学金制度の伝統があったからだった。だが、入学金免除の条件には、「学費負担者が入学前一年以内に死亡」という、わけのわからない項目があった。つまり、急な災難ならば援助するが、はなからの貧乏人は資格がない、とも読めた。

いくら何でもそんな理不尽はあるまいと思って申し込んだものの、やはり不安になって新聞社の制度も押さえたのだった。

むろんどちらも、合格してから審査がある。だから僕にとっての問題は答案の出来映えよりも、その審査の結果だった。

僕の成育環境からすると、新聞販売店に住み込んで全日制の都立高校に通うだけでも精一杯だった。そのうえ大学に進もうというのは、努力というより運と生命力に物を言わせる戦争だった。

いくじのない雪の中に僕の受験番号を見つけたとたん、トオルはその場にずるずると屈みこんでタバコを喫い始めた。

人生を書きかえようと僕は思った。まともに生きてゆくために。

「聞いてるか、マサカズ。俺はおまえの女房子供にどうせっつかれたって、おまえが墓場まで持っていった話を、口に出すわけにはいかねえんだぞ」

わかったよ。わかったから、もう家に帰って寝ろ。生き返ってその気になったら、ぼつぼつ話すさ。節子も茜もタケシも、腐らない程度にな。

そんなことより、少し眠らせてくれないか。とても気分がいいんだ。このまま眠りに落ちれば、きっとすばらしい夢を見る。

看護師がやってきた。

「あのう、もしよろしかったら、あちらでお茶でもいかがですか」

ほら、おまえの声は耳障りなんだよ。

「いいえ、けっこうです。さっき缶コーヒーを飲んだから」

バーカ。そういう話じゃないんだよ。出てけって言ってるんだ。

「まあまあ、そうおっしゃらず。甘い物もありますよ」

「どうぞお構いなく。甘い物はそう得意じゃねえし」

看護師はトオルの掌をやさしくほどいて、僕の脈を取った。いや、これだけ機械に繋がれているのだから、そうするふりをした。

「それじゃ、ごちそうになります」

やっとわかったか。トオルは看護師に背中を押されて、子供みたいにすごすごと部屋から出て行った。

ベテランの看護師さん。うまく視野に入ってくれないが、きっと美人なんだろうな。

どうやらトオルは、ナース・ステーションでお茶をふるまわれているらしい。声がデカいんだって。わかっているのかね、あいつは。

さあ、これで眠れる。いったいどんな夢を見るのだろう。叶うことならもういちど、マダム・ネージュに会いたいものだが。

体が闇にとけてゆく。波の音が聞こえてきた。それも荒々しく砕ける波ではなくて、汀《みぎわ》に絶え間なく寄せる、さざ波の音だ。

僕はチューブの縛《いまし》めを解かれて、満天の星の下をそぞろ歩いていた。そのうち、星ぼしのうちのひとつが大きくなって、コインになり、ボールになり、しまいには輝かしい輪になった。

いつしか夏の日ざかりの静かな入江に、僕は佇んでいた。

太陽は正中していて、僕の影は小さかった。白くて粗い砂があしうらを灼《や》いた。

「アッチッチ」

あわてて生ぬるい海に駆けこんだ。さざ波がショートパンツの脛《すね》を洗った。

左右に張り出す岬には松が茂っていて、その先に豊かな外海《そとうみ》が望まれた。形からすれば天然の良港であろうに、漁船の影がないのはよほど遠浅なのだろう。

だからあちこちに、水と戯れる子供らの姿があった。監視員だの遊泳の範囲を示すブイだのは、どこにも見当たらなかった。

外海の波は湾口で遮《さえぎ》られて、穏やかな風とさざ波だけが寄せていた。

すばらしい夢である。だが、やはりこれも夢にしてはあまりに瞭《あきら》かすぎる。景観はともかくとしても、あしうらを灼いた砂の熱さや、吹き過ぎる風の肌ざわりは、とうてい現実のものとしか思えない。

ふと、ここには来たことがある、と気付いた。曖昧な既視感ではなく、かつて夏の一日をこの入江で過ごした記憶がある。

僕は遠浅の沖合に向かって、妻と娘の名を呼んだ。楽しく遊んでいるのはかまわないが、腹をすかせているのではないかと思ったのだった。

いくら呼んでも振り返る顔はなかった。そのかわり浜辺の先から、節子でも茜でもない声が「ハーイ」と答えた。

そこには一軒きりの小体《こてい》な浜茶屋があって、白いサンドレスを着た見知らぬ女が、僕に向かって手を振っていた。

腰を下ろしている縁台は、葦簀《よしず》掛《が》けの軒から離れて陽光に晒されている。その姿はいかにも、誰かを待ちあぐねるうちに日が高く昇り影が退いて、光の中に取り残されてもなお頑《かたく》なにそうしているように見えた。

あたりを見回しても、彼女の待人らしき姿はない。視線はまっすぐ僕に向けられていた。

Tシャツの胸や腕をさすって、これが夢ではないことを確かめた。体はすっかり健康を取り戻していた。それどころか、いくらか筋肉が付いているような気がした。

たぶん僕は窮地を脱したのだ。それからリハビリに励んで順調に体力を回復したのだが、脳に障害が残っていて、その間の記憶を欠いているのだろう。

汀《みぎわ》に佇んだまま、僕は手を振り返した。

「アッチッチ」

無様に飛び跳ねながら砂浜を走った。女は声を立てて笑った。赤の他人や行きずりならば、そうまで無遠慮に笑いはしないはずだから、きっと記憶を欠いている間に親しくなった人なのだろう。

「よかったわねえ。ほんとに、よかった」

女は心から祝福してくれた。縁台のかたわらに座ってあしうらの砂を払い、「おかげさまで」と僕は答えた。

ほかに言いようはあるまい。僕の頭は彼女を認識できずにいるのだが、その喜びようからすると、心を摧《くだ》いてくれていた人にはちがいないのである。

「よかった、よかった」

女は僕の背をさすりながら、飲みさしのラムネを勧めた。

「暑いわね。はい、どうぞ」

瓶の縁にはルージュがこびりついていたが、僕はためらわなかった。咽は渇いていたし、女がそれくらい近しい人だということはわかっていた。

甘さが命にしみ入った。ダイエットなどは必要のない便利な体質だが、いちいち健康に配慮するのはご時世というもので、こういう甘い飲物は久しぶりに口にする。

「日陰に入っていればいいのに」

言葉を選んで僕は言った。

「あなたを見張ってなければならないもの」

僕は入江の上に円く豁《ひら》けた夏空を見渡した。陽光は隈なく降り注いで、もし潮風が吹いていなければ、かたときもいたたまれないだろうと思えた。

女は籐《とう》のバスケットを探り、濃い色のサングラスをかけた。素顔はルージュをさした唇を残してとざされてしまった。

たぶん本人は気付いていないのだろうが、薄いサンドレスに乳房が透けていた。だからしげしげと彼女を観察できずに、僕は空や海に目を向けるしかなかった。

誰だ。

僕の回復を喜んでくれている人に、めったな質問はできない。

やはり節子のジム仲間だろうか。おしゃれをしたり教養を身につけようとする妙齢の女性たちとはちがって、求道者のように一途な空気をまとっているように思えた。

アンチ・エイジング。実に厄介な信仰だ。

節子が会員制のトレーニング・ジムに通い始めてから、何年になるだろう。もともと僕と同様に太らない体質だし、これといった持病もないし、そのうえ運動とは縁のない女が何を言い出すものやらと思ったのだが、いざ通い始めると明らかに体形が変わった。

あなたもどう、としきりに勧められても、興味は湧かなかった。ある年齢から先は、筋肉を付けるよりも体力の消耗を怖れるほうが自然だろう。

だが、よく言えば控えめな性格で、悪く言うなら万事に消極的な節子が、体ばかりか性格まで若やいでゆくのは好もしかったし、ジムから仕入れてくる健康情報はなかなか参考にもなった。

茜を嫁に出したあとの空虚を、節子はそうして埋めていたのだと思う。僕には相も変わらぬ仕事があっても、妻であり母であることがすべてのような節子は、心も体も持て余してしまったのかもしれない。だとすれば、それはあらゆる意味で最も賢明な解決方法であるとも思えた。

さて、そんな節子がもたらしたジム仲間の噂話の中に、該当者がいただろうかと僕は考えた。

しかし、その話題はいつも節子が食卓を挟んで熱く語り、僕はなかば辟易《へきえき》しつつほとんど聞き流していたのである。

　マダム・ネージュに続いて出現した謎の女について、僕はひとつの仮説を立てた。

　節子の話によると、単純なダイエットをめざす会員は長続きしないらしい。目的を達成できてもできなくても、やめてしまうのである。つまり、真のジム仲間と言えるメンバーは、最初から痩身《そうしん》ではなく鍛練を目的としている。それこそ宗教でいうなら、祈願をする人と求道者のちがいであろうか。

　よって長期にわたるメンバーは、ダイエット組とは一線を画したサークルを形成する。実に宗教的、かつ女性的な世界である。むろん節子がそこまで解説するはずはなく、あくまで彼女の話から、僕が勝手にそう推理したのだが。

　真のジム仲間の連繫はさぞかし強固であろう。もし配偶者が急病で倒れたと聞けば、「健康」を唯一の教義とする彼女らは、節子に対して惜しみない助力をすると思える。

　まずはリーダー格のマダム・ネージュが力を尽くし、かわってこの白いサンドレスの女が現れた、というのはどうだ。

　顔をじっくり見てはいないが、雰囲気は落ち着いている。物言いからしても、僕とさほど違わぬ年齢なのだろう。節子と同じぐらい、六十歳前後というところか。

僕らは静かな入江を見ながら、長いこと黙りこくっていた。二人の間に置かれたラムネを、ときどきかわりばんこに飲んだ。

そんなふうにしていても間を繕う必要を感じなかった。沈黙が堂に入っているのは、もともと無口な人なのだろう。たぶんつれあいも似た者で、日ごろから会話が少ないのかもしれない。

子供らの戯れる声はさざ波に紛れるほど遠く、浜茶屋の軒に翻《ひるがえ》る「氷」のはためきと同じくらい、耳に障らなかった。

「おかわり、下さいな」

女がラムネの瓶をつまんで、ビー玉をころころと鳴らしながら言った。じきに茶屋の奥から、真黒に陽灼《ひや》けしたたくましい青年が、冷えたラムネを持ってきた。

「一本でいいですか」

「はい」

青年は僕らの目の前で、ラムネの栓を開けた。近ごろとんと見かけぬ光景である。緑色の瓶にはビー玉の栓が嵌《はま》っていて、それを専用の栓抜きで押しこめば、泡が勢いよく噴き出る。

なぜ二人で一本のラムネを飲み分けるのか、僕にはわからなかった。

「恋人みたいね」

女は先に口をつけたラムネを僕に勧めた。

「悪くない」

僕は笑って答えた。ようやくまともに視線を交わした。「悪くない」はリップ・サーヴィスではなかった。

どうやらアンチ・エイジングの正しい目的は、年齢を若く見せることではないらしい。齢なりの魅力を引き出すのである。そう思えば節子もこのごろ、若返ったとまでは言えないがきれいになったような気がする。毎日顔をつき合わせている僕の目にもそう映るのだから、傍目には十分に魅力的だろう。

求道者たちがみんなこうした結果を見るのであれば、僕も入信してみようか。幸い時間はいくらでもある。

待て、待て。

決めつけるのは早いぞ。たしかに節子のジム仲間が僕のリハビリに協力してくれているという仮説は、この際最も合理的に思える。その間の記憶が飛んでいるというのも、脳の後遺症だとすれば説明はつく。

しかし僕は昨夜——と言ってよいかどうか、ともかく雪降る晩に集中治療室を抜け出して、豪華なディナーをとった。しかもそのとき、ベッドに横たわる自分自身の姿を、この目で確認している。

だとすると、やはりもうひとつの仮説も捨てがたい。つまり、マダム・ネージュもこのサンドレスの女も、死神だか天使だかは知らないけれど、またその使命がいわゆる「お迎え」か、それとも「励まし」なのかはさておくとして、すこぶる超常的な、この世にあらざる何ものか、とする説である。

僕にはこの対立する二つの仮説の選択ができない。なぜならば、僕は徹底した現実主義者なので、どうしても後者を選びたくはないからである。つまり、信条からすると結論は前者に偏倚《へんい》するとわかっているので、そうと決めつける勇気がない。

優柔不断のウサギ年か。いや、ちがう。自分の信条を真理とするのは、僕のリベラリズムに反する。

しかし、こうして幸福な沈黙に身を委ねていても埒《らち》はあかない。ここは僕らしく、正直に素直に訊ねてみよう。

「家内は陽灼けを気にするんだけど。シミになるからって」

「気にならないの。お天道様は大好き」

オテントサマ、という言葉の愛らしさに、僕はほほえんだ。子供の時分にはよく使ったが、いつの間にか死んでしまった言葉だった。

近ごろ何かの拍子に、死んだはずの言葉やならわしが甦生する。近い記憶は忘れてしまうが、旧《ふる》い記憶はむしろ接近するという老化現象の一種なのだろう。ともかく、これで謎の女が、僕とさして変わらぬ年齢であるということはわかった。

「ちょっと僕の事情を聞いてくれるかな」

「はい、どうぞ」

「実はね、頭がまだはっきりしないんだ。病院のベッドからここまできた経緯が、まるで思い出せない」

女は笑いも驚きもせずにラムネを飲んだ。

「それは仕方ないわ」

太陽に焙《あぶ》られた女の横顔には、一刷《ひとは》けの翳《かげ》りもなかった。黒髪をシニョンにまとめた額は聡明で、鼻梁《びりょう》は秀でていても冷たさは感じなかった。僕は蠱惑《こわく》された。

「だからね、あなたが誰なのか僕にはわからないんだ」

女は入江の風景を見つめたまま、黙ってラムネの瓶を差し向けた。咽を過ぎる甘さにはルージュの香りが混ざっていた。

「今さらすまないが、名前を教えてくれるかな。もう忘れないから」

するとゝ女はふと呟くように、「しずかね」と言った。

それはこの入江が静かだと言ったにちがいないのだが、僕はとっさに女の名前なのだと思ってしまった。

「ああ、静《しずか》さんだね」

女の横顔が少し羞うように綻《ほころ》んだ。

「それでいいわ」

思いちがいだと悟っても、僕は問い直さなかった。静という名が女によく似合ったからだった。

「だったら苗字は入江さん。入江静さん」

「それでいいわ」

「ずいぶん面倒をおかけしたようだね。いやはや、お礼の言いようもない」

「べつに」

季節は盛夏である。地下鉄の中で倒れたのは十二月だったのだから、僕は七ヵ月か八ヵ月もの記憶を喪っていることになる。

何ひとつ思い出せない。雪の夜のベッドで深い眠りに落ち、目覚めたと思ったらこの静かな入江に佇んでいた。

僕はショートパンツの腿をさすった。以前よりも筋肉が付いているのはたしかだった。よほどまじめにリハビリを重ねたのだろう。

年齢とともに足が細くなった。ご同輩はみな情けないと嘆く。体形にかかわらず誰しも筋肉が衰えて、足がほっそりとしてしまうのである。女性はどうか知らないが、男にとってその変化はまこと嘆かわしい。

「若返ったのよ」

ぽつりと女は言った。僕はその一言を考えあぐねた。まさかとは思うが、このたくましい足やさわやかな気分は、リハビリの成果ではないのではあるまいか。もしや、時間が巻き戻されたのでは。

「若返ったのよ」

静は入江の風景を見やりながら、もういちど言い聞かせるように呟いた。

努力をして筋肉を取り戻したのではなく、若かったころに返ったのだと聞こえた。

リアリストの僕にはいよいよ受け容れがたい話だが、考えてみれば病院の集中治療室からディナーを食べに出かけたくらいなのだから、何が起きようとふしぎはあるまい。

この風景には既視感があった。景色だけならば、テレビの旅行番組か雑誌のグラビアで見たとも思えるが、灼けた砂やさわやかな潮風や、岩壁に谺する子供らの声までが遠い記憶の底にとどめられていた。

「ここには来たことがあるのかな」

静が肯いた。

「さっき、奥様と娘さんの名を呼んだでしょうに」

たしかに僕は、闇から放たれて光の中に佇んだとき、海に向かって節子と茜の名を呼んだ。そのときすでに、現在と過去は混濁していた。つまり、かつて家族づれでこの入江に来たことがあるのだ。

「思い出せないな」

「冷たい人ね」

「そうかな。腹をすかしているんじゃないかと思ったんだが」

「いつだってそれだけ」

「おいおい。それだけって、男の使命はそれだけじゃないのかよ」

静はおもむろに顔を向けた。目元はサングラスに隠されているが、呆れたような、あるいは蔑《さげす》んだような表情に見えた。

言い過ぎだったかもしれない。家族を食わせることだけが使命だなんて、まるで原始人の言いぐさだ。

今の若い人にはとうてい理解できまいが、僕の世代にはまだ、男は狩りに出て獲物を求め、女は洞窟で子供を育てるという、原始人の習慣が残っていた。もしかしたら僕は、何万年も昔から続く生活様式を踏襲した、最後の世代だったのかもしれない。

加えて僕には、空腹に対する抜きがたい恐怖心があった。それは仕事よりも家庭を優先するようになった世相を凌駕し続けた。

「楽しくなかったから忘れたのね」

少しずつ、入江の記憶が甦ってきた。

「かわいそうな人だわ」


世の男たちは、夏の休日を家族とともに楽しく過ごすことができるのだろうか。楽しんでいるような顔をしているだけではないのだろうか。

少なくともあのころの僕は、家庭に安息を求めようとはしなかった。そこは幕間の楽屋のようなもので、次の舞台のセリフを確かめるか、さもなくばいくらかでも体を休めて英気を養う場所にすぎなかった。

むろん接待ゴルフもしばしばだったし、週休二日制とやらにはなじめずに、急ぐ仕事もないのに出社したり、クライアントと飲みに出かけたりした。

だから妻と娘から海に行きたいとせがまれたときも、僕自身は少しも乗り気ではなかった。父親の務めだと思っただけだった。

そして、この入江の海水浴場にやってきた。たしか程近い温泉場に会社の保養所があって、そこの管理人から波静かな入江の浜を教えてもらったのだ。

僕はほとんど海に入らず、日がな一日ぼんやりとしていた。そう、この浜茶屋の軒下の床で、ビールを飲んだり居眠りをしたり。

茜はまだ小学生だった。ノート・パソコンも携帯電話もない、優雅な時代の話だ。

「思い出したみたいね」

「お蔭様で。僕はかわいそうな人じゃないよ。あのころはまだ景気がよくて、のんびり構えていたら置いてけぼりになりそうな気がしていたんだ。みんな似た者だった」

「そうかしら。も少し思い出して」

静は相変わらず言葉が足りなかった。入江を見渡しながら、僕はその一日の記憶を恢復《かいふく》していった。

「人間は、いやなことを忘れるの」

「いやじゃなかったな。楽しい思い出だよ」

そう言うそばから、次々と掘り起こされてゆく記憶の鶴嘴《つるはし》が、がつんと岩を噛んだ。

昼飯どきになっても海から上がってこない節子と茜を呼びに行った。食事のあとは節子を茶屋に休ませて、茜と二人で砂の城を作った。僕は泳ぎがからきしだ。学校にプールなどなかった僕らの世代では珍しくもなかろうが、家族には内緒だった。

ふと振り返ると、午後の猛々しい陽光の中にじっと佇む節子の姿が見えた。何をしているのかは一目でわかった。

妻は死んだ息子の写真を胸に抱いていた。

僕はやり場のない怒りを灼けた砂に叩きつけながら、節子に歩み寄った。

――やめてくれないか。

濡れたパーカーの胸に掲げられた銀色の写真ケースを、僕は奪い取ろうとした。節子は放さなかった。

どんな問答があったのかは記憶にない。僕は悲しみを労《いたわ》ろうとせずに叱りつけ、節子は遺影を抱えて蹲《うずくま》ったまま、うなじを陽に灼いていた。

静が切なげに言った。

「思い出してあげて。もう少し」

「誰のために」

「誰のためでもないわ」

「僕自身のために、かよ。きれいごとを言いなさんな。赤の他人のくせに」

僕は口汚く言い返した。そこまで心に踏みこまれたのでは、腹が立つのも当たり前だ。

「でも、忘れるのはかわいそう」

「忘れなければ生きていけないことは、山ほどもあるさ。その齢になればあなたにだってわかりそうなものだ」

「節子さんや春哉《はるや》君がかわいそうなんじゃないわ。あなたがかわいそうで」

この女は何者だ。もしやジム仲間ではなくて、カルト教団の信者か。

それは怖い想像だった。日ごろ忘れたふりをしていても、節子は永遠に癒えぬ傷を抱えていた。僕にしてもそれは同じなのだが、母親の執心とは比べようもあるまい。

そんな節子が、年を経るほどに忘れるどころかむしろ悲しみをつのらせて、ひそかな信仰を持ったとしてもふしぎではなかった。よほど心を許さなければ、節子は苦労を語ったりはしない。少なくとも、ジム仲間などには。

「忘れるのは、いいことじゃないわ」

「わかっているさ。だがね、なかったことにしなければ、僕らはもうやっていけなかった。おたがい、忘れたふりでいいんだ」

　春哉は四歳で死んだ。交通事故は致命傷ではなかった。入院中に肺炎を併発して手の施しようがなくなった。悪夢のような呆気なさだった。茜はまだ乳呑み児《ちのご》だった。

　子供から目を離したのは節子の落度だが、僕も危篤の報せを聞いて会社を早退したのだから、たがいの非を論《あげつら》えばきりがなかった。しばらくの間、僕らは他人になってしまった。それも、他人以上の他人に。


　僕には身寄りがない。節子は僕ほど素性が悪くはないが、境遇は似たものだった。だからささやかな葬儀に参列してくれたのは、ほとんどが社宅に住まう人々だった。上司の出席は固辞した。

　その社宅にしても、あんがいのことに近所付き合いはない。転勤が多いので長く住まう人がいないし、部署がちがえばおたがい顔も知らないからである。しかも四階建の一棟に三つの階段が付いている縦割り構造だった。

　同じ社宅に住んでいた堀田憲雄が、葬儀を仕切ってくれた。同期入社で部署も同じだった堀田とは仲が良かった。僕の個人的な事情も、すべてではないがあらまし知っていた。

火葬場で骨を拾ってくれたのは、堀田夫婦だけだった。口数の少ない堀田は、慰めの言葉が思いつかずに、ただ僕らと一緒に泣いてくれた。

ふいに死なれてみると、竹脇春哉という息子の名前が、何となく未来のない、淋しいものに感じられた。釜の扉が鎖《とざ》されて、小さな体が燃えている間、僕はそのことばかりを考えていた。

竹脇という姓は篤志家からの借り物だった。そもそも僕は、自分の来歴を何ひとつ知らなかった。姓名ぐらいはあったのだろうが、「竹脇正一」でなかったことだけはたしかである。だから大学に入学するときも、奨学金の申請をするときも、むろん入社のときも、婚姻届を提出するときでさえ、自分の戸籍の説明をしなければならなかった。そうした苦痛の積もり重なった竹脇の姓などに、愛着が持てるはずはなかった。それは僕を社会に認知させるための、記号に過ぎなかった。

正一という名は、僕が生まれたころに世間の話題をさらっていた、国鉄スワローズの金田正一にあやかったらしい。不世出《ふせいしゅつ》のピッチャーである。

子供のころの記憶によると、国鉄の金田正一はさまざまの読み方をされていた。

「ショウイチ」と呼ぶ人が多かったが、正しくは「カネダ・マサイチ」であるらしい。僕が「マサカズ」であるのは、たまたま周辺の人々が「カネダ・マサカズ」だと思っていたからなのだろう。おかげで僕も後年しばしば、「ショウイチ」だの「マサイチ」だのと呼ばれた名前を訂正しなければならなかった。やはり愛着は持てぬ、記号のような気がしていた。

僕は子供の名前を決めあぐねた。いや、それ以前に人の親になることを怖れていた。自分の姓名は記号でしかないのに、その姓を引き継がせ、名前をつけ、あまつさえ父親としてその人生を保障しようなど、それはふつうの人々にとっては当たり前のことなのだろうけれど、僕にとってはまったく想像が及ばなかった。

それで、春哉と名付けた。春に生まれたからだ。春男や春夫では芸がなし、春也をひとひねりして春哉とした。いいかげんなものだ。

しかも出生届を区役所に提出したのは、法律で定められた期限ぎりぎりの、十四日目だった。僕はそれくらいわが子の名前を決めあぐね、父親になることをためらっていたのだった。

春哉の体が滅びてゆくとき、僕はその名前の淋しさとともに、僕自身の不甲斐なさを思い知った。たぶん僕は、春哉が生まれてから四年の間、ずっと父であることを否定はしないまでも、逡巡《しゅんじゅん》し続けていたにちがいなかった。それでも子供は勝手に育つと決めつけていた。だが、そうはならなかった。

弔いもすませ、墓も建てた。僕と節子は儀式をおえるつど言い争った。原因はいつも瑣末《さまつ》なことで、しかししまいには春哉の死をたがいに問責した。堀田夫婦が仲裁に入らなければ、僕らは別れていたと思う。

「ああ、誤解のないように言っておくけど、忘れようというのは僕の提案じゃないよ。親の口からそんなことを言えるはずがない」

静《しず》かは僕の表情を窺いながら、「そうでしょうね」と納得した。

「親友が、僕と節子を膝前に据えて、忘れろと言ってくれたんだ」

しばらく物思うふうに海を見つめてから、静は「いい人ね」と言った。

「大工さんかしら」

「いや、思っていてもトオルは言えないさ。ああ見えてあいつは、あんがいビビリなんだ」

「ビビリ、って？」

「気が小さい。少なくとも僕に対しては。もっとも、それはこっちも同じだがね。さっき僕が言ったことは、堀田の受け売りだよ」

堀田はつらい説諭をしてくれた。

――なかったことにしろ。忘れたふりでいいんだ。茜ちゃんを片親にするつもりか。

その一言は効いた。

忘れるはずはない。だが、忘れたふりをしなければ、僕と節子はもたなかった。たぶん茜は節子が育て、僕は養育費を負担し、そしていずれどちらかが再婚すれば、細い絆は断たれただろう。

僕は陽ざかりの砂浜に目を向けた。波打ち際からいくらか駆け上がった、あのあたりだったろうか。

――やめてくれないか。

叱責とも懇願ともつかぬ情けない声で、僕がそう言ったのは。

春哉は海を見たことがなかった。それは毎年の懸案だったのだが、たった一日の務めすら僕は果たさなかった。

忘れたふりをしながらもやむにやまれず、どこかに収《しま》いこんだ春哉の写真を持ってきたのだろう。それは母親として無理からぬ話だし、僕だって口にこそ出さずにいたが、ずっと春哉の魂とともにいたのだ。

節子は黙約を破った。僕には節子の悲しみを斟酌《しんしゃく》する余裕がなかった。ただ、僕に対する面当てにそうしているように思え、さらには茜をそそのかして、海へ行きたいとせがませたのではないかとさえ考えた。

記憶はそこで途切れてしまった。

僕は真午《まひる》の太陽が截《き》り落とした小さな自分の影を踏んで立ちすくみ、節子はその足元に、写真ケースを抱いたまま屈みこんでいる。静かな入江を背景にした一葉の写真のように、その先の場面へと動き出すことはなかった。

「少し歩きましょうか」

サンドレスから抜き出た白い腕を挙げて静は店員を呼び、千円札を何枚か渡して、釣りは要らないと言った。

勘定を払おうにも僕は財布を持っていなかった。

「あとで精算するよ」

静は赤い唇を引いて笑った。サラリーマンの口調がおかしかったのだろうか。

「節子と茜は」

「さあ」

とまどい続ける僕を尻目に、静は歩き出した。日傘をさし、籐のバスケットを提げ、白い造花の咲いたビーチサンダルをはいていた。

僕はあしうらを砂に灼《や》きながら、後をついていった。

視界は瞭《あきら》かで、波の音は近くて、潮風はかぐわしかった。やはり僕は若返っていた。

歩きながら僕は、しばしばうしろを振り返った。一軒きりの浜茶屋は相変わらず「氷」の旗をひらめかせていた。

風景には曖昧な部分がひとつもなく、とうてい病床で見ている夢とは思えなかった。

僕らはさざ波の寄せる渚を歩いた。静は何も語ろうとせず、レースの日傘を回しながら古い歌を口ずさんでいた。

ふと静は立ち止まり、日傘を僕に托すと腕を絡めて、また歩き出した。拒みようもないほど自然なしぐさだった。

映画や物語でもあるまいに、時間が巻き戻されるはずはない。死に損なってよほどつらい思いをした体が急激に回復すれば、若返ったような気分になるのだろうと思った。その回復の過程が記憶にないだけだ。

「忘れるのは、いいことじゃないわ」

静は繰りごとを言った。

「そうかな。記憶は選別されるものだと思うよ。嫌なことをいちいち思い出していたのでは、未来がなくなってしまうだろう」

堀田憲雄の説諭を、僕はそんなふうに解釈したのだった。おかげでどうにか人生を修復できた。

「もう思い出してもいいんじゃないかしら」

なるほど、その通りだ。僕と節子には、このさき期待するほどの未来はあるまい。健康で長生きして、あちこち旅に出て、孫たちの成長を見守るというのがせいぜいだろう。

おそらく禁忌を破って春哉のことを話題にしても、さほどの悲しみはないと思う。それどころか、ともに暮らした四年間の記憶が、懐かしく甦るような気がした。

定年退職という人生の区切りには、そうした重要な意味があるのかもしれない。別世界になってしまった会社での出来事など、どれほど取り返しようのないエラーであったにしても、今はすべてを笑い話にできる。顧みたところで、かつての会社は僕のささやかな未来とはまるで無縁の天体に過ぎない。

そう思えば、老後という優雅な宇宙船の中で、僕と節子がひそかに隠し持っていた春哉の思い出をさりげなく見せ合っても、それはまったく感情を傷つけることのない、美しい化石なのではあるまいか。

たしかに、もう思い出してもいいのだろう。きっとおたがい懐かしみこそすれ、悲しみもなく、悼《いた》みもしない。

砂浜が尽きて磯になった。バケツを手にして小魚を探す子供らの中に、茜の姿を探した。

どうしたわけか僕の心のうちの茜は、いつまでたっても幼いままなのである。はたちになっても三十を過ぎても、小さな茜のおもかげは去らない。

見上げれば陽光を遮る崖の上に、テラスが張り出していた。

「ランチにしましょう」

静はそう言って、崖に付けられた螺旋《らせん》階段を昇った。まさか岩肌をくり抜いたカフェもあるまいから、崖の上は駐車場なのだろうと思った。

ここは記憶にない。テラスの端に螺旋階段を取り付けて浜と結ぶとは、うまいことを考えたものだが、法律に触れたり消防署の指導を受けたりはしないのかと思った。

階段は白いペンキで塗り固められていた。洒落てはいるが、それほど新しい店ではないらしい。

「あら、高いところは苦手なのかしら」

サンドレスの裾を翻しながら静が笑った。螺旋階段は一巡りごとに僕を怯《ひる》ませた。階段は棕櫚《しゅろ》の巨木に沿って上がっていった。じきに静かな入江は一望のもとになった。とても長い階段に感じるのは、僕だけなのかもしれない。

初めての恐怖体験ははっきりしている。小学校の一年か二年の遠足で、建ったばかりの東京タワーに上った。そのころの展望室は今よりもずっと低い位置にあったはずだが、周囲に高層ビルなどひとつもない時代には、それでもめまいのするような高さだった。僕はどうしても窓際に近寄れず、ずっと壁に貼り付いたままだった。

「大丈夫よ。さあ」

静が手を引いてくれた。きっと僕の掌《てのひら》は、あのときと同様にじっとりと汗ばんでいるだろう。

思い出した。上りはエレベーターだったが、下りは階段を降りた。「大丈夫だよ」と言ってトオルが手をつないでくれなければ、僕はきっと泣き出して、クラスの笑いものになっていただろう。

怯懦《きょうだ》が男の恥とされていた時代だった。

「それで？」

問わず語りに話し始めた東京タワーのエピソードを、静は楽しそうに聞いた。ときどき声を立てて笑った。口数は少ないが聞き上手な女である。

すっかり乗せられた僕は、次々と恥を晒して静を喜ばせた。

テラスに先客はなく、僕らは琺瑯《ほうろう》のベンチをうしろに引き、並んで腰を下ろした。

そうすれば足元は見えず、棕櫚の葉陰に空と海があるばかりだった。

白髪をポニーテールにまとめた男が注文を取りにきた。無愛想で、潮風になじんでいて、この場所にしか存在しえないような男だった。

僕はビールを、静はコーヒーをオーダーした。

「ニューヨークに行ったことはあるかな」

「ないわ」

エンパイア・ステート・ビルの展望台がオープン・エアで、外に出ることもできなかったと僕は言った。

「重症ね」

静はおかしそうに笑った。

「万里の長城は」

「ないわ」

一九九〇年代から、中国との取引高は急激に伸びた。つごう六年も駐在したのは、中国語を話せるスタッフが不足していたせいだった。上海での三年間は家族も一緒だったが、茜の進学を考えて、北京には単身赴任した。

日本からの来客を迎えるたび、長城に案内しなければならなかった。北京から近くて観光開発されている八達嶺《はったつれい》や慕田峪《ぼでんよく》も、急峻《きゅうしゅん》な石段の連なる山登りで、僕にとってはエンパイア・ステート・ビルにまさる恐怖だった。

「なにしろクライアントが一緒だから、尻ごみするわけにもいかないしね」

笑いながら静は、「飛行機は」とふしぎそうに訊ねた。

それはなんともないのである。僕の知る限り、同病者はみな同じことを言う。飛行機が苦手な人は多いが、むしろ高所ではなく閉所、もしくは万一の事故を怖れるのだと思う。

「お仕事がら、慣れたのかしら」

「そうかもしれないね。座席も窓側が好きだよ」

ふと僕は、どうしようもない高所恐怖症の原因について考えた。

小学校一年か二年のときの東京タワー見物が、初めての自覚症状だったことにちがいはない。それまではジャングルジムも木登りも大好きで、高い場所を怖いと思ったためしはなかったはずだ。

もしやあの日、僕は何かとても嫌な思いをしたのではなかろうか。それが展望室の高さにすり変わってしまっただけなのではあるまいか。

思い出してよ、とでも言いたげに静は僕を見つめていた。

そうだ。あの日の僕は、とても悲しい気分だった。完成したばかりの東京タワーに上るというので、大勢の母親たちが参加した。八ミリ撮影機を回し続けている父親もいた。

前後の記憶はない。ただ、僕自身がとても楽しみにしていた東京タワー見物に、僕の与り知らぬ「母親」という種族が、割りこんできたような気がした。父兄会のときも運動会でも、そんな気分になったためしはないのだから、僕はよくよくその遠足を心待ちにしていたのだろう。

展望室の窓辺には、母と子が鈴生《すずな》りになっていた。高い場所に不慣れなせいか、みな申し合わせたように手を繋いでいた。僕はどうしても、その間に割りこんで歓声を上げる気にはなれなかった。それでずっと、うしろの壁にもたれるかしゃがみこむかして、時が過ぎるのを待っていた。

嫉妬や羨望ではなかった。殆《あや》うい《う》と感じたとき、手を握ったり肩を抱き寄せてくれる人を、僕は知らなかった。つまり、「母親」という種族の本質と存在意義を、僕は思いがけずに発見してしまったのだった。

誰もが持っていて、僕だけにはないという心許《こころもと》なさは、嫉妬や羨望を一足飛びにして、耐えがたい恐怖に変わった。

「思い出したようね」

僕はビールを飲み干して、ひとつ肯いた。

「思い出したところで、何の意味がある。自分がみじめになるだけじゃないか」

静は答えずにコーヒーを飲んだ。カップの下にソーサーを添えた、上品なしぐさだった。

「トオルが、手を繋いでくれたんだ」

そう言ったとたん、慰めるように重ねられた静の手を、僕は思い切り振り払った。たとえ善意であれ、いや善意ならばなおさら、差し延べられる手は穢《けが》らわしかった。

静は悲しげな顔をした。僕が振り払った左手を、罪深いもののように右手で包みこんで、「ごめんなさい」と詫びた。

「いや、こっちこそ」

自分が短気なのか呑気なのか、僕にはいまだにわからない。何だっていいふうに考える得な性格だが、ときどきこんな具合に感情が剝き出ることもあった。いわゆる「キレる」というやつだ。

そのスイッチのありかがわからないから、部下たちはいつも僕の顔色を窺っていた。たぶん会社員としての僕の限界は、そのあたりにあったと思う。上司としての度量を欠いていたのはたしかだった。

むろん僕自身は、そのスイッチのありかを知っている。被い隠している劣等感に少しでも触れたとき、たとえば出自や学歴や家庭環境やらにまつわる偏見を、一言でも感じたとたん、僕は理性を失う。ただし厄介なことに、それが普遍的な差別用語であるなら気を付けようもあるが、僕自身の個人的体験に根ざすものの場合は、怒りの理由が相手にはまったくわからない。

今がその好例だった。半世紀以上も前に、僕の悲しみをくるみこんでくれたトオルの手の神聖さなど、他人にわかろうはずはなかった。

「ときどき、キレるんだよ。意味もなく」

「ごめんなさい」

「あやまるなよ。意味がないんだから」

「意味はあるの。きっと」

「ないって」

やさしい女だと思った。節子ともそっくり同じやりとりをした記憶がある。一度や二度ではない。会話の主客が逆だったこともある。そうしてたがいに労り合いながらも、けっして「意味」を暴こうとはしなかった。それが夫婦の礼儀であり、掟でもあった。

琺瑯《ほうろう》のベンチの上には、白い帆布の日除けが張り出ていた。日陰から投げ出された静の爪先には、ルージュと同じ色のペディキュアが塗られていた。

店にお似合いのジャズ・ボーカルが流れている。あたたかな音色はレコードだろう。

白髪をポニーテールに結んだ店主には、こだわりがあるのだろうか。それとも、CDのない時代に僕はいるのだろうか。

昼のビールが効いて、睡気がさしてきた。

古いレコードを聴いているうちに、またひとつ記憶が甦った。

駅前のアーケード街から裏道に折れた、暗い喫茶店。色とりどりの熱帯魚が群れる水槽。客が出入りするたびに、耳障りなカウベルが鳴った。

四十年も昔の話なので、こと細かには思い出せない。十二月二十五日という日付だけは忘れようがないのは、クリスマスだからではなくて、結婚記念日だからである。

正月休みを早めたのか、それとも代休でも取ったのか、ともかく役所の窓口に婚姻届を提出したからには平日だった。

プロポーズはしなかった。僕らの世代で、そんなことをした男は少なかったと思う。そのかわり、結婚式は挙げずに入籍だけするというスタイルは珍しくなかった。つまり、結婚は今のように画一的でもなく、儀式性もなくて、すこぶる自由だった。

しかし、いわゆる事実婚は世間の目が許さなかったので、交際を始めてから一年が経ったそのころ、籍だけ入れて夫婦になろうという話になった。

それで二人していそいそと区役所に向かったのだが、書類を提出する前に節子の了解を得ておかねばならぬことがあった。僕の不可思議な戸籍である。改まった話にはしたくなかったので、通りすがりの喫茶店に入った。

僕は親を知らなかった。節子には幼いころに両親が離婚して、なおかつそれぞれが再婚してしまったという事情があった。だが、たがいに身の上話をした記憶はない。不要な詮索をしなかったのだと思う。

しばらくさしさわりのない会話をかわしてから、僕はいかにも思いついたようなふりをして、戸籍謄本をテーブルの上に置いた。すると、節子もバッグの中から自分の謄本を取り出して、まるでカードでも切るように並べた。

そうして僕らは、あまり話題にしなかったたがいの来歴を確かめ合ったのだった。

節子の戸籍は複雑だがわかりやすかった。ずいぶん前に生母が除籍され、すぐに継母が入籍し、三人の弟妹が生まれていた。そのうえ生母まで再婚して子供をもうけたのなら、節子の居場所はどこにもないはずだった。

内心、節子をかわいそうだと思った。僕には気に病むほどのしがらみは何もなかった。

それに引きかえ、僕の戸籍は至ってシンプルだった。いったいどこに、これほど空白だらけの戸籍謄本があるだろう。

本籍地は養護施設の所在地である。次の欄には、「棄児《きじ》発見調書」なるものの提出された日付が記載されている。つまりどこの誰ともわからぬ僕は、その調書に順《したが》って新しい戸籍を持った。昭和二十六年十二月十五日という誕生日は推定である。父母の名は空欄。続柄には「長男」とあるが、根拠はあるまい。調書の内容は記載されていない。実に天から降り落ちてきたとしか思えぬくらい、芸術的なほど簡素な戸籍だった。

しかし節子はそれを長いこと読んでいた。まるでその空白の部分に、喪われた太古の文字を読み取ろうとでもするかのように。

ようやく熱帯魚の水槽に目を移すと、節子は無言で涙を流した。僕を憐れんだのか、自分を憐れんだのかはわからなかった。

——それでいいか。

僕は言った。

——いいわ。

節子が答えた。

僕らの間にはついぞなかった、愛の告白やプロポーズや結婚式は、すべてその瞬間に成就《じょうじゅ》された。

もしかしたら、セリフもしぐさも男女がまるで逆だったのかもしれないが、それはどうでもいいことだろう。

カウベルを鳴らして喫茶店を出たとき、新たな世界が開けたような気がした。施設を出て新聞販売店に住み込んだときも、大学に合格して寮に引っ越したときも、また社会人になったときにも同じような感慨はあったのだが、そのときはことさらはっきりとそう思った。たとえば、脱皮をくり返してもなかなか変態できなかった昆虫が、ついに翅《はね》を得て飛翔したような気がしたのだった。

節子も同じ気分だったと思う。簡素な戸籍を持つ男と、複雑な戸籍を持つ女のめざす場所は同じだった。

僕らは婚姻届を提出したあと、どちらが言い出すともなく新しい謄本を二通受け取って、冬枯れの並木道を何も語らず、ただありがたい護符のように胸に抱いて歩いた。

いつか生まれてくる子供のために、形ばかりの晴れ着を借りて写真に収まったのは、その帰り途だったろうか。

「君は、何か信仰を持っているのかな」

真昼の酔いに陶然としながら僕は訊ねた。静は「ないわ」と即答した。それから少し間を置いて、「神も仏も」と言い添えた。

僕の怖い想像は否定された。だが同時に、この妙に垢抜けた女の人生の一端を垣間見たような気もした。労苦が容姿に顕われず、むしろそれを肥《こえ》として洗練される人間のいることは知っている。能力や性格ではなく、客観的な幸不幸とも関係なく、今かくある自分が幸福であると信ずることのできる人間である。

静はサングラスのフレームに指を添えて、日ざかりの入江を眺めていた。僕の質問が呼び水になって、悪い記憶を喚起させてしまったのかもしれなかった。

「マダム・ネージュとはお知り合いかな」

エッ、と静は小さく驚いた。

「ああ、本名は知らないんだ。雪の日にデートをしたから、マダム・ネージュ。齢は君よりずっとおねえさんだけど、とても魅力的な女性だよ」

マダム・ネージュと静が、同じ空気をまとっているように思えたのである。過去を顧みず、未来も夢見ず、今かくある自分を幸福と信ずる女。僕はたぶん、その超然たる空気に魅惑された。

「知らないわ」

少し考えるふうをしてから、静はぽつりと答えた。

嘘をつく理由はあるまい。だとすると、節子のジム仲間という有力な仮説も、否定されたことになる。もっとも、それならそうと初めから言うだろうし、仮説の根拠は彼女らが共有する、均整のとれたプロポーションだけだった。

「眠たくなった」

「眠ればいいわ」

「日本の椅子は居眠りができない」

「キザなセリフね」

静が体を寄せてきた。僕は睡気に耐えきれず、サンドレスの肩に頬を預けた。痩せているのに骨の障《さわ》らぬ居心地のよさだった。

日本の椅子が総じて小ぶりなのは、かつて腰掛ける文化がなかったせいだろうか。それとも日本人の体が小さくて、姿勢もいいからなのだろうか。

まどろむうちに真夏の太陽は退いて、岬の影が伸び、静かな入江は青ざめていった。

第三章

義理

雪はやみそうもない。

そのくせ降り落ちるそばから地球に吸いこまれてゆく、いくじのねえ雪だった。

これって、何かに似てね？

考えるまでもなかった。窓の中には、粋がるばかりでからきしいくじのねえ俺が、ぼんやりと夜空を見上げていた。

テーブルの上には食いかけのふわとろオムライス。コーヒーは三杯目。吸殻がいぶっている。いつもの癖で、窓際の席に座ったのがいけなかった。場合が場合だから、子供らを寝かしつけている女房にうっかり電話もできねえし、スマホを覗く気にもなれねえ。腕組みをしてじっと、窓の外を眺めているしかなかった。

こんな雪の晩だっていうのに、ファミレスはあんがい混んでいる。親子連れもいる。みんな家で飯を食わねえんかな。

俺はスマホの時刻を見た。てか、五分ごとに見ている。21：35。何だよ、ぜんぜん進まねえじゃん。そろそろ病院に戻っていいかな。いや、やっぱ三十分かそこいらじゃ早過ぎる。もう少し二人きりにしておいてやろう。戻ったところで、俺にできることなんて何もねえし。

親友って、いいな。俺にはひとりもいない。悪い仲間とは縁を切るってのが、弟子入りの条件だったから。もっとも、あいつらは親友なんかじゃなかったけど。

保護司の紹介で親方と初めて会ったとき、俺の人生はこれしかないと思った。親にも見放された少年院帰りのガキを、家に住まわせて給料もくれて、一生かたぎで食えるようにしてくれる。最初で最後のチャンスだと思った。俺はツイていたんだ。たぶん親方は、子供の出来不出来じゃなくて、誰よりも救いようのないやつを選んでくれた。

やっぱりこんなファミレスだったな。保護司がさっさと帰ったあと、親方は喫煙エリアに席をかえて、「喫えよ」とタバコを投げた。

俺はまだ十七だった。しかも何かあったらたちまち少年院に逆戻りの、保護観察《ホゴカン》付きだ。

もしかしたら親方が俺を試してるんじゃねえかと思って、タバコに手を出す気にはなれなかった。

マア、無理強いするものでもねえがな、俺は酒もタバコも好きだから、どうとも思わねえよ、と親方は言った。

ただし、やっちゃいけねえことはある。約束できるか。

俺は背筋を伸ばして、ハイと答えた。どんな条件を出されようが従うつもりだった。

悪い仲間とは金輪際縁を切る。

ハイ。

ろくでなしの父親は捜すな。

ハイ。

一人前の男になるまでおふくろとは会うな。

それには少し考えたが、やっぱり「ハイ」と答えた。親方が俺の身の上をすっかり調べ上げたうえで、そういう条件を出したと思ったからだった。

父親はどこの誰だかわからねえ。おふくろは知ってるんだろうけど、聞く気にもなれなかった。どこの誰だろうが、ガキを産ませて知らんぷりを決めたんだからろくでなしだ。

おふくろは男をとっかえひっかえ、俺が知っているだけでも五人や六人はいた。そいつらに食わしてもらってたんだか、それとも男なしには生きられなかったんだか、ああいやだ、考えたくもねえ。

そんなおふくろでも、俺を産んで育ててくれたんだから未練はあった。一人前の男になるには五年も十年もかかるだろう。おふくろは若かねえんだ。三十五のときの子供だし。

ハイ、と答えたあとで俺は親方に頼んだ。給料はおふくろの銀行口座に振り込んでくれませんか、手数料は引いていいから、って。

百万回のバカヤロー、バカヤローの最初の一回はそのときだった。

バカヤロー、てめえの足元も見えてねえのに、親孝行なんざ十年早え。

そんときは意味がよくわからなかった。でも月日が経つうちに、じわじわとわかってきた。親方は俺を素ッ裸にしてくれたんだ。途中で直すんじゃなくて、初めからやり直し。

親方の仕事を見ていて気がついた。ここがおかしいと思ったら、何から何まで全部ぶっ壊してやり直しだ。

21：40。

マジかよ。五分しか経ってねえぞ。おやじが倒れてから、ずっとこんなふうだ。現場でも病院でも、家で子供と遊んでたってなかなか時間が進まねえ。

グダグダ考えてっからかな。生まれつき物を考えねえタイプだから、脳味噌が慣れてねえんかな。

あと二十分。十時までは二人きりにしといてやろう。それで病院に戻ったら、なだめすかして親方を家に帰さなくちゃ。

おやじとは同い齢なんだから、親方だってもう何があってもふしぎはねえんだ。そのうえ大酒飲みでヘビー・スモーカーで、大の医者嫌い。おかみさんがいくら言っても、まともに薬を嚥まない。組合の健康診断だって、俺がむりやり引っ張って行かなきゃならねえ。

親方の体は気遣ってたのに、どうしておやじはノーマークだったんだろう。今さら反省したって始まらねえけど。

深酒はしねえし、タバコは喫わねえし、大会社は健康診断なんかもちゃんとやってるだろうから、何の心配もないと思っていた。

いや、そうじゃねえんかな。もしかして俺は、親方の心配はしてもおやじを気にかけてなかったんじゃねえんか。

そこまで考えると、俺はてめえでてめえがいやになって、腐った溜息をついた。

きっと俺は、頭の中で順序をつけていたんだ。親方が先で、おやじは後だって。ひでえ話じゃねえか。俺はてめえを先にして、女房を後回しにしてたんだ。そういうことだろ。

いつまでたっても、一人前の男になんかなれねえよ。こんなんじゃ、一生おふくろに会えねえかもしれねえ。

「すんません、コーヒー下さい」

これで四杯目。メイドふうの制服が死ぬほど似合わねえおばさんは、「またかよ」みたいな顔でコーヒーを注ぎ足した。

子供、いるんかな。おふくろもホステスなんかとっくにやめてるだろう。どこかのファミレスで、こんなふうにジミに働いていてくれればいい、と俺は思った。

親方の説教を、もうひとつ思い出した。

いいかタケシ。一人の女を幸せにするのは、世界中から戦争をなくすのと同じぐれえ難しいんだぞ。

親方もおやじも、養護施設で育ったらしい。らしい、ってのは、詳しい話を知らねえからだ。俺だっててめえの生まれ育ちなんかしゃべりたくない。だから聞きたくもない。

俺もその養護施設とやらに入れてもらえばよかったんかな。そうすれば親友ができたんかな。

でもやっぱ、あんなおふくろでも親がいるんだから資格はねえんだろう。何だか、ハンパな不幸で損をしたみてえな気がする。

親方の両親は交通事故で死んじゃったって、おかみさんから聞いた。何かの拍子にポロッとこぼしたんだけど、俺は「へえ」と言ったきりだった。聞き返すことなんて何もねえし。

おやじは自分がどこの誰だかもわからねえらしいって、茜が言ってた。それも「へえ」だけ。俺は何も聞かなかったふりをして、すぐに話題をそらした。どういうことか、だいたいわかるもんな。

けど、どっちの話を聞いたときも俺的にはショックだった。どうして親方がこんな俺を引き取ったのか、どうしておやじがこんな俺に娘をくれたのか、いっぺんに謎が解けたような気がしたから。

答えはそれにまちがいねえんだけど、俺にはいまだに信じられねえ。何度も確かめ算をした。そんなきれいごとが、マジあるかって。

正解だとすると、俺は超ラッキーとしか言いようがねえ。だって、俺がいつか親方になって見習を雇うとき、やっぱ少年院《ネンショウ》帰りの保護観察《ホゴカン》付きなんて、いやだもんな。大学を出て建築士の資格を持ってるやつとか、高専出で半分でき上がってるやつのほうが、いいに決まってる。

娘をくれてやるなんて、論外。ありえねえ。たぶん、付き合ってるって聞いただけで、すっ飛んでってボコボコにする。ぶっ殺しちまうかもしんねえ。

てことは、やっぱ親方やおやじは神様みてえな人で、俺は神様に選ばれた超ラッキーなやつなんだ。

だよな。どう考えたって。

だから俺は、確かめ算をするたんびにベッコベコにヘコんで、けど超ラッキーなんだから頑張らなくちゃと思う。

まだそんなこと考えてるんだ。親方に拾われてから十五年、茜と結婚してから七年、それでも早過ぎる。俺には何もできねえ。

親がなくても子は育つとか言うけど、俺はまともに育たなかった。親方とおかみさんが育て直してくれたんだ。それから、竹脇のおやじとおふくろ。茜。子供たち。みんなして俺を育ててくれた。超ラッキーで超ハッピーなやつ。

瑠璃《るり》と紫苑《しおん》は俺の宝物。ガキなんか大嫌いだったのに、てめえの子供はべつだ。名前も俺が付けた。茜は夕焼の茜色だから、子供もきれいな色がいいと思って内装カタログと首っ引き。

瑠璃色はブルー系のラピスラズリの色だと。ちょっと字画が多くて、書き順もよくわからねえけどカッコいいと思った。大野瑠璃。きっと映画女優になる。

色カタログを見ながら、青だけで四十種類もあると知った。瑠璃色はその中のひとつだ。内装の勉強もしなけりゃと思った。

紫苑は紫系。シオンとかいう花の色だって。大野紫苑。これって、バイオリニストじゃねえの。紫の種類も三十以上あった。世界は無限の色に塗りつくされているんだ。

家を建てるだけじゃなくって、デザインも内装も家具もガーデニングも、ぜんぶ自分が手がけたいと思った。

あと十年たったら、荻窪の家を建て替える。何から何まで俺がやる。屋根はアカネ。壁はルリ。庭には薄紫のシオンの花を、いっぱいに咲かせるんだ。

余計なことはするな、自分の仕事をしろっておやじは言うだろうな。けど、これは俺の夢。俺のライフ・ワーク。

おやじが俺を婿養子にしなかったのは、「タケワキ・タケシ」の語呂が悪いからじゃない。もともと借り物の苗字だから愛着がねえんだって、茜が言っていた。

上等だぜ。だったら俺の建てた家の玄関に、「竹脇」と「大野」っていう愛着のねえ二つの表札を、並べてかけてやろうじゃねえか。

そこまでやるからには、親方にもケチがつけられねえぐらいの仕事をしなけりゃならねえんだ。

だから、あと十年。そしたら、おやじとおふくろのわけのわからねえ人生を、俺が納得させてやるから。

21：50。ぼちぼち行くか。

オムライスを一口食って、俺は顔をしかめた。ふわとろじゃねえとまずいんだな。

「ありがとうございました」

「ごちそうさまでした」

店を出たとたん、俺は胴ぶるいをしてワークコートの襟をかき合わせた。

ウェイトレスのおばちゃんは、俺のおふくろよりずっと若かった。てか、最近のおふくろなんて知らねえんだけど。

結婚式のとき久しぶりに会って、瑠璃と紫苑が生まれたとき一度ずつ。アレ、ほんとにそれだけかな。

ときどきメールがくるけど、着信はいつも真夜中だから、翌日の昼休みに返信する。電話がかかってきたことはない。

そのメールだって、はっきり言ってウザい。酔っ払ってるのがミエミエ。字はまちがいだらけだし、へんてこな絵文字が付いてるし、何を言ってんのかわけわかんねえ。それでもまさか無視はできねえから、「元気でやってるよ」みたいなメールを返す。

昔から酔っ払うと泣く癖があった。子供のころは、おふくろがそんなに苦労してるんだと思って切なかったけど、ただの泣き酒だと気付いてからはバカバカしくなった。

今も直ってねえんかな。電話で泣くのも何だから、泣きながらメールを打ってんのかな。

おふくろのことを考えるたびに、俺は冷たい男だと思う。一人前になったら迎えに行くなんて、口では言ってもまともに考えてやしない。俺のおふくろが茜に面倒をかけて、子供らに泣きっ面を見せるなんて、まっぴらごめんだ。

六十七か。もうファミレスは雇わねえよな。それでも銭金のことを言ってこねえのは、甲斐性のある男でもいるんだろう。歴代のカレシは、みんなそこそこいいやつだったし。

青梅街道って、なんか暗いんだよな。人も車も少なくて、牡丹雪がよく似合う。夢なら覚めてくれりゃいい。歩きながら首を回したり瞬《まばた》きをしたり。でも雪の降る青梅街道はそのまんまだった。

病院の敷地に入ったとたん、樅《もみ》の木のイルミネーションが一斉に消えた。ハッとして思わず足が止まった。ちがうちがう、十時には消えるんだ。

もしおやじに万一のことがあったら、一生クリスマスはできねえな。子供らにはかわいそうだけど、俺はこだわり続けると思う。メリーもハッピーもあるもんか。

雪を払い落として、俺は病棟に入った。

看護師

バイタル・サインが消えた。

心停止。脈拍なし。児島直子《こじまなおこ》は仮眠中の当直医を揺り起こした。

「ドクター、ドクター。竹脇さん、バイタルありません」

若い研修医ならはね起きる。ベテランならば寝呆けまなこでも適切な処置をする。三十歳前後の、体だけが人の生き死にに慣れてしまった医者は危なっかしい。あきらめが早いのである。

「ドクター、ドクター」

これだからＩＣＵは嫌だ。二十五年のキャリアの間、直子の勤務はあまり命にはかかわりのない、いわゆるマイナー系の診療科が多かった。若いころべつの病院でＩＣＵに勤務したときは、緊張感と愁嘆場が耐えがたくてすぐに音《ね》を上げた。

「ドクター、ドクター」

叩き起こしたところで結果は見えている。このドクターはあきらめる。とりあえず延命措置をして、家族の到着を待つだけだ。

竹脇さんはもう亡くなっている。それを生きているとみなして、三十分だけ心臓を動かし、家族が揃ったならば厳かに死亡時刻の宣言をするのが、この当直医の仕事だった。少なくとも直子はそう思っている。

「ドクター」

自分の声で直子は目覚めた。机に俯せていた顔を上げて、モニターを見た。よかった。竹脇さんは生きている。

「大丈夫ですかァ、児島さん。少し休んで下さい」

若い看護師が心配してくれた。直子は時計を見て、まさか二十二時から仮眠でもあるまいと思った。

「あら、ちょっとうっかり。齢じゃないからね、愛ちゃん。やっぱり、二交替制はきついよねえ」

母親が自分より齢下だというのには、がっかりした。計算をすれば当たり前の話なのだが、そう聞いたとたんに同僚だと思っていた看護師たちが、みんな子供のような気がしてきた。進んで夜勤につくようになったのは、年齢の差を信じたくないからである。

「あのさあ、愛ちゃん――」

看護師の顔を呼び寄せて、直子は声をひそめた。

「夢の中で、竹脇さんがステッちゃったのよ」

「いやだァ、児島さんたら」

口にした隠語が通じて、直子はホッとした。

「ステる」は「死亡する」という意味である。「ステルベン」というドイツ語に由来するらしいが、若いころに覚えた病院の隠語は、通じない看護師も多かった。

たとえばこのナース・ステーションも、直子は「詰所《つめしょ》」と言って笑われる。かつては隠語でも何でもなくて、みんながそう呼んでいたのだから仕方がない。

「あのね。居眠りしてててパッと目が覚めたら、竹脇さんのバイタルがないのよ。それでビックリして、ドクターを起こそうとしたら」

「先生、起きなかったんでしょ。それって、夢じゃなくてもフツーですよ」

たしかに。寝起きの悪い当直医は厄介である。

「寝てるかしら」

「ぐっすり。何もないことを祈ります」

「それで、もういっぺん目が覚めて、竹脇さんのバイタルを確認したのよ」

「はいはい。いきなりドクター、って叫んだからビックリしました。やっぱドクターは目を覚ましませんでしたけど」

「と、そういうわけ」

愛ちゃんはカウンターに伸び上がって、竹脇さんのベッドを見た。通路を隔てた小さな空間で、竹脇さんは眠り続けている。

「あの、児島さん。竹脇さんって、カッコよくないですか。背は高いし、スタイルいいし。ずっと寝てるからよくわからないけど、ロマンス・グレーっていうのかな」

「あら、古い言葉を知ってるのね」

「師長さんから聞いたんですけど、商社の重役さんなんですって。やっぱ、ニューヨークとかパリとかに長くいらっしゃったんですかね。奥様も美人だし」

ときどき、ＩＣＵの静寂が怖くなる。一般病棟には命の気配があるのだが、ここには痛みも苦しみもなかった。ただ、無言の人生が詰まっている。病院の一部というより、教会の中にいるような気がするのである。そこで働く自分もまた、看護師よりも修道尼に近いように思えることがあった。

「カッコいいわよ。背が高くてハンサム。それに、ジェントルマン」

「え？　もしかして、ご存じなんですか」

直子は肯いた。その人はよく知っている。

初めて出会ったのは、二十年くらい前だった。仕事に慣れてきたら、かえって嫌気がさしてほかの人生ばかり考えていた。

もう少し前かもしれない。まだポケベルとテレカを持っていた。若い人たちはたぶん見たこともない、ポケット・ベルとテレフォン・カード。

竹脇正一さんという名前は知らなかった。いつも始発駅のプラットホームの同じ場所に並んで、同じ地下鉄を待った。

前から二両目の一番うしろのドア。ホームの反対側に先発の車両があっても、背を向けて並んだ。朝のダイヤは過密で、何もその車両にこだわる必要はないのだが、八時三十分からの申し送りにはちょうどよかった。何分かのちがいでも、一日の仕事の流れに乗れないような気がした。動物的な習性とでもいうのだろうか。

たぶん竹脇さんも、都心の会社の出社時刻に合わせて、その車両に乗る習慣があったのだと思う。

ラッシュアワーである。ＪＲからの乗り換え客に、北口と南口の階段を下りてくる通勤客が合流する。背が高くてハンサムなその人は、小柄な直子の目印になった。

姿を見つけるのはいつも改札口の先だったから、たがいの家も駅を挟んでいたのだろう。直子の住まう北口の界隈はダウンタウンの印象があるが、南口はお屋敷町だった。

「カッコよくて、ジェントルマン。えっ、もしかして児島さん――」

「ばかな想像しないで。ご近所の人よ。ああ、近所でもないか」

「何だかあやふやですねえ。怪しいよォ、児島さんたら」

うたた寝の夢にまで見るのは怪しい、ということか。むろん冗談なのだろうが、若い看護師の想像はここちよかった。

「やっぱ、二交替はきついですよね。私なんか、前の病院が三交替だったから」

「まだ若いんだから、文句は言いなさんな。じきに慣れるわよ」

三交替制が二交替に変わって、たしかにローテーションは単純になったが、これほど体に負担がかかるとは思わなかった。連続十六時間勤務の疲れは、一日では取り返せない。昼夜二交替制の導入は、慢性的な人手不足を解消する究極の手段だった。

二十年以上も同じ地下鉄で通勤していた人。ただそれだけのことだ。

だが直子には、竹脇正一が自分の人生の一部のように思えてならなかった。むろん、異性として意識したおぼえはない。それでも、救急から引き継いだ患者の顔をひとめ見たとき、瀕死の肉親か恋人に出くわしたような衝撃を受けた。

命の区別などはしたためしがないが、この患者だけはほかの看護師に任せたくなかった。だからインフルエンザで欠員の出た夜勤を、続けて引き受けている。十六時三十分に出勤して、翌朝九時に日勤との引き継ぎをおえる。二時間の仮眠も満足にとれるわけではない。

どう考えても、同じ地下鉄で通勤していただけの人。ただそれだけの他人。なぜこんなに固執するのかは、自分自身でも説明がつかなかった。

それでも長い夜の間に、あれこれと記憶が甦るのである。

ラッシュアワーの始発駅は座席の奪い合いになるが、竹脇さんは紳士だった。無理に座ろうとはせず、たいていは向かいのドアの脇に立って新聞を読み始めた。だったらわざわざ後発の車両に乗る必要もないのだが、いつもそんなふうだった。

初めて見かけたころの竹脇さんは、四十代のなかばだったことになる。さすがに齢はとったけれど、印象はまったく変わらなかった。髪が白くなって、新聞を読むときに老眼鏡をかけるようになった。それくらいのものだ。

噂では商社の重役さんだそうだが、そういう立場の人なら社用車がつくのではないだろうか。でも、お見舞いにくる人々の様子からすると、やはり重役さんなのかもしれない。

そういえば、二十年の間には姿を見かけなくなったことがある。何年か経って、また地下鉄のホームで見つけたときは、思わず挨拶をしそうになったものだ。「お帰りなさい」って。

商社マンなのだから、きっとパリかニューヨークに転勤していたのだろう。ご家族も一緒だったのかな。それとも、単身赴任かな。

「あれ。どうしちゃったんですか、児島さん」

思い出をたどっているうちに、涙がこぼれてしまった。

「すみません。冗談のつもりだったんだけど」

いいのよそれで。直子は誤解が嬉しかった。

人並みに恋はしてきた。だが、愛し合ったことはない。そうなるすんでのところで、いつも相手が去るか、自分が遠ざかるか。ずっとそのくり返しだったような気がする。

そもそも看護師という仕事が、恋愛に不向きなのである。苛酷なローテーションの中で恋人と会うのは難しい。どうにか時間をひねり出しても、くたくたに疲れ切っていて食事も作る気にはなれない。

ましてや直子には頑《かたく》なな使命感があって、仕事よりも恋人を優先することができなかった。それも同僚に言われて初めて気付いたのだが。

児島さんはまじめすぎるのよ。自分の幸福を犠牲にしているとしか思えない。

おっしゃる通り。そんな関係は何ヵ月かしか続かなくて、これまでの最長記録はものすごくケチなドクターの愛人だった二年間。振り返ればどれもこれも、不毛な恋愛だった。

でも、竹脇さんとは二十年も一緒だった。言葉をかわしたことも、目が合ったことすらないけれど、竹脇さんは直子の人生の一部だった。

だから、毎日お見舞いにきているガテン系のおじさんに、竹脇さんの生い立ちを聞いたときはショックだった。思わず手が止まってしまった。

――二人とも親がなかったものでね。

同じ施設で育ったのだ、とおじさんは言った。寝呆けまなこで言わでものことを言ってしまったと思ったのだろうか、恥じ入る顔がかわいかった。

おじさんが廊下の長椅子で眠ってしまってから、直子はＩＣＵの面会者リストを検《あらた》めた。

奥様は節子さん。おじさんの名は永山徹さん。体の大きな、茶髪の職人ふうは永山さんの会社の人だろう。大野武志さん。

大野茜さんは武志さんの奥様らしいけど、ひとめで竹脇さんの娘さんだとわかった。たぶん一人娘。

人間関係をあらまし想像して、直子は胸がいっぱいになった。竹脇さんは大変な人生を背負っていたのだと思った。毎朝の地下鉄に乗り合わせるだけだった人が、あんなにも気になって仕方なかったのは、その大変な人生が滲《にじ》み出ていたからだろうか。

竹脇さんは助からない。手術ができず意識も戻らないというのは、そういうこと。

榊原勝男《さかきばらかつお》さんは八十歳。竹脇さんの隣のベッドで一週間も眠り続けている。

二つの部屋は半分がパーティション、半分がカーテンで仕切られていて、お二人は最も重篤な患者さんだった。

榊原さんは独り住まいのご自宅で脳梗塞を起こした。最悪のパターンだ。たまたま訪れたヘルパーさんが適切な甦生処置をして、どうにか心臓を動かしたまま救急センターに担ぎこまれた。

その心臓にも心筋梗塞の既往症があって、機能が正常であるとは言えない。心筋梗塞や狭心症があれば、脳梗塞もハイリスクに決まっているのだが、診療科目がちがうせいか、ドクターはあまりそのことに触れない。

直子は竹脇さんと榊原さんのベッドを回った。二人とも相変わらずぐっすりと眠っている。さほど遠くない日に、この機械をはずすのは自分なのだろうか、と直子は思った。

榊原さんは病院が大好き。古手の看護師で知らない人はいない。外来診療が始まる九時前にやってきて、顔見知りを捉《つか》まえては話しこみ、レストランのランチを食べて帰る。ほとんどの場合、本人の診療はないのである。この手のお年寄りは何人もいるが、陽気な榊原さんは奇妙なコミュニティーのムード・メーカーだった。

それでも、榊原さんが独り暮らしだとは知らなかった。緊急連絡先はご長男だが、お見舞いにきた記録はない。住所は大阪になっていた。顔を見せるお年寄りは、病院コミュニティーのメンバーだった。

「榊原さあん、聞こえてるかなー。がんばろうねー」

直子は榊原さんの頭を撫でた。どうしても声をかけずにはいられない。やっぱり自分はＩＣＵ勤務に向いていないと思う。ここにいる限り、まかりまちがっても恋人はできないだろう。ほんとうはひとりひとりに、「愛してる」と言いたいのだから。

廊下では大野武志さんが、永山さんを揺り起こしていた。

「親方ァ、体に毒だぜ。もう帰って寝ろよ」

寝ちゃったらちょっとやそっとでは起きないタイプ。おまけにひどい鼾《いびき》だ。

竹脇さんの人間関係を、もう考えるのはやめようと直子は思った。たぶん知れば知るほど切なくなるから。

ストレッチャーが一階の救急から上がってきたとき、ひとめ見てその人だとわかった。

もちろん、竹脇正一さんという名前は知らなかった。六十五歳という年齢は意外だった。身なりがきちんとしていて姿勢もいいから、ずっと若く見えた。むしろ竹脇さんが変わらないまま、自分の年齢が近付いていくような気がしていた。

会社を辞めればもう永遠に会えないはずの人と、こんなところで会うなんて。

住所は杉並区荻窪。地下鉄新中野駅から搬送されてきた。まちがいない。

救急センターから付き添ってきた奥様が、花束を抱いている意味がわからなかった。お花はご遠慮下さいと直子が言うと、永山さんが事情を説明してくれた。

花束には人の心がこもっている。言うに尽くせぬ心を花に託して贈る。だが直子は、そんな悲しい花束の来歴をかつて知らなかった。

四十何年も地下鉄で通勤した人が、定年退職の送別会で贈られた花束だった。そしてその最後の一日に、竹脇さんはとうとう力尽きて倒れてしまった。荻窪駅まであと四つ。終点まであと四つというところで。

自分と竹脇さんのかかわりを、直子は口にしなかった。日勤の朝に必ず見かける人、というだけでは語る値打ちもないと思ったからだった。

花束のほかに持ち物はないようだった。コートとマフラーは、竹脇さんとよく似た娘さんがずっと抱きしめていた。

ストレッチャーを押しながら、直子は声を殺して泣いた。涙だけで泣くのには慣れている。口をきかずに奥歯を噛みしめて、仕事に集中すればいい。

竹脇さんはいつも手提げ鞄を持っていた。地下鉄に乗りこむとその鞄を網棚の端に上げて、ドアの脇の定位置で新聞を読み始めた。

送別会の帰り途、あの鞄のかわりに花束を提げてドアのそばに立つ竹脇さんの姿を、直子はありありと想像してしまったのだった。

竹脇さんをホームで見かけるたびに、直子も背筋を伸ばした。たぶんあの人は意識が落ちる瞬間まで、自分の立つべき場所に、凜と立っていたと思う。

顔役

やかましいなあ、まったく。

おちおち眠れねえならまだしも、おちおち死ねねえのは迷惑だ。

おーい、看護婦さあん。

て言っても、聞こえねえか。くたばりぞこないってのは、不自由なもんだな——。

榊原勝男は病院の顔役である。むろん、このあたりのやくざ者という意味ではない。病院通いの年寄りに知らぬ顔はなく、それもたいていは榊原の顔を見かければ向こうから挨拶してくれるのだから、顔役である。

増改築をくり返した病院の構造は複雑だが、榊原には訊かれて答えられぬことなどない。ときにはとまどっている患者の道案内もする。

自分自身の受診はおよそ二ヵ月に一度で、それも血圧を測って聴診器を当てるくらいのものだから、五分とはかからなかった。担当医が孫のような医者に替わってからは、世間話もしなくなった。

榊原は地獄耳である。長いこと世話になった前の担当医が、実は心筋梗塞で死んだことも知っている。だが、言っていいことと悪いことはあるので、病院仲間にも口外はしていない。それは病院の名誉にかかわる話であろうし、心臓の医者が心臓病で死ぬのは、野口英世みたいな大往生だと思うからである。

この病院の昔の姿を知っている人も、もうほとんどいないだろう。大きな鋼鉄の門があって、車でやってくる患者などいない時分の話だから、駐車場は芝生の庭だった。まんまん中に噴水もあった。

正面の診療棟がコンクリの三階建て、そのうしろに中庭を囲んだ木造の病棟があった。完全看護ではなかったから、入院患者には雇いの付添人がいて、昼どきには中庭で目刺しを焼く煙が病院中に立ちこめた。

この病棟に建て替えられたのは、東京オリンピックの少し前だったろうか。新宿から荻窪まで地下鉄が延伸され、都電がなくなった。何もかもが変わった時代だった。

うるせえぞ。声がデカいんだって。何とか言ってくれよ、看護婦さん。

あ、看護婦じゃねえんだ。看護師。近ごろは男も多いから看護婦じゃあうまかねえ。

当直は児島さん。あれ、連続の夜勤じゃねえのか。無理はしなさんなよ。

それにしても、いい女だよなあ。あんなべっぴんが、どうして嫁に行かねえんだろう。

榊原は児島直子がこの病院にきたときから知っている。

心筋梗塞で死にぞこなったあと、リハビリテーションを担当してくれたのが児島さんだった。心臓病は身体機能に障害が残るわけではないから、リハビリといっても生活指導を受ける程度なのだが、若くて美しい看護婦に会いたいばかりにせっせと通った。

タバコは絶対ダメ。お酒も嗜《たしな》む程度。塩分は控えて、血圧は朝晩必ずチェック。適度な運動は怠らず、気温の変化にご用心。

他人の忠告には耳を貸さずに生きてきたが、児島さんの言うことだけは素直に聞いた。あれからどうにか二十年も生き永らえたのは、児島さんのおかげだと思う。

「それじゃ、マーちゃん。俺はいったん帰るからな」

ああ、やっと帰ってくれるか。ご苦労さん。マーちゃんには聞こえてるよ、きっと。

「あとは俺がついてるから。寄り道するなよ、親方。おかみさんに電話しとくからな」

おまえも帰れって。まったく、入れ替わり立ち替わり、泣いたり騒いだり、迷惑な病人もいたもんだ。

靴音が去ってしまうと、集中治療室には空虚な静けさがやってきた。

雪は降り続いている。カーテンを閉めないのは、きっと児島さんの心遣いなのだろうと榊原は思った。

たとえ意識がなくても、東京では珍しい雪の夜を感じさせてあげたい。児島さんの考えそうなことだった。

榊原は睫の間から雪を眺めた。顔を動かせはしないが、街灯の映す雪の影が壁を伝っていた。機械ばかりの病室で、自然を感じられるのはありがたかった。

雪が囁きかけてくる。八十年も生きたんだから、ぼちぼち了簡したらどうだ、と。

もうとっくに了簡してるさ。いやな言い方だが、思い残すことなんざありゃしねえよ。すっかり医学が進歩して、死のうにも死ねねえだけだ。

榊原は倒れたときのことを思い出した。ふだんと何も変わりのない一日だった。どこか具合が悪いとも思わなかった。

いつも通りにトーストと牛乳の朝食をとって薬を嚥み、八時四十五分の定時にいそいそと「出勤」した。

住み慣れた木造アパートは二階建ての十世帯で、古ぼけてはいるがまだシャンとしている。榊原がここに越してきたころは、モルタル塗りが今の鉄筋マンションと同じくらい値打ちものだった。

六畳一間に二畳ばかりの台所。風呂はないが銭湯は近い。それでも各戸に水洗トイレが付いていて、当時としては文化生活だった。

大家は顔も知らない。家賃は月末に不動産屋が取りにくる。二年に一度の契約更新は何度くり返したかわからないが、引越しは考えたためしもなかった。

住人たちはあらまし学生か若い独り者である。それもこのごろは回転が速くて、顔見知りになる間もなかった。

それでも感心なことに、きょうびの若者はきちんと挨拶をする。おはようございまーす。こんばんはー。顔見知りになれないのは、どいつもこいつも同じ顔に見えるからである。

榊原の「通勤路」は決まっている。火でも出ようものならひとたまりもあるまいと思える建てこんだ路地を抜け、青梅街道の交叉点に通ずるなだらかな坂を登る。もっとも、登るというほど苦労な坂道ではない。足腰にはまだ自信があった。

緩いカーブが続いているのは、荷車を押した昔に付けられた道なのであろうか、その按配が年寄りの「通勤路」にはころあいだった。このあたりの青梅街道は馬の背になっていて、北も南も坂道である。

信号を渡り、まただらだら坂を少し下って病院にご到着。診療が始まる前から、待合室は座る席もないほど混雑していて、こいつらバカじゃねえかと榊原はいつも思う。朝早くから待っても、途中からのんびり来ても、待つ時間は同じはずだからである。もっともそのバカの中でも一等賞のバカは、用もないのに通院する自分にちがいないのだが。

榊原は病院が好きだった。ここには知り合いが大勢いる。なにしろ二十年も通い続けて、その間には何度も入院している。家族がないだのアパート暮らしだの、個人的な事情は関係ない。暇な年寄りが集まって病気自慢をし、大きなテレビを見ながら罪のない議論をする。それでも誰もが礼儀を弁えていて、はた迷惑にはならない。

暇を潰す場所はほかにいくらでもあるが、榊原はやはり病院が好きだった。

その日がいったいいつだったのか、きのうの出来事なのか一年前なのか、榊原勝男にはわからない。

記憶は鮮明である。昼食はいつも通りに、二階のレストランでランチ・セットを食べた。スパゲティー・ナポリタンに小さなサラダ。コーヒー付き。

なぜか別れた女房のことを考えた。遠い昔に倅を連れて出て行ったきり、一度も会ってはいない。幾月かして弁護士が訪ねてきたから、さして迷わず離婚届に判をついた。

未練はなくて、むしろ家族という面倒がなくなってせいせいした。自分でもあきれるほど淡白だった。

倅とは何度か会った。大学まで出て、一流企業に就職し、あるとき婚約者と一緒にひょっこり訪ねてきたが、このごろはとんと音沙汰なくなった。孫は三人いるはずだが、会ったこともなく、名前も知らなかった。

別れたきり縁の切れた女房を、なぜか思い出したのである。死ねば倅が何か言ってくるはずだから、達者でいるのはたしかだが、どんな具合に齢をとっているのかと考えた。レストランの中を見渡して、あんなふうか、こんなふうかと想像しても、三十代で別れた女房の老け具合などは思いうかばなかった。

食事をおえて病院を出た。奇妙な仲間たちも昼飯どきには解散する。たぶん大方は、家庭も家族もあるのだろう。

名物の樅の木にクレーン車を寄せて、クリスマスの飾り付けをしていた。古い建物のころから、玄関の車寄せの前で偉そうにしていた大木である。もう育ち切ってしまったものか、身丈は昔と変わらないように思えた。

クリスマスの前にはあれこれ飾り付ける習慣は同じだが、昔は金銀の星を、豆電球がぴかぴかと照らす程度だった。それがこのごろでは、お祭り騒ぎのようなイルミネーションになった。

明日の晩から点灯すると電気屋が言ったので、そのうち風呂帰りに見物しようと思った。楽しみがひとつできた。

ぶらぶらとアパートに帰って、部屋の掃除をした。ヘルパーさんの訪問日だが、いなけりゃいないでまた来るだろうから、いつも通りに一番風呂に出かけた。

榊原勝男の日常は、万事がその調子なのである。

他人の都合は一切考えない。そのかわり男やもめとしては相当に始末がよくて、家事はまったく苦にならなかった。

一番風呂の顔ぶれは決まっている。ほとんどは楽隠居だが、それぞれの年齢は親子ほどもちがう。世の中隠居だらけである。これに個人タクシーの運転手と、水商売のあんちゃんが加わる。どいつもこいつも家に風呂ぐらいはあるのだろうが、沸かすのが面倒なのか、それとも銭湯が好きなのか。

長年の顔なじみでも、話しこむほど親しくはなかった。家が近すぎるせいで、病院仲間のように気は許せない。

湯上がりに牛乳を一本。いつもと同じにうまかった。それからぶらぶらとアパートに帰り、コタツにあたりながらテレビを見た。

このごろはほとんどの番組が、わからないかつまらないかで、ニュースばかり見ている。とりわけ相撲の本場所がない十二月は、早い時間から七時半までニュース、それから夕食をこしらえて、誤嚥《ごえん》しないようにゆっくりと食べ、また九時からニュースである。

銭湯に行っている間に、ヘルパーさんが訪れた様子はなかった。留守に来れば必ずドアにカードが挟んである。

とりたてて何の不自由があるわけではなく、買物などを頼んだためしもないのだが、独り住まいの高齢者を巡回してくれている。少しの間でも話し相手にはなるし、心強くもあった。

ふしぎなことに榊原勝男は、まるで死ぬ気がしなかった。むろん八十にもなれば考えぬではないのだが、まだ遠い先の話だと思っていた。

だからコタツに温《ぬく》まったまま、急に力が抜けて、手足を動かそうにも動かせなくなったとき、まさか具合が悪いのだとは思わなかった。ふいに睡気がさすのは珍しいことではなかったからである。

痛みも苦しみもなく、榊原は気を喪った。ヘルパーさんがやってきて、大騒ぎになったのはかすかに覚えている。

部屋から運び出されるとき、よその病院はいやだと思った。

もう、いいって。ぼちぼち潮時だ。俺は俺なりに、まんざらでもねえ人生だったしな。

第四章

川の流れる町

つき。ほし。くも。かぜ。やま。かわ。うみ。

日本の自然はどうして二字ばかりなのだろう、と僕は思った。

はな。あめ。ゆき。たに。くさ。すな――あれ、もうひとつないかな。固有名詞じゃなく、普通名詞で。

考えればいくらでもありそうだが、カウント・ダウンが始まってあわてた。ブザーが鳴ってしまう。

いわ。いし。みち。うーん、どうもちがう。よし、「ゆめ」。これでどうだ。

ピンポーンと正解のチャイムが鳴って、僕は胸を撫で下ろした。

漢字に変換。

「月星雲風山川海」

「花雨雪谷草砂夢」

すばらしい。意味はないが字面は漢詩みたいだし、最後の「夢」には韻を踏むように味わいがある。

退屈はいいものだ。どうでもいいことを考える時間。非生産的な、思考と想像の時間。かつて人類は、豊かな閑暇《かんか》を持て余して生き、そのまま優雅に死んでいったのだと思う。

それがいつのころからか、どうでもいいことを考えるのは怠惰《たいだ》とされ、非生産的な行為を排除し、自由な思考と想像を封止して生きるようになった。いくら寿命が延びたところで、そうした人生は短く、その死は貧しいものであるにちがいない。

不自由な体になってみると、記憶の何もかもが時系列を失って、きのうの出来事のように思える。それはおそらく、常に過去を顧みる余裕を欠いていたからで、貴重な人生の諸相はアルバムに整理されない写真のように、あるいはPCに蓄積されて永遠に日の目を見ないデータのように、それがいったいいつの出来事かもよくわからぬまま、思いうかんでは消えてゆく。

しかし今は、さしあたってできることはなく、やるべきこともない。

つまり、ついぞ知らなかった「退屈」という時間を手に入れたのだ。

「おい、竹脇さん」

ふいに嗄《しわが》れた声が名前を呼んだ。

「退屈だろう。ちょいと出掛けねえか」

見知らぬ老人が、僕を覗きこんでいた。

「あの、どちらさんでしたっけ」

「どちらもこちらも、お隣さんだよ」

「ああ、隣の方ですか」

集中治療室のベッドは、パーティションとカーテンで仕切られている。

「あんたはまだ三日かそこいらだろうが、こっちはもう一週間になる。いやもう、ヒマでヒマで」

「ご家族ですか」

「え。家族なんかいねえよ。本人だ」

どうやらまた、わけのわからぬことが起きたらしい。夢にしてはリアルすぎる。かと言って、現実にはありえない。

マダム・ネージュとのディナーは楽しいひとときだった。静と過ごした夏の一日も。

だが、このじいさんと出かけるのは気が進まない。

「せっかくのお誘いですけど、ちょっと具合が悪いもので」

「具合が悪いのは俺も同じだよ。それも、ちょっとやそっとじゃねえぞ」

「ええ。ですから、おたがいあまり無理をしないほうが」

老人はチェッと舌打ちをした。品もないし、身なりも悪い。きっと話も嚙み合わないだろう。そのうえ面倒臭そうな人物だ。

「あんた、退屈しねえんか」

「そりゃまあ、退屈ですが。あの、お名前を伺ってもよろしいですか」

「ああ、そうだ。申し遅れました。榊原勝男と申します。榊原康政のサカキバラに、勝つ男ですな。威勢がいいでしょう、名前だけは。やれ行けそれ行けの時代に生まれたもんで、勝男です。負けちめえましたけどね。お国も俺も、こてんぱん」

どうやら会話に飢えているようである。この調子では話し相手にもなるまい。安息を攪《かきみだ》されるだけだ。

「榊原さん、ですね」

「カッちゃんでいいよ。あんた、マーちゃんだろ。苗字は、えーと」

老人はベッドの名札に目を凝らした。

「そうそう、竹脇さんね。てことは、ショウイチじゃなくって、マサカズかマサイチ」

「はい、マサカズです」

トオルの声を聞いていたのだろう。口も達者だが、頭の回転も速い。

「竹脇正一。いい名前だ。親に感謝しろよ」

大きなお世話である。そればかりは。

「そんで、血液型はA型。苦労性。担当医は鈴木先生。どの鈴木だろう、三人いるけど」

「脳神経科の」

「ああ、あの若い先生か。そりゃだめだ、助かる者も助からねえ」

冗談にしても、時と場合を考えてほしいと思う。だが麻酔が効いているせいか、なかば仏になっているのかと疑うくらい、僕は寛容だった。

「どこがお悪いんですか」

「顔」

「まじめな質問です」

「頭」

「ですから――」

「おっと、これはシャレじゃあねえんだ。頭の血管が詰まっちまったらしい」

「ああ、脳梗塞ですね」

「いやね。聞いてくれよ、マーちゃん。二十年前に心筋梗塞をやったもんで、そっちばっかり用心してたのさ。そしたらおめえ、心臓じゃなくって頭だと。いくら何でも、そりゃねえだろう。こっちは正々堂々の立ち合いをしてるってのに、背中からバッサリ闇討ちだ」

口が止まらない。ここに看護師がやってきたらどうなるのだろうと思うと、気が気ではなくなった。

「ちょっと、外に出ましょうか」

「おう、そうこなくっちゃ」

老人はさも嬉しげに立ち上がった。トレーニング・ウェアに綿入れの半纏《はんてん》、毛糸の帽子に手袋。様子は悪いが笑顔のきれいな人だった。

やれやれ、と声に出さずに起き上がると、コードやチューブが音を立てて抜け落ちた。

「もうちょいとマシな服はねえもんかね」

僕の背広姿をしげしげと眺めて老人は言った。シャレでも冗談でもないように聞こえた。世の中には、そんなふうに見ている人もいるのだろう。紺のスーツに白いワイシャツは、サラリーマンの制服だった。

「あまり時間は取れませんが、よろしいでしょうか」

「え。何でえ、そりゃあ。あのな、マーちゃん。あんた、もうやらなきゃならねえことなんざ、何もねえんだよ」

身に応える一言である。僕は気の進まぬ用談に使う口癖を、恥じねばならなかった。

雪降る窓に向き合ってネクタイを整え、髪を撫でつけた。顔色はいい。

「外は寒いぜ。あったかくしてけ」

そう言う老人の身なりは、トレーニング・ウェアの襟元が寒々しい。しかもサンダルばきである。

「会社帰りだったんか」

「ええ、まあ」

「俺は着のみ着のままだからなあ」

思いついてマフラーをはずし、老人の首に巻きつけた。

「おお、すまねえ。気がきくなあ、あんた」

「大丈夫ですかね。おたがい重病人ですよ」

「なあに、二度は死なねえよ」

コートに腕を通しながら、仕切りのカーテンを開けて隣のベッドを覗きこんだ。もうひとりのカッちゃんが安らかに眠っている。

「生きてるんでしょうね」

「何とかな。退屈してるだけさ」

ナース・ステーションでは、夜勤の看護師たちが働いていた。

「こっちの若いほうが愛ちゃん。向こっかしの色っぽいのが児島さん」

「へえ。何でもご存じなんですね」

「勤続二十年の会社みてえなもんだ」

年かさの看護師と目が合って、僕はひやりと立ちすくんだ。いや、視線はベッドに横たわるもうひとりの僕に向けられている。

「見えてやしねえから、安心しな。おや、どうなすったね」

親しみのある、美しい看護師だとは思っていた。しかしこうして遠目に見ると、身近な人のような気がしたのである。

誰だっけ。

本社の医務室にいたのか、それともたまに通っている荻窪の病院で見かけたのか。ちがう。もっと親しい人だ。

「児島直子さんって、どうでえ、いい女だろう。やさしくって仕事ができて、べっぴんでよ。俺ァずいぶん昔から知っているが、若い時分よりきれいになった」

思い出した。荻窪駅から地下鉄に乗り合わせる人。まちがいない。下車駅は新中野だった。同じ時刻の同じ車両に乗るのに、毎朝会うわけではなかった。その種明かしは、勤務のローテーション。

「実は、かれこれ二十年の付き合いなんです」

え、とカッちゃんは声を失った。

「まあ、ヤボは聞くめえ」

カッちゃんは思わせぶりな咳払いをして、僕の袖を引いた。

廊下では不安げな家族たちが囁き合っていた。タケシは見当たらない。トオルを送りに出たのだろう。

「ご苦労なこった。ここにいたって何ができるわけでもあるめえに。くたばるのを待っていやがるか」

カッちゃんは悪態をついた。家族はいないと言っていたが、孤独な身の上なのだろうか。

「いやな、できのいい倅もかわいい孫もいるんだが、来なくていいと言ったんだ」

見えすいた負け惜しみである。物が言えるはずはないし、言ったところでハイさいですかという家族もあるまい。詮索はよそうと僕は思った。

「それにしても、マーちゃんは大変だな。毎日毎日、とっかえひっかえ人がきて、泣いたり騒いだり」

「お騒がせしてます」

「いやな、退屈しのぎにはなるんだが、ご本人はさぞ面倒臭かろうと思ってよ」

「そんなことはありません。ありがたいし、申しわけない」

「ほう。申しわけねえとおっしゃるか」

カッちゃんはチェッと舌打ちをした。悪い癖である。どういう人生だったのか、苦労が身につかなかった男、という気がした。

エレベーターのボタンを押し、階数表示を見上げながら、カッちゃんは拗《す》ねた物言いを糊塗《こと》するように呟いた。

「死んじゃなりませんよ。まだ泣く人がいるうちは」

ドアが開いて、入れちがいにタケシが降りてきた。思わず「よお」と言ってしまった。

「息子さんかい」

「いや、娘の亭主」

「どうりで似てねえや」

やはりトオルを送りに出たのだろう、ワークコートの背中が濡れていた。

一階の夜間受付を、二人は何ごともなく通過した。相変わらずの綿雪である。

カッちゃんは傘立てから、ビニール傘をいいかげんに摑み出して僕に手渡した。

「まずいでしょう」

「取られて困るほどの値打ちはあるめえ。贅沢な時代になったもんだ」

歩き始めるとじきに、カッちゃんは思い出話を始めた。

「子供の時分にはな、他人様の傘をかっぱらって闇市に売りに行ったもんだ。ビニールなんざねえ時代だから、傘は値打物だった。たいがいは木綿で、上等なのは絹。どっちにしろしばらくさしていれァ、ポタポタと雨がしみてくるんだがね」

「ああ、そうでしたね。防水加工はしてあったのでしょうが、濡れると重くなって」

歩きながらビニール傘をもたげて、カッちゃんは僕の顔を見上げた。背丈は頭ひとつもちがった。

「おや、あんがいジジイなんだな」

「六十五です」

へえ、とカッちゃんは少し驚くふうをした。感心しているのか、馬鹿にしているのかはわからなかった。

「ほんとかね。まったくこのごろは、人間が若くなったなあ。しかし何だ、その齢まで会社通いをして、あげくの果てに帰り途でバッタリ倒れるなんざ、いい世の中だとも思えねえ。もっとも、昔は八十の年寄りもめったにはいなかったがね」

カッちゃんは八十過ぎ、ということなのだろう。矍鑠《かくしゃく》たるものである。今では珍しくもないが、たしかに僕が子供の時分には、八十何歳の年寄りなどめったにいなかった。今でいうなら、百歳ぐらいに相当しただろう。

マイナス二十歳。だとすると自分は四十五歳か。いや、それはいくら何でも若すぎる。ならば八掛けと考えて、五十二か三はどうだ。正解、という気がする。

いったい、この急激な若返りの原因は何なのだろう。第一に医学の進歩。第二に食生活の充実。第三に経済規模の拡大。そんなところか。それはそれで人類の進化といえるのだろうが、おかげで「帰り途でバッタリ」はいただけない。

「で、盗んだ傘はいくらで売れたのですか」

「さて、どうだったろう。最初の一本で闇市の雑炊とイワシを食ったのは覚えている。それで味をしめたってわけさ。どうせかっぱらったものだとわかってるから、ブローカーの言い値だしな。それに、きょうとあすとでは物の値段が倍になるようなインフレだった」

カッちゃんの年齢を算《かぞ》えた。八十歳ならば、一九四五年には九歳の子供だ。

ビニール傘を並べて、僕たちは雪降る町を歩いた。

「そのうち、靴泥棒も覚えてよ。かくれんぼをしているふりして、そこいらの家の玄関や勝手口から、靴だの下駄だのをかっぱらうわけさ。ついでに傘もあれァ御の字だ。靴は片っぽだけでも売れたんだぜ。左右でちがう靴をはいてるやつもいたからな」

「あの、立ち入ったことをお訊《き》きしますが、まだ小さかったんじゃないですか」

カッちゃんは答えずに、しばらく雪の中を歩いた。立ち入った質問だったのかもしれない。緩い坂道を登り切って、商店街のアーケードの下に入ってから、カッちゃんはビニール傘をとざして悲しいことを言った。

「みんな、どうしているんかな。八十まで生きられたか」

僕は立ち止まってしまいそうなカッちゃんの背中を押した。

終戦の年からわずか六年後に生まれたのに、僕は荒廃した風景を何ひとつ記憶してはいない。それらしい思い出といえば、中央線の車内に駐留軍の米兵が乗っていたことくらいである。

カッちゃんのいう「みんな」が、誰をさしているのかはわからなかった。泥棒仲間の子供らなのだろうか。それとも闇市の商売人や、食い物を求めてさまよっていた国民や、顔見知りの街娼《がいしょう》や、そのころの風景にあったすべての人々をさすのだろうか。

いずれにせよ、カッちゃんと僕の間にはきっぱりと歴史の壁が立てられていて、想像はまったく及ばなかった。

「寒くはないですか」

「あったけえよ。薬が効いてる」

病院のベッドで眠っている僕と、こうして夜の町を歩いている僕が、どういう関係にあるのかはわからない。だが、点滴で注入されている薬品が効いているのはたしかだと思う。ほどよい酩酊感と幸福感。いくらか顔が火照《ほて》っていて、手足の指先までぽかぽかと温かかった。

交叉点で青信号を待ちながら、カッちゃんは言った。

「ひとッ風呂浴びるか」

「湯屋《ゆうや》だよ。おたがい体が腐っちまうぜ」

「は？」

青梅街道からは、だらだらと下る坂道である。左右には昭和の時代からどこも変わっていないと思える、民家と商店の詰まった町並が続いた。

「中野。高円寺。ここいらは、あんがい下町なんだ」

カッちゃんはビニール傘を阿弥陀《あみだ》にさして歩きながら、町の来歴を語った。

「大正十二年の関東大震災で焼け出された人が、まとまって住みついたらしい。俺がここに来たころにはな、その時分からの長屋がまだずいぶん残ってたんだ。何て言うんだ、ほれ、東北の震災で――」

「ああ、仮設住宅ですね。被災者が住んでらっしゃる」

「そうそう。あれと同じじゃなかったんかな。一段落してもとの本所やら深川やらに帰った人もあるが、ここに根を張った連中も多かったんだ。震災の話はよく聞かされたよ」

「なるほど。それで、郊外に下町ができ上がったんですね」

「そういうこった。だが、まだ続きがある。震災から二十年ばかり経ったころ、今度は空襲で焼け出された人がやってきた。中には、震災と戦災で二度焼け出されたっていう、笑えねえやつもいたんだ。そういう気の毒な人を捉まえて、おい出戻り、なんて呼ぶんだから、江戸ッ子てえのは口が悪い」

「カッちゃんも空襲で焼け出されたのでしょうか」

「いや、俺はちがうんだ。東京オリンピックの年に所帯を持って、ここに越してきた」

昭和三十九年。一九六四年。僕は中学一年生。カッちゃんはたぶん二十八歳ぐらい。エポック・メイキングの年である。

経済効果も大変なものだったろうが、今にして思えば最大の効果は、国民ひとりひとりの意識に及ぼした影響だろう。オリンピックは多くの国民を鼓舞し、「自分も何かをしなければ」という気にさせたのだと思う。

坂道の途中で路地に折れると、民家やアパートが息苦しいほど詰まっていた。未来の自動車社会を、まったく想定していなかった町並である。

「宅配便のあんちゃんが泣くのは仕方ねえとして、救急車が入れねえのは考えものだぜ。あ、ちょいとここで待っててくれ」

この古アパートがカッちゃんの家らしい。僕はビニール傘を下ろして、雪降る路地を見渡した。

この五十年間、何ひとつ変わっていないのではあるまいか。耳を澄ませば、オリンピック中継のテレビを囲む家族の、歓声でも聞こえてきそうだった。

カッちゃんがブロック塀の向こう側に姿を消すと、鍵を開ける気配がして二階のガラス窓に灯がともった。

家族はいないと言っていた。だが、東京オリンピックの年に所帯を持った、とも。いずれにせよ、淋しい独り暮らしなのだろう。

「お待たせ。ほい」

手拭と石鹸箱。どうやら本気で銭湯に行くつもりらしい。

「おっかあでもいりゃあ、家で一杯やりてえんだがな。なにせ一週間も留守してっから、埃だらけだ」

返す言葉を探しあぐねて歩くうちに、カッちゃんが言い足してくれた。

「先立たれたわけじゃねえよ。飲む打つ買うのあげくに、愛想つかされちまってな」

坂道を下り切ると、暗渠と思えるペーブメントと、形ばかりの橋があった。

「川だったみたいですね」

「ああ。蓋をしたときは、きれいになったと思ったんだが、今となっちゃあの臭いが懐かしい。上ッ面を公園にしたところで、きょうびのガキは外で遊ばねえし、犬の散歩道がせいぜいのところさ」

暗渠の上に石の欄干を残したのは、消えゆく風景を惜しむ人々がいたのだろうか。プロムナードにはうっすらと雪が積もっていた。それを少し歩いた住宅街のただなかに、昔ながらの破風《はふ》屋根が上がった銭湯があった。

しばらくの間、その堂々たる佇まいに見とれた。都内に生き残っている銭湯は、あらましビルの中だと思う。これほど剛直な姿は見かけたこともない。

「マーちゃんは、湯屋で育った口かい」

「はい。懐かしいですね」

家がなかったのだから、銭湯に通ったわけはない。だが、懐かしい思い出に満ちている。施設の近くに、子供らを月に一度招待してくれる銭湯があった。高校生になって住み込んだ新聞販売店は銭湯通いだった。春哉にせがまれて、社宅のそばの銭湯にもときどき行った。


「おう、カッちゃん。遅いじゃねえか」

戸を開けたとたん番台から声がかかった。

「早え遅えはこっちのつごうだ。はい、二人」

「まだ降ってやがんな」

カッちゃんと同じ齢ごろに見える銭湯のおやじは、小さな体を番台の上ですくめて、坪庭の雪に目を向けた。

「おかげで商売上がったりだ」

「何言ってやがる。商売ならとっくに上がったりだろうが」

客は脱衣場に二人、仕切りガラスの向こう側にも、ひとつふたつの人影があるきりだった。たしかに雪のせいばかりではあるまい。

おや、と僕は気付いた。カッちゃんと銭湯のおやじは、自然な会話をかわしている。

「お連れさん、会社帰りかい」

「いやまあ、そういうわけでもねえんだがな。妙にきちんとした野郎で」

僕の姿も見えているのである。だとすると、これはいわゆる体外離脱などではなく、そうと見せかけた幻想ということになりはすまいか。異常をきたしている脳の機能か、幻覚作用のある薬品が、みごとな仮想現実を作り出しているのである。

「何だい、マーちゃん。ボーッとしちまって、まだ目が覚めねえんか」

なるほど、それですべて説明がつく。意識を失っている自分が、無意識下でも渇望しているものをリアルな夢に見ているのである。

空腹だったから、高層ビルのフレンチ・レストランでディナーをとった。太陽と健康が欲しかったから、夏の入江を訪れた。そして今は、足を伸ばして熱い風呂に浸《つか》り、髪を洗い、髭を剃り、三日分の垢をこそぎ落としたいのだ。

マダム・ネージュ。静。カッちゃん。仮想現実をより自然なストーリーにするために、生み出された人々。おそらく宗教的にも神秘主義的にも曖昧な存在である、「天使」や「妖精」の正体はこれだろう。

そこまで思いついて、僕はようやく湿ったコートを脱いだ。ロッカーはない。広い板敷に籐の脱衣籠が置かれていた。

ほれみろ。現実にはありえないじゃないか。鍵のかかるロッカーが銭湯に設置されたのは、やはり東京オリンピックの前後だったと思う。番台が入口に背を向けているのは、板場荒らしの泥棒に目配りをするためだった。

背広を脱いで畳み、ネクタイをはずす。

「うー、さぶさぶ。心臓が止まっちまう。先に温まってるぞ、マーちゃん」

「はい、すぐ行きます」

ワイシャツを脱ぐと異臭が鼻をついた。気分は悪くないが、この臭いは耐え難かった。つまり「銭湯」という仮想現実の根拠である。

そうと思えばなおさらのこと、この幻想の出来映えに感心した。僕の脳の奥底には、こんなにもたくさんの記憶が、開かれることのない蔵の中のように、きちんとしまわれていた。

磨き上げられた大鏡。「お静かにお乗り下さい」と書かれた、アナログの体重計。高みには柱時計と、秋葉神社を祀った神棚。壁のすきまにはぐるりと、商店の宣伝看板が繞《めぐ》っている。「出前迅速」の蕎麦《そば》屋。「良心的」な質屋。「各種証明写真」の写真館。

こんなにも微細な情報までが、脳の中に蓄積されていたのである。

ガラス戸を開けると、巨大な富士山が僕を迎えた。思わず「おお」と声が出た。男湯と女湯の間に聳《そび》えて裾を長く曳き、こちらは三保の松原に帆掛舟が浮かんでいるという、王道の構図である。女湯のほうは見えないが、森と湖ではなかろうか。

富士山の麓に湯舟が二つ。手拭を頭に載せたカッちゃんが、鼻先まで湯に沈んでいる。ほかの客といえば、湯舟の隅にじっと浸っている老人と、髭を当たっている若者だけだった。ときどき女湯から、若い嬌声が聞こえた。

体を流し、熱い湯にそろそろと浸った。唸り声を上げながら天井を仰いだ。白いぺンキを塗った天蓋《てんがい》の窓から、湯気が逃げていた。

　これほど清浄な場所が、ほかにあるだろうかと思った。入浴ではなく、潔斎《けっさい》しているような気分になった。

「家の風呂より熱いだろう」

　僕の表情を窺いながら、カッちゃんが訊ねた。

「こうじゃなくちゃ」

　僕は熱い湯にザッと、節子はぬる湯の長湯で、風呂の温度設定は揉め事の種だった。

　肌にしみてくる。体がとろけてゆく。いったい何十年ぶりの銭湯だろうか。

「じじいは熱い湯だな」

「若い時分はぬる湯でしたがね」

　ふいに、湯舟の端で苦行僧のようにじっとしていた老人が、話に割って入った。

「熱い風呂は体に毒なんだってよ。へえ、そうかい。したっけ俺ァ、ぬるま湯に浸って長生きしてえとは思わねえ」

「もっともだ」と、カッちゃんが間《あい》の手を入れた。

「風呂ばかりじゃねえな。このごろは何だって、減糖だ減塩だカロリーオフだって、情けねえ世の中になったもんだ。俺ァ、まずいものを食ってまで長生きしたかねえ」

「その通り」

「うめえものを腹いっぺえ食って、熱い湯にどっぷり浸ってくたばるんなら、文句はねえよ。ま、そうは言ったたって八十五の今までずっとこの調子なんだから、何だってそう体に悪いわけじゃあるめえ」

さすがにカッちゃんは相槌を打たなかった。

「そう言や、あんた。ちょいと顔を見なかったが、入院でもしてらしたかね」

「エッ、いやいや、どこも悪くねえよ。倅の家に行ってたんだ」

「ああ、大阪の」

「そうそう、大阪の」

カッちゃんは僕を振り返り、顔をしかめて笑った。

口のききようや貫禄から察するに、老人はこのあたりの古い住人であるらしい。年齢からすると、関東大震災の被災者の二代目か、あるいは昭和二十年の空襲で焼け出されたご本人かもしれない。

「なあ、あの若え野郎、知ってっか」

老人が声を潜めて僕に訊ねた。

「いえ、知りませんが」

「湯舟に入《へ》えらねえんだよ。いつも髪と体を洗って、髭を当たって、シャワーを浴びて出てっちまう。熱くて入えれねえんだか、入える気がねえんだかは知らねえけどな。ほれ、見ててみろ」

色が白く、でっぷりと肥えた若者である。いわゆる「引きこもり」であろうか。どことなく浮世離れしており、目が据わっていた。

入念にシャワーを浴びたあと、若者は湯舟には一顧だにせず出て行ってしまった。手にしたバスケットには、シャンプーだのリンスだの洗顔料だのがぎっしりと入っているのに、なぜかタオルを持っていなかった。

「ほれ、あの調子だ。金玉も隠しゃしねえ」

それから老人は、廉恥心《れんちしん》を欠いた今どきの若者たちの愚痴を長々とこぼし、「お先にごめんなさいよ」と言って湯から上がった。

「おっしゃる通りですね。終身雇用のサラリーマン社会では、今どきの若者、という言い方は禁句なんです。たしかに恥知らずですよ。胸がスッとしました」

言いたいことを言えるのは隠居の特権である。立場に責任がないのだから、発言に責任を持つ必要はない。口さがない老人の愚痴は、僕にそのことを教えてくれた。

これからは愚痴をこぼそうが中傷をしようが、蔭口を叩こうが醜聞を広めようが勝手なのである。組織に属していないのだから。

おお、と唸り声を上げて、僕は両脚を伸ばした。

「へえ。今どきの若者、って言っちゃならねえんか。どうしてだい」

しばらく黙っていたカッちゃんが、思いあぐねたように訊ねた。

「はい。それはですね、毎年何百人もの『今どきの若者』が採用されるからです。一蓮托生の会社員なのですから、蔭口を叩いているヒマはありません。教育していかなければ」

「なあるほど。だがきょうびの会社は、やたらに叱りつけたり、無理強いしたりしちゃならねえんだろ。物を教えるのはさぞ難しかろうな」

「ああ、パワー・ハラスメントですね。言われた側がどう捉えるかという問題ですから、叱り方にも気をつけなければなりません。正直のところ現状では、そうした社内コンプライアンスが、豊かであるべき人間関係を矮小化させているのはたしかでしょうね。もっとも、社会が成熟してゆく一過程にはちがいないので、否定することはできません」

「何だかちんぷんかんぷんだ」

などとぼやきながらも、カッちゃんはあらまし理解しているように思えた。

「ははァ、そういうことか」

「何が、ですか。勝手に納得しないで下さい」

「いやな、マーちゃん。実はあの二人にはちょいと因縁がある」

カッちゃんは脱衣場に向かって顎を振った。老人は大鏡の前で体操をしており、タオルを持たない若者は、なぜかバスタオルで肥えた体を拭いていた。

「因縁、ですか」

「おうよ。だが安心しろ、実は親子だなんてえ因縁話じゃねえさ。まあ聞きねえ」

カッちゃんは湯の中をにじり寄って、脱衣場を横目で見ながら声をひそめた。

「何年か前の話だ。じじいはああまで耄碌《もうろく》してなかったし、あいつもあそこまでブタじゃなかった。俺とじじいが湯に入《へえ》っていたら、ブタがやってきていきなり蛇口をひねって水を出しゃあがった。ガキでもあるめえに、いい若え者《わけもん》が熱くて湯に入れねえって、いくじのねえ野郎もいたもんだぜ。ましてや、他人様に断りもなく湯をうめるってんだ。怒鳴りつけられたって仕様があるめえ」

「まあ、マナーは悪いですね。で、怒鳴りつけたのですか」

「俺ァこう見えて、ゴタゴタが嫌《きれ》えなタチだからな。説教たれるのも面倒だし。ところがよ、じじいがでっけえ声で叱りつけやがった。勝手な真似はするな、てめえの風呂じゃあるめえ、って。ああ見えて、じじいは予科練だからな、行儀にやかましいんだよ。ほれ、見てみろ。湯上がりには海軍体操だ」

脱衣場の大鏡の前で、老人が体操をしている。動作は齢なりに弱々しいが、それでも様になっているのだから大したものだ。

「で、どうなったんです」

「ふつうならスミマセンと謝るか、さもなけりゃ、なんだクソジジイと言い返すか、男なら二つにひとつだあな。ところが、ブタはそのどっちでもなかった。プイと横を向いて出てっちまったんだ。それ以来、ブタが湯舟に浸っているのは見たためしがねえ。じじいも声をかけたりするもんか。どうでえ、因縁話だろう。きょうびの会社でいう、その、何だ、パワー何とかってやつ」

「パワハラですか。さて、それはどうだろう」

ふと見れば、肥えた若者が老人のずっと後ろで、海軍体操を真似ていた。茶化《ちゃか》しているわけではない。表情はともに真剣だった。たしかに因縁話である。

「この風呂屋も、いよいよ終《しめ》えだな。跡取りがいねえんじゃ、どうしようもあるめえ」

老人と若者がそれぞれに出て行ってしまうと、銭湯は明るい空洞になった。

二人きりになるのを待っていたかのように、カッちゃんが悲しい告白を始めた。

「俺ァ、戦災孤児だった。三月十日の晩のことは、何ひとつ覚えちゃいねえ。たった一晩で十万人が死に、百万人が焼け出されたんだ。そんな空襲の真只中にいて、何を覚えているはずもねえさ。親も家もなくしたガキが大勢いた。みんな、どうしているんかな。八十まで生きられたか」

傘泥棒や靴泥棒の話が結びついた。どうにか生き抜いて大人になったカッちゃんは、東京オリンピックの年にこの町で所帯を持った。空襲の罹災者が多かったというから、何か伝《つて》があったのかもしれない。

やがて、飲む打つ買うのあげく、女房子供に愛想をつかされた。話に嘘がないとすれば、あらましそういう人生なのだろう。

「実は、僕も親がいなかったんです」

僕がそう言ったのは、カッちゃんが恥を晒したと思ったからだった。

「へえ。そうかい」と言ったきり、カッちゃんは何も訊ねようとはしなかった。

「湯屋の板場荒らしでパクられてな。傘泥棒や靴泥棒で味をしめりゃ、次は着る物ってわけさ。十《とお》かそこいらの身よりもねえガキだから、教護院に送られたんだが、じきに脱走して上野の野宿場《おかんば》に舞い戻った」

「板場荒らし、ですか」

「いくつか齢上の女が共犯《レツ》でな。番台のおやじが気を取られているすきに――」

僕は湯気の向こうにまぼろしを見た。

銭湯のおやじは女湯の客と話しこんでいる。ヤニ下がった顔つきからすると、よほど美しい娘なのだろうか。

男湯の戸がわずかに開いて、薄汚い子供が忍びこんできた。カッちゃんだ。

手近の脱衣籠から、衣類をごっそり抱え上げて逃げる。

「あっ、泥棒だ、泥棒だ」

誰かが気付いて叫び声を上げたときはもう手遅れで、千日履《せんにちば》きをつっかけて湯屋から駆け出したカッちゃんは、電信柱の陰に隠れていた仲間にバトンタッチ、その獲物もじきにまたバトンタッチ。

「手がかかるわりにァ、実入りのいい仕事じゃなかった。それに、峰子がいなけりゃ始まらねえしな」

「ミネコ、って」

「ああ、番台の気を引く女だよ。峰子はとびっきりだった。まだ十一か十二で大の男に媚を売るなんて、ほかの誰にできるもんか」

　カッちゃんは天窓を仰いだまま目をとじた。七十年も昔の美少女を、瞼の裏に思い描いているようだった。

「器量よしってだけじゃねえよ。俺たちァみんな峰子の言いなりだった。役回りも分け前も、何から何まで峰子が決めた。誰も文句はつけなかった。割の合わねえ仕事でも、峰子と一緒なら面白かった」

　孤児たちのカリスマであった少女は、それからどのような人生をたどったのだろう。興味を抱いたところで、想像はまったく及ばなかった。

「妙なもんだな。悪い仲間たちはすっかり忘れちまって、二度会いてえと思うやつもいねえんだが、峰子だけはいつも気がかりでならなかった。ちょいとおもかげのある女とすれちがえば、指を折って齢を算えた。年ごろになりゃあなったで、あんだけのべっぴんなんだから、映画女優になってるにちげえねえと思った。それで、あやしいと思う女優の出演する映画は片ッ端から見た。週替わりの二本立てを、五社か六社がいっぺんに作っていた黄金時代の話さ。わかるかい、マーちゃん」

「ええ、よく覚えていますよ。テレビが家庭に行き渡る前ですね。それで、峰子さんは見つかったんですか」

カッちゃんは少し考えこむふうをした。

「これにちげえねえ、なんて思ったこともあったんだがね。マア、のちになって考えりゃ、そんなはずもねえさ。俺ァたぶん、峰子に惚れてたんだ」

「初恋ですか」

「そうかもしらねえ」

あのころの僕にとって、映画ほど悩ましいものはなかった。テレビが生活の中に登場する以前は、まちがいなく映画が娯楽の王者だった。だが施設の子らが、どこの駅前にも商店街にも必ずあった映画館に入る機会はなかった。せいぜい夏の夜に、園庭にシーツを張って映画会を催すくらいのものだった。

だから僕は今でも、スチール写真を貼り出したタイル壁の冷ややかさや、闇から洩れてくる甘い香りやかすかな音楽を、ありありと思い出すことができる。

昭和三十年代までの映画館とは、孤児ならずとも国民ひとりひとりにとって、実にそうした憧れの場所だった。

「二度と顔も見たくねえやつにはバッタリ出くわすくせに、会いたい人に会えたためしはねえな。神様は意地悪だ」

「お元気ですかね、峰子さん」

「幸せだろうよ。美人は得だ。きっといい男を捉まえて、大金持の奥様に納まったろう」

「だったら、まだ希望はありますね」

「よせやい。いくら何だっておたがい八十にもなりゃァ、目の前に置かれたってわかるもんか。それに、峰子が奥方様で俺がこのザマじゃあ、合わせる顔があるめえ」

カッちゃんの笑い声が浴室に谺《こだま》した。峰子という少女のおもかげをたどり、その名を口にすることが、楽しくてならないというふうだった。

「うらやましいですね。僕には、あんまりいい思い出がなくて」

そこまで言ってしまってから、僕は愚痴を嚙み潰した。カッちゃんも訊ねようとはしなかった。

湯気の向こうに、またまぼろしが見えた。

――こんばんは。

子供らは脱衣場に入るとまず、番台のおやじにきちんと頭を下げて挨拶をした。

――はい、いらっしゃい。

懐かしい思い出である。しかし、そうと言い切るにはいささか棘《とげ》があった。

施設の子らを月に一度、銭湯に招待してくれるのは経営者の篤志だったが、それを行事として喜んでいたのはせいぜい小学生までで、中学に入ると好意に対していちいち頭を下げねばならぬ煩わしさや、ほかの客たちの視線に晒されねばならぬ屈辱を感ずるようになった。

仮にその屈辱感は紛らわすにしても、顔をそむけた先には必ず親子連れの客がいた。父と子という、この世で最も当たり前で、しかも母子に比べて神聖な感じがする人間関係を、僕は持たなかった。そして生殖のメカニズムを知ってのちは、いよいよその関係が神聖なものに思えてきたのだった。

——走っちゃだめだぞ。

注意されるまでもなく、子供らは礼儀正しかった。いや、分を弁《わきまえ》ていた。

——勝手にお湯をうめちゃだめだぞ。

そんなマナーも、むろん知っていた。足踏みをして鳥肌を立てていれば、見かねた客が蛇口をひねってくれることも。

まぼろしの子らに目を細めながら、カッちゃんが言った。

「いくつまでいたんだね」

「中学を卒業して、新聞販売店に住み込んだんです。施設には高校生までいられたんですが、ともかく外に出たくて」

子供らの姿が消えると、店主に連れられた坊主刈りの少年が戸口から入ってきた。

——これ、新入り。きょうからよろしく。

——あいよ。

番台のおやじは新聞を手にしたまま老眼鏡をかしげて、僕の面相をちらりと検《あらた》めた。

よろしくお願いします、と言いかけて口を噤《つぐ》んだ。店主が湯銭をおごってくれた。金を払った客なのだから頭を下げる必要はない、と思ったのだった。そう思ったとたん、叫び声を上げたいほどの自由を感じた。

新聞販売店にもさまざまの規則はあったが、それは新聞配達という仕事に付随する掟で、けっして生活そのものを束縛するものではなかった。

僕は生まれて初めて、思いがけない場所で「自由」を発見したのだった。

学校から飛んで帰って、夕刊の配達をして、勉強をして、十一時の仕舞湯《しまいゆ》に行った。毎日の入浴は施設の習慣だったから、どれほど倹約してもなおざりにできぬ出費だった。

「マーちゃんが高校に入《へえ》った年ってえと、何年だろうな」

「昭和四十二年ですね」

中学に入学した年の東京オリンピックが、少年時代の基準になっている。高校一年はその三年後だ。

「湯銭はいくらだったかな」

「二十八円。でも、暮に三十二円になって、それでも月に千円で収まると思ってたら、そのうち三十五円になっちゃって」

物の値段が毎年上がってゆくインフレの時代だった。むろんサラリーマンの給料も上がって行ったが、僕のような勤労少年は割を食っていたと思う。

「あんがい苦労人なんだな」

深くを訊こうとはせずに、カッちゃんは独りごつように言った。

「いいえ。何だかんだあっても、いい時代でしたからね。命の危険はなかったし、飯も食えました」

はたが考えるほど、あのころの僕には苦労の実感がなかった。むしろ、口やかましい親がいない分だけ、自由に満たされていた。苦労をしていると思われることが、唯一の苦労だったと言ってもよいほどに。

自由を獲得した少年の姿が消えると、親子連れがやってきた。

このまぼろしは見たくない。僕は湯舟の縁に腰をかけて俯いた。

——コラ、春哉。行儀が悪いぞ。

——なになに、危なくはありませんや。このごろの子供は、行儀がよすぎていけねえ。

土曜日の夕方には、春哉を連れて銭湯に行った。社宅に住んでいたころの習慣だった。

その間に節子は夕食の仕度をする。春哉は銭湯を通じて公共心を学ぶ。いや何よりも、僕は銭湯が好きだった。

「どうした、マーちゃん」

いいえ、と言葉を濁して、僕は洗い場に座りこんだ。鏡の中には、幸福な父と子のまぼろしがあった。

苦労を苦労と思わずに生きてきたが、これだけはべつだ。春哉のおもかげが胸をよぎるたびに、たとえそれが幸福な記憶であったとしても、息を止めて、俯いて、顎を嚙みしめてやり過ごさねばならなかった。

「ほい、そっち向け」

カッちゃんが背中を流してくれた。垢がこそぎ落とされてゆく。

「忘れなきゃてめえが生きてけねえってこともあるぜ」

背中から胸の奥を見透かされたのだろうか。それとも、幸福な父と子のまぼろしは、カッちゃんの目にも見えているのだろうか。

「俺ァ、あの晩のことを何ひとつ覚えてねえんだ。まったくふしぎなくれえ、これっぽっちも」

「あの晩、って――」

「二十年の三月十日の晩だよ。てめえで消しちまったのか、神様が忘れさしてくれたのかは知らねえが、何も思い出せねえ。ハッと我に返ったら、焼け跡に立っていたんだ」

ていねいに湯をかけてから、カッちゃんは僕の肩をポンと叩いた。

「いい体だ。まだまだくたばるにァもってえねえ」

「そうは言ったって、僕が決めることじゃありませんから。背中、流しましょう」

カッちゃんが痩せた背を向けた。

「昔ァ、知らねえ顔だって背中を流し合ったものだったが、いつの間にか自分自分になっちまったなあ」

自分自分。懐かしい言葉である。他人に手を貸し、また他人の手を借りるのが当たり前の時代には、そんな言葉があった。

「灸を据えた痕じゃねえよ」

カッちゃんの肩と背には、いくつもの火傷の痕があった。

「何ひとつ覚えてねえんだよ。区役所の繃帯所《ほうたいじょ》に連れてかれて、薬を塗ってもらったんだが、そこでようやく痛くて泣いた。てめえの目で見たことはねえが、灸を据えたみてえらしいな。焼夷弾《しょういだん》の油が飛んだんだろう」

家も親も、自分の肉体までも焼かれた少年の苦痛など、想像の及ぶはずはなかった。忘れなければ生きられなかった出来事とは、そうしたものなのだ。

肉体が極度の苦痛に襲われたとき、エンドルフィンが分泌されて、麻薬のような効果が現れるという。だとすると、生きてゆくために記憶を消し去ってしまうホルモンも、存在するのではあるまいか。

「忘れてしまったのは、その一晩の記憶だけですか」

「ああ、そうさ。まったく都合のいい話だ。おかげさんで、いい思い出ばかりさ」

父と子のまぼろしは消えていた。僕はカッちゃんの背中に詫びた。

「すみません。変なことを訊いてしまいました」

「訊かれたって思い出すわけじゃねえんだから、かまやしねえさ。しかしそれにしても、くそまじめなやつだな、あんたは」

あきれたように僕を見上げて、カッちゃんは言った。

「さあて、あったまって出るか。どうだい、湯上がりに一杯。川に蓋を被《き》せちまった公園にな、くたばりぞこないの屋台が出てるんだ」

いいですね、と僕は笑い返した。


よりにもよってなぜ、こんな場所に店を出しているのだろう。

銭湯を出て暗渠のペーブメントを少し下った先に、リヤカーを改造した古式ゆかしい屋台があった。

人通りは絶えてない。公園だから緑はあるが、風流なはずもない。背後は低層マンションの北向きの壁で、窓もベランダもなかった。要するにこれはどう見ても、なるべく人目につかず、迷惑もかからぬ場所にひっそりと店開きをしているのである。

「いらっしゃい。アレ、あんた死んだんじゃねえんか」

カッちゃんと同じ齢ごろであろうか、肥えている分だけ足腰の大儀そうなおやじである。

「まだ死なねえよ。勝手に殺すな」

「救急車で運ばれて、それっきりだっていうからよ」

「それも悪かねえな。なら、ぼちぼち死ぬか。ええと、ビールはやめとこ。熱燗《あつかん》だ」

丸椅子に小さな座蒲団がくくりつけられており、足元には七輪が置かれていた。屋台の軒は広く張り出して、二人の背中を雪から庇ってくれた。寒さは感じない。

「倅かい」

おでんを皿に盛りながら、おやじはちらりと僕を見た。

「ハハッ。どうする、マーちゃん。若く見られたもんだな」

「ちがうんか。どことなく似てるよ」

「そりゃおめえ、長患いの病院仲間なんだから、顔もいくらか似るさ。飯は食えねえ、酒もタバコもやれねえ、おまけにお天道様《てんとさま》に当たらねえんじゃな。この人はでかい会社の重役さんだったんだがよ、命の目方は同《おん》なしだってわけで、俺の隣のベッドにいるんだ。いい世の中だな。エリートもろくでなしも、死ぬときァ一緒だ」

タマゴ。昆布。ガンモドキ。適当に見つくろったわりには、僕の好みのネタが出た。

熱燗が咽にしみる。年齢とともに、日本酒の熱燗は世界一の酒だと、しみじみ思うようになった。

海外ではこのごろブームになって、輸出食品の稼ぎ頭であるらしい。もともと単価は安いから、利ザヤも取れるのではなかろうか。そう考えればなるほど、外国で飲む日本酒は高い。

「ここの足元にァ、川が流れている」

カッちゃんは燗酒《かんざけ》を口で迎えに行ったまま、見えもせぬ川を覗きこむようにして呟いた。

「いつごろ暗渠にしたんですかね」

「アンキョって、何だい」

「いつ蓋をしちゃったのかってことです」

「そうさなあ」と考えあぐねて、カッちゃんは店主に訊ねた。

「東京オリンピックの前の年だね。もとは橋の袂《たもと》に店を出してたんだから、まちがいねえよ。あのころはよかった。おでんは何だって五円か十円で、それでも商売になった」

「ああ、そうだ、そうだ。夏は蚊に食われながら飲んだもんだ」

たわいない話は耳にここちよかった。しかし東京オリンピックの前というと、この店主は五十年以上も屋台を引いていることになる。立派な店を構えていても、そこまで商売を続けるのは並大抵ではあるまい。

「川って言ったって、下水を垂れ流すドブ川だよ。それでも、川っぷちってえのは風流だった。臭《くせ》えし、蚊も湧くし、それで蓋《き》を被せちまえってことになったんだがね。だが、こんな造り物の公園なんかより、よっぽど気が利いてた」

店主は鍋の灰汁《あく》を掬い取りながら愚痴をこぼした。

当時は住民の総意だったのだと思う。下水を整備して、川を甦らせようという発想はなかったはずだ。

「風流か。うん、そうだな。七夕の晩には、短冊をいっぱい吊るした笹を、子供らがそこの橋の上から流したものさ。ああいう風流はできなくなっちまったな」

言いながらカッちゃんは、足元を見渡して店主に訊ねた。

「こんなに狭かったかい」

「いいや。ずっと広かったな。半分は道になった。何だって便利になれァいいってもんでもあるめえに」

この老人たちは、変容してゆく東京の姿をつぶさに見てきたのだ。そう思うと、たわいない話がそうとばかりは思えなくなってきた。

喪われた風景は記憶にとどまらない。昔はどうだったのだろうと考えても、思い出せない。ただ、今とはちがう景色があったはずだと、訝しむだけである。変容を続ける東京の記憶は、堆積する白骨のようなものだ。

「なあ、マーちゃん──」

長いこと酒を舐めながら黙りこくっていたカッちゃんが、ふと目覚めたように語りかけてきた。

「他人の人生をとやかく言うほど偉かねえがよ。あんた、できすぎだぜ」

ほめられたのか貶《けな》されたのかわからずに、僕は問い返した。

「僕の人生が、できすぎですか」

うん、とカッちゃんは肯いた。

自分の生い立ちについて、何を語っただろうと僕は顧みた。

そうだ。銭湯にはあまりいい思い出がない、と言った。養護施設で育ったことや、新聞販売店に住みこんでいたことなどを、かいつまんで話した。カッちゃんは興味を示さなかったし、僕も多くは語らなかったはずだが。

「ああ、できすぎだよ」

二度言われて腹が立った。他人に比べて特別な人生だったとは思わない。思いたくもないし、思ってはならない。そうした僕の信条に、カッちゃんが無遠慮に踏み込んできたような気がしたのだった。

「おっと。言い方が悪かったかな。気に障ったらごめんなさいよ」

「自分よりマシだ、とでも言いたいのですか」

あ、と小さく驚いて、カッちゃんは悲しげな目を向けた。

「そうじゃねえって」

綿入れの背中をすぼめて、カッちゃんは酒を舐め始めた。

「あのな。そうじゃあなくって、てえしたもんだと思ったんだよ。親がなくとも子は育つっていうが、あれァ嘘だ。図体は育つかもしらねえが、まともには育たねえさ。だが、あんたは大学を出て、でかい会社に入って、出世もした。だから、できすぎだって言ったんだ。てえしたものさ」

「ついでに、頭の血管も切れました」

「そりゃあ仕方がねえなあ。頑張ったからどうにかなるってもんでもあるめえし」

笑い合うと、気まずい空気が和んだ。カッちゃんはおそらく、「頑張った」という一言をうまく言えなかったのだろう、と僕は思った。何とも臭みが強すぎて、料理しづらい言葉である。

「食い物には不自由のなくなった時代だろうが、そのぶんきつかったはずさ。ちがうか」

そうだったかもしれない。カッちゃんが何を言おうとしているのか、僕にはよくわかった。

戦後復興の余勢を駆った、めくるめく高度経済成長の時代である。自分が奇跡の中で育ったと知ったのは、経済学の原理を学んでからだった。

しかし、世の中が目に見えて豊かになっていっても、施設の暮らしはさほど変わらなかった。

福祉は社会の義務ではなく善意であると、まだ信じられていた。むろん子供らも、与えられる生活を権利だとは思わず、社会の恩沢を享受しているのだと思っていた。一般家庭よりだいぶ遅れてやってきたさまざまの電化製品も、たいていはメーカーか慈善団体の寄付によるものだった。

「三つ四つ上の子供らは、食べるものがなくて大変だったらしいですが、僕らのころにはずいぶんよくなっていましたね。それでも、繁栄から取り残されていく感じはあった。世の中はもっとよくなっていましたから」

そうした時代に育った僕には、「格差社会」という言葉が理解できない。それを単純に「貧富の差」と定義するならば、今は五十年前よりも遥かに公平な世の中になっているからである。

「そうだろうなあ。俺がガキの時分にァ、世間はみんながみんな腹っぺらしで、ボロを着てた。だから、てめえが不幸だとも思わなかった。マーちゃんは最初っからきつかったはずだ」

「それはわがままというものでしょう。福祉は向上して、遅ればせながらも環境は整っていきました。チャンスをもらったんです」

カッちゃんは体をねじって暖簾を分け、雪空を見上げた。

「親がなけりゃ、子は育たねえ」

「そんなことはありませんよ」

「いいや。まともに育たなかった俺が言うんだから、まちげえはねえさ」

いささかしゃべりすぎた。赤の他人に自分の生い立ちを語ったことなどない。家族の間でも禁忌とされる話を、どうして軽々に口に出したのだろうと、僕は悔いた。

「あんた、親の顔を知ってるんか」

雪を見上げたまま、いきなり刃物でも抜くようにカッちゃんは言った。

「知りません」

ああ、と胸の潰れるような声を上げて、カッちゃんは真白な溜息を吐いた。

「ひでえ話だ。どうせそんなことじゃねえかと思ってたが」

「そうですかね。親を知らない子供よりも、親を忘れた子供のほうがかわいそうでしょう」

「忘れるほうがマシだろ。それに、俺の親は空襲で焼け死んだが、あんたの親はどうなんだ。もしや、生きてたんじゃねえのか」

店主の耳が気になって、僕も丸椅子の上で尻を回した。

「この話は、もうやめませんか。せっかくの酒がまずくなる」

「おう。やめてやるからハッキリさせろや。どうして親の顔を知らねえんだよ」

「どうしてそんなことまでしゃべらなけりゃならないんです。個人情報でしょう」

「またわけのわからねえ言葉を遣いやがる。こっちが知りてえんだから教《おせ》えろ」

二人して暖簾を分けたまま、コップ酒を飲んだ。つい、そういう理屈もあろうと思ってしまうのは、カッちゃんの人柄である。

僕は降りしきる綿雪を見上げた。淡い街灯の光の中に生まれて、ペーブメントに落ちたとたんひとたまりもなく水になる、はかない雪だった。

「捨て子です。昭和二十六年のクリスマス・イブに捨てられました。十二月十五日という戸籍上の誕生日は推定です。誰が、どこに捨てたのかも知りません。知る必要もないでしょう」

それが僕自身の知る、出自のすべてだった。

誕生日の由来と、クリスマス・イブの捨て子だという事実は、妻にすら伝えてはいない。女の胸には惨《むご》すぎる話だと思うからだった。家族が祝ってくれる誕生日と、プレゼントを贈り合う九日後の聖夜を、僕は知らん顔でやり過ごしてきた。

家族の歴史が刻まれるほどに、華やかさを増す幸福な儀式ではあったが、あんがいのことに僕の苦痛が和らぐことはなかった。むしろ年を経るごとに、見知らぬ父母に対する当たりどころのない憎しみが募った。

最も憎むべき父と母の、顔も名前も知らない。それは同時に、最も愛すべき人々の顔も名も知らないということだった。

「どうしようもねえ話だな」

「物は考えようです。そのぶん面倒がなかった。親孝行もしなくていいし、介護の必要もない」

コップ酒を飲み干して、カッちゃんはへらへらと笑った。

「笑えねえ話だが、俺は笑えるぜ。まったくその通りだ。親兄弟に背中を向けて勝手気ままに生きられるやつなんて、そうはいねえからな」

「親類がいないと、義理事もない。他人はどう考えるかわかりませんけど、境遇のメリットとデメリットを秤《はかり》にかければ、むしろメリットのほうが多かったんじゃないでしょうかね。いや、強がりではなく」

おかわりの熱燗を口で迎えて、カッちゃんは肯いた。

「はたには言えねえが、俺もそう思うぜ。世間のしがらみがねえってのは、苦労の半分がねえみてえなもんだ。もう一杯どうだ」

「いや、やめておきます。体に毒ですから」

「何を言いやがる。もう毒だの薬だのって体でもあるめえ」

ふと、六十五年の人生は短すぎるな、と僕は思った。

捨て子の境遇が幸福だなどと、強がりにもほどがある。正しくは不幸を挽回したのだ。

だが、六十五年で終わったのでは、帳尻が合わない。人の一生が均等な禍福で糾《あざな》われているとするなら、このさきまだ十五年や二十年の幸福な時間が、余っていなければおかしいと思う。

それとも、そう思うのはわがままなのだろうか。命が尽きようとするときには誰もが、その人生の幸不幸の容量とはかかわりなく、同じ欲を抱くのだろうか。まだ帳尻が合っていない、と。

「俺ァ、もうたくさんだよ。九つで焼け死ぬはずが、八十まで生きたんだ。ここで命乞いなんぞしたらおめえ、ただの欲張りじいさんじゃねえか」

カッちゃんは勘定をすませると、屋台の暖簾を分けた。歩き出したとたん、街路樹の濡れた幹にすがりついた。

「よろけたんじゃねえよ。帰りがけにァいつも、こうやって川の音を聴くんだ」

ペーブメントに育った水木《みずき》の肌に耳を当てれば、地の底のせせらぎがたしかに聴こえた。

赤と白の列車

あわただしい物音で我に返った。

むろん目覚めたわけではない。体は動かせぬまま、どこかに飛んでいた魂が戻ってきた。

行きかう足音。ワゴンがゴトゴトと動き、金属が触れ合う。看護師たちの剣呑《けんのん》な会話が聞こえた。

「ご家族とは連絡とれた？」

「それがですねえ、関係ありませんって、切られちゃったんです」

「でも、緊急連絡先だよね」

「そっちが勝手にそう決めただけで、こちらは何も聞いてません、迷惑ですって言われちゃいました。どうしましょうか」

「息子さんだったわね」

「何か事情があるんですよ。お見舞いにもいらしてないし、ご住所は大阪ですしね。苗字もちがうんだから、もう縁は切れてるってことでしょう。だったら無理は言えません」

「仕方ないわねえ」

ベテランの看護師は児島直子さん。名前はカッちゃんが教えてくれた。荻窪駅から地下鉄に乗り合わせる美女である。

そこまで考えて、僕は息をつめた。隣のベッドが騒々しかった。

「榊原さあん、頑張ろうねえ。もうじきクリスマスですよォ、お正月ですよォ」

カッちゃんの容態が悪いのだ。連れ立って銭湯に行き、屋台で一杯やり、雪の中をまたぶらぶらと病院に帰ってきた。

——じゃあな、マーちゃん。おやすみ。

——ごちそうさまでした。おやすみなさい。

そう言ってそれぞれのベッドに潜りこんだのは、つい今しがただったと思う。

重病人が熱い湯につかって、酒を飲んで、おかしくならないはずはない。それとも、はなから知れ切った往生をする覚悟で、僕を誘ったのだろうか。

帰りがけにカッちゃんは、光の消えたクリスマス・ツリーを見上げて呟いた。

——風呂に入《へえ》って酒を飲んで、もう思い残すこたァ何もねえがよ。満艦飾のクリスマス・ツリーを、もういっぺん見たかったなあ。

暗い時代に育ったカッちゃんは、イルミネーションが好きだったのだろう。

僕の人生を、「できすぎだ」とほめてくれた。ひどい苦労を舐めさせられた人が讃《たた》えてくれたのだから、素直に受け止めなければ。

カッちゃんは今、どんな夢を見ているのだろう。苦痛や恐怖とは無縁の、楽園にいてくれればいい。時間という単位のない、悠久の楽園に。

死は虚無にちがいないが、そこに至るまでには、きっと時間からの解放があると僕は信じている。たとえそれがたったの数分間であっても、死にゆく人にとっては数十年にも、もうひとつの人生にも、いや永遠にも思えるほどの世界が待っているのだ、と。

そもそも、「時間」とはとてもいいかげんなものだ。少年の一日と老人の一日が、同じ長さであろうはずはない。客観の一日は同じでも、主観ではそれぞれに異なるのである。だとすると、死を前にして肉体が衰弱しきった瞬間には、個々の精神すなわち主観が擡頭《たいとう》し、社会が規定した客観的な時間が無意味になるのではないだろうか。

約束された悠久の楽園は、天国であり浄土である。

そんなことを考えているうちに、僕の心は平穏になった。

カッちゃんの言葉を思い出した。

――いい世の中だな。エリートもろくでなしも、死ぬときァ一緒だ。

たしかにその通りだと思う。集中治療室の住人になってよくわかった。先進の医療がすべての患者に対して、公平に与えられている。まさに「命の目方は同《おん》なし」なのである。

カーテンの向こう側から、ふたたび看護師たちの声が洩れてきた。おいおい、少しである。

は気を遣ってくれよ、丸聞こえだぞ。

「お見舞いにいらっしゃるのは、病院のお友達ですよね。ほら、待合室に毎日集まってくるみなさん。面会者のリストで連絡先はわかりますけど」

「でも、他人よねえ。連絡をとるにしても、あしたの朝。ああ、だったら八時半にはみなさん一階に集まってるわね。でもねえ、やっぱり他人よ」

身寄りのないカッちゃんのために、命を看取《みと》ってくれる人を探しているのだ。縁者の同意を求めてから、生命維持装置をはずす。現代の死とはそうしたものだった。

「だとすると、やっぱり区役所ですかね」

「手順はそうなるわ。担当のヘルパーさんが、一番近い人かもしれない」

僕じゃダメか、と言いたかった。

「それでも朝の九時ですよね。ちょうど交替時間ですよ。九時に連絡をしたら、仕事を日勤に申し送ったみたいじゃないですか」

若い看護師はなかなかしっかり者である。患者のご臨終は、実務的にも精神的にも負担のかかる大仕事であるにちがいない。

死亡宣告が午前九時を過ぎれば、その先の仕事は日勤のチームに申し送られるのだろう。それは避けなければならないと、若い看護師は言っているらしい。

「ドクターの意見を聞いてみるわ。答えはわかっているけど」

「児島さんはどう思うんですか」

「そりゃあなた、ヘルパーさんでも病院のお仲間でも、看取っていただきたいわよ。私たちこそ他人なんだから」

一呼吸ついてから、若い看護師は妙にきっぱりと言った。

「児島さんが看取ってあげて下さい。榊原さんにとっては、ヘルパーさんや病院のお友達よりも、親しい人だと思います」

大変な仕事だと僕は思った。いや、仕事だの職場だのと考えたら続かないだろう。毎日が命のやりとりなのだ。

四十四年間も携わった僕の仕事には、少なくとも命のかかった場面はなかったと思う。

むろん、在職中に亡くなった人は多いし、出張先での交通事故も、テロに巻き込まれて命を落としたケースもあったが、そうした危険が恒常的であったわけではない。それだけでもありがたい仕事だったと、僕は感謝しなければならないのだろう。

どうやらカッちゃんは、この病院の有名人であるらしい。

児島さんはベテランだ。朝の地下鉄で見かけるようになってから、かれこれ二十年くらい経つ。そのぶんカッちゃんとも長いつきあいだったことになる。

僕は暗澹《あんたん》となった。医師の回答はわかりきっている。結論の出ている仕事を、先送りする必要はない。

短い会話のあとで、医師の声が聞こえた。

「何かほかに、問題はないですかね」

「ありません」と、児島さんが答えた。集中治療室の空気が、ひんやりと固まったような気がした。送らせてもらうよ、と僕は胸の中で言った。

医師がＰＨＳで誰かと連絡を取った。ほかの担当医か当直医に了解を求めたらしい。こうした際には、ひとりの決断であってはならないのだろうか。

それからは思いがけないほど性急に事が運んだ。

まず、改まった医師の挨拶があった。

「当直医の鈴木です。確認させていただきます」

これは儀式なのだ。看護師たちが、「よろしくお願いします」と声を揃えた。

不穏な物音が続いた。

「対光反射なし。睫毛《しょうもう》反射なし」

「心音なし。呼吸なし」

「脈拍、触れません。心電図モニター、フラット」

矢継ぎ早に医師が言い、看護師の声が逐一「はい」と応えた。

死に至る経緯がどれほど長い道のりであっても、死の事実そのものが緩慢であってはならない。それはすでに、「どうしようもないこと」だからである。

少しの間をとってから、医師が宣言した。

「十二月二十日午前一時三十二分、死亡を確認しました」

すべては囁き声だったが、僕の耳にははっきりと届いた。カッちゃんを送ったと思った。

人の死に立ち会ったのは初めてである。本当にそうか、と考え直しても、やはり臨終の瞬間は映画やドラマの中でしか見たことはなかった。

六十五年も生きて、一度も死に立ち会わないというのは、数学的な確率からしても、社会的な人間関係を考えても、ありえぬ話なのではなかろうか。

だが、答えはわかりきっている。日本はその間に戦争をせず、僕には父母も親類もいなかった。目の前で事故でも起きない限り、他人の死を目撃するはずはなく、なおかつ死に水をとらなければならぬ縁者はなかった。

カッちゃんの言葉を思い出した。

（世間のしがらみがねえってのは、苦労の半分がねえみてえなもんだ）

その通りだと思う。苦労の半分を免れて生きたカッちゃんは幸せだった。それは僕も同様のはずだが、幸福を味わう時間がカッちゃんより十五年も足りない。

まだ死にたくない、と僕は初めて思った。

まだ死にたくないだと？

今さらそんなことを考えるのも、妙な話ではある。ここに横たわっているのは、紛《まご》うかたなく瀕死の僕なのだから。

つまり、恐怖や苦痛がかけらもない。それどころか、こんな幸福感はかつて経験したことがなかった。

点滴されている薬品の効果だけではないような気がする。きっと僕の脳からは自家製の麻薬が溢れ出ているのだろう。

だから「まだ死にたくない」というのは、さほど生に執着しているわけではなくて、たとえば節子と海外旅行に出かけたいとか、瑠璃や紫苑の成長をもう少し見届けたいとか、その程度のささやかな希望に過ぎなかった。

しかも、この幸福感のすぐれて贅沢なことには、自由自在に病室を抜け出して、上品なマダムとディナーのテーブルを囲んだり、謎めいた美女と海を眺めたり、果ては同じ身の上の病人と連れ立って銭湯に行き、帰りがてら屋台の暖簾を分けて一杯やるという、すこぶる下世話な体験までできるのである。

カーテンの向こう側では、ひとつの人生が終わった後片付けが始まっている。看護師たちは無言で、手際よく働いていた。

カッちゃんの脱け殻を乗せたストレッチャーが運び出されてしまうと、僕の隣に無意味で不穏な空間ができた。

天井を斑《まだら》に染めて、雪は降り続いている。照明がいくらか落ちたように思えた。

「それじゃ、俺は行くから」

カッちゃんが僕の顔を覗きこんだ。

「ああ、そうですか。だったらそこまで送りましょう」

僕は起き上がってベッドを下りた。

「いいよ、いいよ。お迎えも来てるみてえだから」

「いえ、送らせて下さい」

「またそのなりかよ」

カッちゃんは背広姿を笑いながら、チェッと舌打ちをした。

親の顔を知らない子供より、親の顔を忘れた子供のほうが、ずっとかわいそうだ。

だから、送る人のいないカッちゃんを送るのは、僕の務めだと思った。

「お世話さんでしたァ」

カッちゃんはナース・ステーションに手を振って、集中治療室を後にした。


子供のころ、トオルと二人で小さな冒険の旅に出た。

前後の記憶はない。格別の原因もなかったと思う。それは夏休み前の土曜の午後で、小学校の帰りに道草を食ったことから、突然始まった。

ふざけ合いながら中央線の駅まで歩き、線路端でオレンジ色の電車を眺めているうちに、どちらが言い出すでもなく、乗っちゃおうか、という話になった。

遠足やら社会科見学やらで、年に一度や二度は電車に乗る機会があった。首から下げたお守り袋の中には、電車賃には十分すぎる緊急連絡用の小銭が入っていた。

「トオルってのは、あの大工の棟梁《とうりょう》だな。面白そうな話じゃねえか」

ぶらぶらと歩きながら、カッちゃんは話の続きをせかした。夜が更けて、雪はようやく上がった。

「実は、地下鉄に乗ったのはその日が初めてだったんです」

「あれ、中央線じゃねえのか」

「それがですねえ——」

地下鉄荻窪線が全線開通したというニュースを、僕とトオルは記憶していたのである。

新宿は遠いところだが、荻窪は近いという気がしていて、地下鉄の初体験がさほど難しいとは思わなかった。

そうと決めたら、あとは無我夢中だった。自動券売機で切符を買うのも、子供だけで改札を抜けるのも初めてだった。

三鷹。吉祥寺。西荻窪。わずかな距離の間に、武蔵野の田園風景が都会に変わってゆく。日があるうちに帰れば、叱られるだけですむだろうと思い、口裏合わせの算段をした。

ちょっと道草を食っていたら、帰り道がわからなくなりました。おなかがすいてたまらなくなったので、パンを買って食べました。

むろん買い食いは厳禁されていたが、中央線と地下鉄に乗ってきました、と言うよりはよほど罪が軽いはずだった。そのあたりの嘘は僕が考えたのだから、たぶん言い出しっぺだったのだろう。

「荻窪まで地下鉄が通ったのは、東京オリンピックの前の前の年明けだったな」

カッちゃんの記憶にまちがいがなければ、それは昭和三十七年の夏の出来事である。僕らは小学校五年生だった。

「俺ァ、この地下鉄の工事現場で働いてたんだよ」

車も疎《まば》らな真夜中の交叉点まで来て、カッちゃんは立ち止まった。

「ああ、そうだったんですか」

「景気がよくって、手の足らねえ時代だ。日雇いの給料だって毎月上がるくれえのもんさ。総理大臣が所得倍増を公約して、ほんとにそうなった。物価も上がったが、まさか倍にはならなかったから、暮らしはグッと楽になった。おっかあを貰ったのもそのころさ」

幸せを語るかわりに、カッちゃんは黄色い前歯を剥いて苦笑した。

いつの間にか「荻窪線」という呼称はなくなってしまった。だが、開業当初は華々しくそう喧伝されたものだった。だから僕たちは、見たこともない地下鉄がすぐ近くまできたと考えていたのだった。

それはおそらく、僕とトオルが渇望していた普遍的な幸福――みんなが経験していて僕らにだけ恵まれていなかった当たり前の幸福が、とうとう僕らの成長を待ち切れず、向こうからやってきてくれたように思えたのだろう。ほんの少しの勇気さえ持てば、手の届くところまで。

あのころの僕らは、まだみずからの不幸を信じてはいなかった。たとえば、何かの手ちがいで子供を手放してしまった両親が、ある日ふいに運転手付きの外車を施設に乗りつけて、迎えにくることを夢見ていた。あるいは、アメリカに住んでいる叔父か叔母かが、ようやく僕の居場所をつきとめて、テレビのホームドラマそのままの別世界に連れて行ってくれるのだ、などと。

僕らの小さな冒険は、そうした理《わり》なき希望と不可分のものだったと思う。しかし、みじめなことにその冒険は、家出とは呼べなかった。僕らにはそもそも「家」がなかったからである。

では、どういう行為として規定されたのかというと、「脱走」だった。養護施設という上品な名称に変わっても、まだ多くの人が「孤児院」と呼んでいた場所からの失踪は、軍隊や刑務所と同様の「脱走」とされていたのだった。のちに僕らは、そのおぞましい言葉を何度も浴びせかけられた。

あの夏の日、僕とトオルは「脱走」したのだ。なぜ脱走したのだ、という露骨な問責に僕らは耐え続けた。答えられずにただ泣くばかりだったのは、まさか改悛《かいしゅん》ではない。「脱走」という言葉が、容赦なく振り下ろされる笞《むち》のように、痛くてたまらなかつただけだ。

「男の子は、何たって乗り物が好きだからな。そうかよ、地下鉄に乗りたかったのか」

カッちゃんは僕の背中を撫でてくれた。はたから見れば、年寄りが年寄りを労っている奇妙な図である。

だがその手ざわりは、多くを語ろうとしないカッちゃんの人生の大切な部分を、僕に教えてくれた。

焼跡に棄てられ、泥棒や物乞いでどうにか生きてきた少年が、地下鉄を作った。完成して仕事がなくなってからも、地下鉄のそばに住み続けた。そんなカッちゃんにとって、地下鉄に憧れる子供のいたことは、たまらなく嬉しかったのだろう。

「で、乗ったか」

僕は力強く肯いた。のちにどれほど叱責されようが辱められようが、荻窪駅の始発ホームで僕らを待っていた光景には代えがたい。

真紅のボディカラーに純白の帯を巻き、その上には銀色の波がのたれていた。

六両編成の池袋行。東京の地下をぐるりと巡って走る、赤と白の列車。世の中にこんな美しいものがあるのだろうかと、僕は思った。

つき。ほし。くも。かぜ。やま。かわ。うみ。美しいものはすべて、神様がお造りになったと牧師さんが言っていた。でも、それは嘘だった。もっと美しいものを、人間が造ったのだと思った。

僕らはしばらくの間、乗ることをためらってホームに佇んでいた。地下鉄に見とれてしまったのだった。もしかしたら、子供のころから手先が器用だったトオルは、あの瞬間に人生を決めたのかもしれない。

発車のベルが鳴って、僕らは車内に歩みこんだ。両開きのドアが閉まったときは、思わずワッと声を上げた。国鉄の電車のドアは片開きで、二枚の扉が両側に開閉する仕組みを、僕らはそのとき初めて見たのだった。

車内はすいていた。ドアが閉まって座席に腰を下ろしたとき、僕はかつて知らぬふしぎな安息を感じた。それはまるで、母の胸に抱かれるような、何の不安もない安らぎだった。

「どこまで行ったんだい」

カッちゃんは目を細めて訊ねた。

「新宿。いったん改札を出て、帰りの切符を買おうと思ったら、駅員に乗り越しだと言われて。精算の方法なんて知りませんし」

「それで、捕まったと」

「制服を着た私立の小学生じゃないですからね。汚れたランニング・シャツに坊主頭で、ランドセルをしょっているんです。お金はいいからちょっと来なさいって、事務室に連れて行かれた」

「ま、当たりめえだわ」

冒険の旅はそうして終わった。ちゃんと切符を買って帰るから施設には連絡しないでほしいと懇願したが、容れられなかった。

「それも、当たりめえだ」

施設の職員が引き取りにやってきたのは、一時間も経たぬうちだったろうか。むろん中央線の快速列車で飛んできたはずだが、冒険の旅があまりにも長く感じられていたせいで、もしや後をつけられていたんじゃないか、などと思った。

「めでたし、めでたし」

「はい。めでたし、めでたしです」

「マーちゃんは、よっぽど地下鉄と縁があるんだな」

「合縁奇縁《あいえんきえん》なら面白いけど、因縁ですね。やっぱり死ぬわけにはいきません」

「まだ若《わけ》えんだから、もう一踏ん張りしろや。俺ァもうたくさん。くたびれた」

カッちゃんは綿入れ半纏の襟を寒々しげにかき合わせ、アーケードの下を歩き出した。

「どこへ行くんですか」

追いすがって訊ねた。

「勝手に見送っといて、どこへ行くかもねえもんだ。仏様でもキリスト様でもあるめえに、後のことなんざ知るか。とりあえず地下鉄に乗って行く。俺もクサレ縁さ」

「始発まではまだ間がありますよ。駅のシャッターも閉まってます」

「さて、どうかね。ご縁があるんなら開いてるはずだ」

あの夏の日の出来事は詳《つまび》らかに記憶している。微細な光景や感情までも。もしかしたら、僕が荻窪に家を建て、地下鉄で毎日通勤したのは、幼児体験に拠《よ》るのかもしれない。

濡れた舗道に蛍光灯の光を溢れさせて、駅のシャッターは開いていた。

思わず腕時計を見た。午前二時過ぎ。だが、真夜中の地下鉄を、僕はもう怪しまなかった。

瀕死の僕が見ている夢ではなく、薬物のもたらすまぼろしでもなくて、現実の裏側に存在する異界を体験しているのだと、僕は思うようになっていた。

まばゆい光の底から、地下鉄の呼吸が湧き上がってきた。あの夏の日、トオルとともに初めて嗅いだ地下鉄の匂いだった。

「向こっかしから、送ってくれねえか」

カッちゃんは濡れた青梅街道に指先を向けた。

「どうしてですか」

「向こっかしのホームのほうが、いさぎいいじゃねえか」

名案だと思った。東京に生まれ育ったか長く住んだ人間なら、誰もが一度や二度は地下鉄のプラットホームで人と別れたことがあるはずだ。手も握らず声もかけず、ただ線路を挟んで見つめ合うだけの別れは、東京の夜によく似合う。

ひとけもなく、ヘッドライトも遥かな道を、僕はのんびりと渡った。向こう岸の地下鉄もシャッターを開けていた。

階段を下りようとして何気なく振り返り、僕は足を止めた。

冬枯れた太いイチョウの幹に背をもたれて、カッちゃんはタバコを吹かしていた。だが、その姿は綿入れ半纏を着た小さな老人ではなくて、つなぎの作業着にゴム長靴をはき、ヘルメットまで冠《かぶ》った若いカッちゃんだった。

人ちがいでないことには、大通りごしの僕に向かって、若々しくのびやかに両手を振ってくれた。

カッちゃんは僕の愚痴を聞くばかりで、自分自身のことはあまり語らなかった。そして、これまでは恥じ入るばかりで家族にすら話さなかった僕の人生を、「できすぎだ」とほめてくれた。

どうして僕は、カッちゃんの身の上をもっと聞いてやらなかったのだろう。焼跡ですべてを忘れてしまった子供が、青梅街道の下に地下鉄を通した、せめてそこまでででも。

ふと、屋台で飲んだあと、街路樹の幹に耳を当てていたカッちゃんの姿が思いうかんだ。そうして暗渠の川の音を聴くのだそうだ。

僕らは思い出を地の底に沈めて、それでも未練がましく懐かしみながら生きてきた。

自分の心の中に歩みこむように、僕は一歩ずつそろそろと階段を下りた。

死後の魂は、人生のうちで最も幸福だったころの肉体をふたたび獲得する、と聞いたことがある。実に都合のよい話ではあるが、もし本当にそうならば、地下鉄工事に携わっていたころのカッちゃんは、とても幸せだったのだろう。

めくるめく高度経済成長の端緒についた時代。所得倍増、すなわち国民の収入を倍にしようとした奇跡の時代である。

カッちゃんは結婚をし、子供にも恵まれた。戦災孤児の上にまで、奇跡の恩恵はもたらされた。

駅の構内はしんと静まり返っていた。乗客も駅員もいない。僕は自動券売機で切符を買って、改札を通り抜けた。

ホームドアのない、昔の新中野駅である。だが、そもそもこの路線の駅は、ほとんど改装されていない。当初のデザインがすぐれていて、セラミックの建材が堅牢なせいだろうか。時を経たタイルのくすみ具合が、むしろロマンチックだった。

壁にもたれ、目をとじて耳を澄ました。闇の彼方から車輪の轟きが聞こえてきた。

「マーちゃん」

あどけない声がして、僕は瞼をもたげた。荻窪行を待つ向かいのホームに、カッちゃんが立っていた。

小さなカッちゃん。日よけカバーをかけた帽子をかぶり、輝かしいほど白い半袖のシャツに紺色の半ズボン姿で、カッちゃんは両親と手をつないでいた。

最も幸せだったころのカッちゃんが、もういちど線路ごしに僕の名を呼んだ。

「マーちゃん。またいつか遊ぼうね。さいなら」

麻の背広を着た父親が、パナマの鍔《つば》に指を添えて会釈をした。母親は赤いルージュをさした唇を引いて、僕にほほえみかけた。

「さいなら」

僕は手を振った。カッちゃんの言った通り、地下鉄の別れは潔い。もし人目があれば、僕らは声もかけず、手も振らなかったろう。

地下鉄が来た。真紅のボディに純白の帯を巻き、銀色の波をあしらった古い荻窪線の車両だった。

「さいなら」と、僕はもういちど呟いた。


ふたたび壁にもたれて目をつむった。

もう十分に見送ったと思ったからだった。車窓に遠ざかるカッちゃんの姿など見たくはなかった。

地下鉄は行ってしまった。いったいどこから来て、どこへ向かうのか、そんなことはどうでもよかった。

静まり返ったホームを歩き、プラスチックのベンチに座った。さしあたってすることもなく、行く場所もなかった。

人と別れたあとの気分は、そんなものだ。相手が恋人であろうと親友であろうと、またつかの間の別離であろうと永訣《えいけつ》であろうと、ひとつの世界が失われるのはたしかだった。

心の中に一瞬の空洞ができて、そのときの自分の立場にかかわらず、まるで無人島に打ち上げられて目覚めた漂流者のように、時と場所を失ってしまうのだった。そうした経験は、人生の間にいくどもあった。

ところで、このホームにも地下鉄は来るのだろうか。

僕は最も幸福だったころの姿に戻り、さっそうと地下鉄に乗りこむ。そしてその瞬間に僕のバイタル・サインは消え、家族が病院に駆けつけ、医師が厳かに死亡宣告を下す。

それはべつだん怖いことではない。だが、カッちゃんのようにうまく運ぶとは思えなかった。

まず第一に、いったいいつが最も幸福だったのか、僕にはわからない。

子供のころでないことだけはたしかである。大学に合格したときは嬉しかったが、学生生活は苦しかった。新婚時代は誰だって幸せだろうが、仕事に追いまくられて実感はなかった。だとすると、むしろ海外に出ていたころだろうか。いや、それもやはり、春哉を失ってからの日々が幸福だったはずはない。

結局、定年になったこの先かと考えれば、いよいよ身も蓋もないのである。

そして、カッちゃんのようにうまく運ばぬだろう理由がもうひとつ。

カッちゃんは過去を忘れたが、僕には過去がなかった。仮に父母が迎えにきてくれたとしても、僕には彼らが誰であるかわからない。そうとわかれば、なおさら穏やかではあるまい。たぶん地下鉄の車内だろうが駅のホームだろうが、僕は両親を罵《のの》り、どのように詫びようがけっして許さない。

暖かな風が寄せてきた。

地下鉄に神を感ずる一瞬である。

まず息吹が頰に触れる。次に足音が聞こえてくる。そして光がさし、姿が顕《あら》われる。

むろん地下鉄は神ではない。さまざまのものに神性を見出そうとするのは僕の癖で、それはたぶん、徹底して神仏を信じない性格のせいだろうと思う。

施設には週に一度、プロテスタントの牧師がやってきて、子供らに聖書を読み聞かせ、訓話をした。しかし文語体の聖書などはまったくちんぷんかんぷんで、そのうえ篤志家の牧師が情熱的である分だけ、すべてを無理強いされているような気がしてならなかった。

小学生のころは、世間の厄介になっている償いに退屈な時間を強いられるのだと思い、中学生になってからは、こんな運命を設《しつら》えた神に掌など合わせてはならないと抗った。高校に入ると、たとえ神仏であろうが他者に頼れば未来はなくなると怖れた。そんなこんなで、僕はとびきりの無神論者になってしまった。クリスマスを祝ったり、初詣に出かけたりはするが、恒例の行事というほかに意味はない。

息吹のあとから、足音が聞こえてきた。

僕はこの地下鉄に乗るべきなのだろうか。向かいのホームに僕を見送る人はなく、こちら側を左右に見渡しても、お迎えらしき人影はなかった。

やがて闇の彼方に光明がさし、赤と白の神が顕現した。

誰も乗っていない六両の列車がプラットホームに停止し、両開きのドアが開いた。

さほどためらわなかった。カッちゃんにもたらされた福音が、僕に恵まれぬはずはないと思ったからだった。つまり、この地下鉄に乗ることすなわち死であろうはずはないと、僕は確信していた。

ディナーを食べたり、夏の海岸を歩いたり、銭湯でのんびり手足を伸ばしたり、さてこの次は何が用意されているのだろうと、僕はむしろ期待したのである。

ドアのそばの座席に腰を下ろした。日ごろから何が何でも座る習慣はないが、瀕死の体は労《いたわ》らなければなるまい。よもやとは思うけれど、地下鉄で二度倒れるようなことになったら、話がややこしくなる。

車内には何人かの乗客があった。

仲睦まじい老夫婦。僕と節子だって、はたから見れば立派な「老夫婦」なのだろうが、一回りぐらいは上に思える。

ハンチングを冠り、ツイードのハーフコートを着た夫は知的な紳士で、銀色の頭《かしら》のついたステッキに顎を載せている。妻は腕を絡めて耳元に囁きかけているが、たぶん地下鉄の音に阻まれて、声は届かないだろう。

ふと、僕らもあんなふうに老いていければいいと思った。けっして伝統的な夫唱婦随には見えず、かと言ってアメリカ流の夫婦の軛《くびき》に縛《いまし》められているわけでもない、親友のような関係。このごろそうした老夫婦を、よく見かけるようになった。

スマホに熱中する女性。ゲームか、ラインの雑談か。いずれにしろ、このうえなく非生産的なそれらの行為に、どうして疑いもなく没頭できるのだろうか。世界中で同時進行しているこのバカバカしい無駄遣いが、人類の到達したインテリジェンスだとは、とうてい思えない。

人間がやがて人工知能を備えたロボットに支配されるという、映画や小説の定番ストーリーがあるが、その未来はすでにこんなかたちで実現されてしまっているのではあるまいか。掌《てのひら》に収まる魔法の匣《はこ》はいかにも平和的な相をしており、暴力をふるおうにも手足がないから、まさかそれが破壊者だとは思わないし、自分がそのロボットに隷属しているという意識は誰も持っていない。

奴隷女の先で気絶したように眠っている若者は、ラーメン屋か居酒屋チェーンの店長といったところか。

学歴社会に則して人生を規定する若者よりも、僕は無限の可能性がある彼らの生き方を好もしく思っている。

カッちゃんの言った通り、僕の人生はできすぎだった。だがそれは、サラリーマンとして上々の出来だったというだけで、僕にはもっと幸福な、もっと納得できる人生がほかにもあったはずなのだ。

だから僕は口にこそ出さなかったが、いつだってトオルの人生を羨《うらや》んでいた。初めてタケシと会ったときも、娘の父親としての不満は何もなかった。

乗客は僕を含めて五人。この赤と白の列車がどこから来て、どこへ行くのか僕にはわからない。

地下鉄の車両は小さい。ＪＲや私鉄に乗り入れている路線は地上と同一規格だが、古い銀座線や丸ノ内線は、とてもコンパクトに造られている。

新しい大江戸線に初めて乗ったときは、ちょっと懐古的な感じのする小さいサイズに感動した。やはり地下鉄はこうでなくてはならない、と。

たしかに地上路線との相互乗り入れは便利だが、僕はどうしてもそこに、異種の生物を交配するような猥褻《わいせつ》さを感じてしまう。地下鉄は地下を走る鉄道ではなく、都会の三次元的利用というアイデアによって生まれた、固有の交通機関だと考えるからである。

地下鉄の小さな車内には、あわただしくも慎ましく暮らす都市生活者たちの親密さがあって、たとえば無言のうちにたがいを労《ねぎら》ったり、叱ったり、励ましたりしているような気がする。

そう。つい今しがたも僕は、胸の中で老夫婦を労い、スマホ女を叱りつけ、眠れる若者を励ました。そしてたぶん彼らも同様に、新中野駅からふらりと乗ってきたひとりの老人を、労うか叱るか励ますかしたと思う。

こんな情緒的な話は誰にも言えないし、言ったところで誰が同調してくれるとも思えないから、僕だけの秘密である。だが、僕は確信している。地下鉄の小さな車両は、善意に満ちている、と。

何の車内放送があるわけでもなく、赤と白の列車は中野坂上駅のプラットホームに滑りこんだ。

一度も乗り降りしたことのない、ミステリアスな駅である。

プラットホームのまん中に、方南町《ほうなんちょう》行のたった三両の支線が割りこんでいる。その構造もふしぎだし、三つの駅しかない支線の存在も謎めいていた。

若いころから朝夕の通勤のたびに、この駅は僕を夢見ごこちにする。降りたことのない駅から岐《わか》れる支線の先には、未知の別世界が拡がっているような気がするのである。

同じホームの反対側には、その別世界からやってきた三両の列車が停まっていた。大げさな音を立ててドアが開き、ワインカラーのコートに白いストールを巻いた女が乗りこんできた。良く言うなら高貴で、悪く言えば偉そうな女だった。形のいい毛糸のベレーが、センスを感じさせた。

女は少し間隔をあけて僕の並びに座った。地下鉄が走り出すと、向かいの窓は美しい人を心ゆくまで観察できる鏡に変わった。

三十代後半、というところだろうか。年齢を偽らず、今かくある自分を堂々と誇示しているように思えた。生活臭は少しもなく、それどころかむしろ、男たちの視線は集めても想像は一切拒否するとでも言うふうな、潔癖さを感じた。

暗い鏡の中で、彼女が僕を凝視しているような気がして目をそらした。奇妙なことに、ほかの乗客はかき消えていた。

中野坂上駅で僕が女に見とれている間に降りてしまったのか、それとも最初から誰も乗っていなかったのか。

いつもの地下鉄ではないのだと、僕は自分に言い聞かせた。

新中野のプラットホームで、小さなカッちゃんを見送った。駅の造作も車両の形式も、現代のそれではない。だとすると――。

僕は目を閉じた。だとすると、中野坂上から乗りこんできたこの女が、またしても僕を異界に連れてゆくのだろうか。

そう考えるうちにシートが不穏に沈み、女のにじり寄る気配がした。

「なにシカトしてるのよ。すっとぼけちゃって」

低く野卑な声で、女は僕の耳元に囁いた。おそるおそる目を開けた。向かいの窓に、ずいぶん若い僕が映っていた。

「どう？　少しは慣れたのかしら」

ディナーだの夏の浜辺だの銭湯だの、八面六臂《はちめんろっぴ》の病人生活に慣れたか、という意味だと思った。

「いいえ、お蔭様で楽しんでますけど、慣れたかと訊かれてもねえ。なにしろこっちは重病人ですから」

「え？　そうじゃなくってさ。サラリーマン生活には慣れたかってこと」

窓の中の僕は、スーツ姿も垢抜けぬ新入社員である。まったく、何てぶっといネクタイ。幅の広い襟に輝く社章がまだ重たげだ。おまけに、膝の上にはアタッシェケースかよ。

「まだ右も左もわかりません。毎日どなられてます」

僕は冷静に現状を分析した。昭和四十九年。一九七四年。まちがいない。ぼくの人生が精一杯の防御から攻勢に転じた年である。

僕にとっての就職とは、実にそうしたものだった。商社を希望したのは給料がよかったからで、そもそも家族のいない僕にとって、考慮しなければならないほかの理由は何もなかった。

借金はなかったが、奨学金の一部は有償だった。それを返済しおえてようやく、生まれついて背負わされたハンディキャップが解消するように思えた。だから給料にこだわったのだ。

「君なら大丈夫よ。ほかのやつらとはデキがちがうわ」

女はロングスカートの足を組んで少し斜に構え、僕の肩をポンと叩いた。

編み上げのブーツが懐かしい。たしかにこういう女が登場した時代だったな、と思った。

今度ばかりは、節子のジム仲間ではない。鍛えて痩せているのではなく、いかにも蛋白質《たんぱくしつ》が不足している体だった。若者はみな痩せていて、ダイエットという言葉はあったが、中年以降に考えればよかった。しかし、だとすると三十代後半と見えるこの女は、それなりの努力をしているのかもしれない。

「みんな優秀ですよ。自分のデキがいいなんて、とても思えない」

「そんなことないわ。苦労がちがうもの」

ずけずけと物を言う女である。もっとも、年齢の差からすれば当然と言うべきか。

中身だけ六十五歳の僕は腹も立つが、この際は辛抱するしかない。

あのころの僕が叱られた理由は、直接の業務にかかわることではなかったように思う。たとえば、言葉遣いとか礼儀とか、ちょっとした癖を咎められた。

つまり、親に教えられる生活上の常識を、僕は徹底的に欠いていた。敬意の表し方は知っていても、謙《へりくだ》り方はわからなかった。箸の上げ下げ、焼香の方法、他者への気配り、訪問や辞去の際の手順等々、当たり前とされていることほど、僕は知らなかった。だから「苦労がちがう」は、的を外していると思った。

あのころの地下鉄はやかましかった。とりわけ丸ノ内線は、古い銀座線よりも騒音が大きかったと思う。車輪の轟きに、集電をする第三軌条《サード・レール》の甲高い金属音が重なって、耳元に口を寄せなければ声は伝わらなかった。

「名前を、教えてくれますか」

香水の匂いが立ち昇る耳元で訊ねた。女はふふっと笑い、僕のうなじを抱えこむようにして囁いた。

「君、マナーが悪いわよ。自分が名乗らずに女の名前を訊くなんて」

「僕の名前は知ってるでしょう」

「知らないわ。教えてよ」

僕らは頰ずりでもするように言葉をかわし合った。

「竹脇です。竹脇正一」

女は付け睫で誇張した瞼をとざし、僕の肩に手を置いたまま、ルージュをさした唇を動かして、「タケワキ・マサカズ」と経文でも誦《ず》すように復唱した。

その様子はいくらか芝居じみていた。アングラ劇団の売れない女優ではなかろうか、と僕は思った。舞台と現実の見境がつかなくなって、たまたま地下鉄に乗り合わせた若いサラリーマンを、からかっているのではないか、と。

僕はアタッシェケースを指でなぞった。

「いいですか。竹、脇、マサは正しい、数字の一。ショウイチじゃなくて、マサカズ」

女はこくりと肯いた。厚化粧の時代だが、素顔のきれいな人だろうと思った。

僕の人生が精一杯の防御から攻勢に転じた、記念すべき年だった。だからこそ印象深い。長く、重く、濃密な一年だった。

オイル・ショックと、それに便乗した狂乱物価。そのタイミングで苦学生から給料取りになった僕は、ついていると思ったものだ。

戦後初のマイナス成長。そのくせ地価は三年で三倍になったとかで、もう一生家は建てられないと、先輩たちが嘆いていた。

三菱重工爆破事件では命拾いをした。新社屋が建って、僕ら一年生社員は引越し作業に動員されていた。同期の堀田憲雄と丸の内の地下街にランチを食べに行ったら、通り過ぎた直後の路上で爆弾が破裂した。八人の犠牲者を出したテロだった。

女が耳元で名前を告げた。

「私はミネコ。山の峰に、子供の子よ」

あなたを知っている、と言ってよいものかどうか、僕は迷った。

峰子。カッちゃんの初恋の人。戦災孤児たちのカリスマだった美少女。

待てよ。計算は合うか。

僕はカッちゃんの思い出話を頭の中から掘り出した。短いエピソードだが、印象深い話だった。

カッちゃんよりもいくつか齢上で、終戦直後には十一か十二。悪だくみは峰子がいなければ始まらない。役回りも分け前も、みんな峰子が決めた。誰も文句はつけなかった。

たとえば、昭和二十二年に十二歳だったとすると、昭和四十九年には三十八か九歳で、ギリギリ計算は合う。

むろん、峰子という名前だけでそうと決めつけるのは強引だが、集中治療室から始まる僕の小旅行のナビゲーターたち——マダム・ネージュ、入江静、カッちゃん、と並べてみれば、ここで「峰子」が現れるのは当然のなりゆき、という気がした。

胸がときめいた。いったい峰子は、僕をどこに導いてくれるのだろう。

雪の夜のレストラン。真夏の静かな海。下町の清潔な銭湯。それらはみな、瀕死の僕が渇望する場所だった。

贅沢すぎる、と思った。ほかにどんな場面を体験したいかと考えても、思いつかない。しかしきっと用意される。もしこれが神仏の功徳とやらだとしても、僕はもたらされる幸福にふさわしいだけの善行を、まさか積んではいないはずである。

勝手に生まれて、勝手に生きてきた。他人がどう評価しようと、僕にはその実感しかない。親がいない事実を、人はみな大変な不幸と決めつけたが、どっこい僕には、そんな不幸などくそくらえの自由が保障されていた。

「君、ヒマそうね」

「はい。ヒマです」

「そう、だったら私と付き合って」

胸のときめきが一瞬こごえつくほど驚いてから、僕は気を取り直した。「付き合う」という言葉が男女の特定の関係をさすようになったのは近年のことで、かつてはもっと広汎《こうはん》に、たとえば義理や社交上の交際でも使用された。つまり昭和四十九年現在において、「私と付き合って」という峰子の言葉には、何ら格別の他意はないのである。

「いいですよ」

さりげなく答えてから、さてあのころの僕にヒマなどあっただろうか、と思った。新入社員研修と、それに続く新社屋への引越し。夏休みはとれたのかどうか、まるで記憶にない。

九月には羽田——北京間の定期航空路が開設されて、これからは中国だという噂が、にわかに現実味を帯びた。

しかし、国交が正常化されてからまだ二年しか経っていない当時は、中国に関する情報が不足していた。そもそも共産主義国家が自由経済をめざすとは思えなかったし、戦中戦前から居流れている古株には、中国に対する少なからぬ偏見があった。

それでも、若手社員を対象にした中国語の研修が始まった。ビジネス英語の特訓も重なって、入社一年目の後半はまるで受験生時代に戻ったみたいだった。

だからあのころ、もし地下鉄の車内で見知らぬ美女に誘われたとしても、まこと残念なことに、僕には一杯のコーヒーですら共にする余裕はなかったと思う。

地下鉄は新宿に着いた。この時代には、ひとつ手前の西新宿は存在しなかったのである。

驚いたことに、新宿駅は宵の口の雑踏だった。何だか僕ひとりを謀《たばか》るために、何百人ものエキストラを雇った壮大な嘘が仕組まれているような気がした。

「ごはん、食べたのかしら」

「食べたような、食べてないような」

「じゃ、とりあえずお茶にしましょう」

ドアが開いて、僕らはなだれこむ乗客に押し戻されそうになりながら、地下鉄を降りた。そのとき絡めた腕を、峰子は放そうとしなかった。

クリスマス・ソングの流れる地下道を歩いた。どうやら僕を欺《だま》す芝居ではないらしい。すれちがう人々は多様で、表情も自然だった。

「君、何を考えてるの」

「いえ、べつに。きれいな人とデートができて、幸運だったなと」

「ごめんね、こんなおばさんで」

「とんでもない。メリー・クリスマス」

「ありがと。メリー・クリスマス」

たしかに齢はちがいすぎる。ときどき浴びせられる視線は、僕らが奇異な恋人に見えるからなのだろう。

僕らが落ち着いた場所は、街なかの「純喫茶」だった。

今の若い人はそんな名称すら知らないだろう。遠い昔、おそらく女性が接待をする「カフェー」の全盛期に、酒色が売り物ではない純然たる喫茶店が、そう自称したのだと思う。

それは高度経済成長期に繁栄した、最もわかりやすい商売ではあったが、昭和四十九年のそのころから次第に斜陽化していったような気がする。

土地価格の急騰によってテナント料が上がれば、商品単価の低い商売ほど維持が困難になる。ましてや人件費を省けない業種である。「狂乱物価」と呼ばれた極端なインフレの時代には、まったく耐性がなかったと思える。

自前の店舗で家賃がかからず、家族経営で、なおかつ昼時はランチを出し、夜は夜で酒を飲ませるくらいでなければ、たぶん生き残れなかった。しかし、そういう店ならば、「純喫茶」もいかがなものか。

ところで、僕がこんなどうでもいいことに詳しいのは、大学生活を喫茶店のアルバイトで食い凌いだからだった。キャンパスは当時としては珍しく都心から離れていたので、寮住まいの学生が近くにバイト先を探すのは難しかった。たまたま僕と入れ違いに卒業した寮生が、後釜に据えてくれたのである。

「なるほどねえ。家賃と人件費か」

僕の話を興味深げに聞きながら、峰子は小さな喫茶店の中をぐるりと見渡した。カウンターの中に五十がらみの店主。レジには女房、ウェイトレスは娘。敷地はせいぜい十五坪で、ビルの二階と三階が住居になっているのだろう。

「どうしてそんなことを知りたいんですか」

「あのね、実は私、小さな喫茶店を出すのが夢なのよ。お酒は置かないの。酔っ払いは大嫌いだから」

「もう難しいと思いますよ。物価はどんどん上がるけど、コーヒー一杯の値段は二百円が限度です」

本気で喫茶店経営を考えていたのだろうか、峰子は少し肩を落としてタバコの煙を吐き出した。そんな動作の逐一も絵になる女だった。

僕は峰子の顔を手招いた。

「それに、この場所なら固定資産税が大変ですよ。家族総出でタダ働きです」

小さな喫茶店を経営するというのは、都市生活者の少なからずが胸に抱く、ささやかな夢だったと思う。

商売というほどの生々しさはなく、大儲けはできないが手堅くて、善良なイメージがあった。もっとも、ツーフロアに百席以上が犇《ひし》めく駅前のマンモス喫茶で四年間もアルバイトを続けた僕は、その小銭商いがどれくらい多難で、陰湿なものかを知っていたが。

「やめとこ」

タバコを長いまま揉み消して、峰子はあっさりと言った。

「ずいぶん簡単にあきらめるんですね。夢じゃないんですか」

「おだまり」

峰子はお道化《どけ》たしかめ面をして、僕の額を指先で叩いた。僕らの間には、地下鉄の中の親密な時間が、ずっと流れ続けていた。

「あのね、君──」と、峰子はテーブルの上に身を乗り出して言った。

「私がお金を出すわけじゃないのよ」

「借金ですか。だったらやめたほうがいい」

「バカね。パトロンよ。私が喫茶店をやりたいと言えば、すぐにでもお金を出してくれるわ。失敗しても、返せなんてみみっちいことは言わない」

「ああ、それなら話はべつでしょう。考えようによっては、もってこいの商売かもしれません」

峰子の顔が、すっと遠のいた。

「何よ、それ」

「だって、返さなくていいお金なんでしょ」

小さな顎を呆れたように振って、峰子は長い付け睫をとざした。素顔を見たいと、僕は心から思った。

「そういうお金だからこそ、失敗するわけにはいかないのよ」

したたかな女なのか、それとも誠実に生きてきた人なのか、僕はわからなくなった。

戦災孤児の生きる方法は、そのどちらかしかなかったのだと思った。

「君なら、わかるはずだわ」

ぼくの人生を見透かすように目を細めて、峰子は言った。

親のない子供は、柔軟に生きられない。すべては計画的に、打算的に。そうした方法を全うするためには、誠実さとしたたかさの両刃《もろは》の剣を握っていなければならない。

僕はときどき窓ごしの景色に目を向けるふりをして、ランプシェードの灯に浮かぶ自分の顔を見た。

そこにいるのはたしかに二十三歳の僕なのだが、べつだんの驚きはなくて、ただ恥ずかしいばかりだった。

もし六十五歳のまま彼女に会ったなら、僕はどう接するのだろうと考えた。少なくとも二十三歳の僕よりは、いくらかマシなふるまいをするはずである。西新宿のホテルのバーかレストランに誘って、さりげなく彼女の人生を聞いてみたい。

体力は衰えたし、記憶力もずいぶん悪くなったが、それでも僕は六十五歳という年齢に不満を感じてはいない。むしろ、さまざまの欲に翻弄されなくなった分だけ、居心地がいい。もっとも、地下鉄の中で頭の血管が切れたりしなければ、という条件付きだが。

瀕死の僕をめぐる女性たちは、みなそれぞれに魅力的だがタイプは異なっている。よくもまあ、うまく揃えたと感心したくなるほどである。

マダム・ネージュは現代の貴族だった。外国生活が長くて、夫に先立たれたあと帰国し、優雅に暮らしている。たぶん優雅な死に方までできる、稀有の老人だと思われる。

入江静と名乗る女性は秘密主義者で、自分自身の人生は何ひとつ語らなかった。想像すらできなかった。つまり過去の気配まで消すことのできる、稀有の女性である。

彼女らに比べると、峰子には鷹揚《おうよう》な人物という印象があった。浮浪児たちのカリスマといえば、実にさもありなんというところである。パトロンがいるというからには、むろん独身なのだろう。

戦後二十九年目の冬。あのころの僕にとって、戦争は遥かな昔話だった。だが多くの日本人にとっては、わずか二十九年前の出来事だったはずだ。

それまでの人生を訊ねれば、峰子はたぶんあっけらかんと答えるだろうが、まさか平穏であろうはずのない日々を、聞く勇気が僕にはなかった。

けっして饒舌な女ではない。むしろ寡黙なまなざしで物を言った。

君はよくやったと、言葉にならぬ声で峰子が慰めてくれたような気がした。


「いろいろ大変でしたね」

中央公園のほとりを歩きながら、僕は思い切って言った。

僕は彼女の過去を暴こうとせず、峰子もまたあえて語らなかった。だが、たとえ聞くに堪えぬ苦労であっても、言葉に尽くせぬ人生であっても、僕は平和な時代に生まれ育ったひとりの人間として、カッちゃんや峰子を労《ねぎら》わねばならなかった。

欅《けやき》の朽ち葉をブーツの底に踏んで立ち止まり、峰子は大きく豁《ひら》けた夜空を見上げた。高層ビルはたったの四棟。灯りのない窓も多くて、星の光がまさっていた。

「君のほうが、ずっと大変だったはずよ」

「そんなことはありませんよ。高度経済成長の申し子ですからね」

焼け跡から歩き出した戦災孤児たちがどうやって成長したのかは、僕らの想像を超えている。昭和二十年のカッちゃんや峰子は、寄る辺なきストリート・チルドレンだったのだ。そして、多くの開発途上国がそうであるように、国家は無力だった。

「それはちがうわ。みんなが不幸なときの不幸と、みんなが幸福なときの不幸はちがう」

何かを言い返そうとして咽がつかえ、僕は突然、叩かれた子供のように泣いた。顔も被わず、俯くことさえできぬまま泣き喚きながら、この人はどうしてこんなにも残酷なことを、平気で言えるのだろうと思った。

もし一言でも口に出そうものなら、それまでの僕の努力も忍耐もすべて水の泡になり、友人はみな背中を向け、多少の憐れみがたちまち侮蔑《ぶべつ》にすり代わってしまう言葉だった。

だが、紛れもない真実なのだ。だからこそ僕は、残酷な真実を巌《いわお》のように胸の奥に蔵《しま》い続けてきた。

峰子は僕を抱きしめてくれた。暖かな胸のぬくもりが伝わった。唇を交わしそこねて、僕らはぴったりと頰を合わせた。

「本当のところを言うと、大変でした」

峰子が頰をこすり合わせて肯いた。それから、六十五歳の僕に戻って本音を吐いた。

「だから、もうこれくらいで勘弁して下さい。このまま死なせて下さい」

ああ、と命を吐きつくすように嗚咽しながら、峰子は僕の背やうなじを撫で、細い指先で真白な髪を梳《くしけず》ってくれた。

第五章

ひとり娘

寝つかれぬまま、茜はメールを打った。

パパへ
具合はどうですか？

そろそろ目を覚まして下さいね。子供たちも会いたがってます。ルリは何となく事情がわかっているみたいだけど、シオンには「おじいちゃんは冬眠中」と言ってあります。クマさんと一緒に。

クマさんが目を覚ましたら食べられちゃうよ。

大丈夫、クマさんは春がくるまで起きないの。おじいちゃんはもうじき目を覚ますのよ。

ソオッと起きなきゃね。クマさんを起こさないように。

おじいちゃんはね、おうちにソオッと帰ってきたり、ソオッと出ていったりするのが得意なの。だからクマさんも気が付かない。

クリスマスには目を覚ますかなあ。

目を覚ますわよ、きっと。ルリやシオンにプレゼントを上げて、パーティーをやって、ケーキを食べなきゃならないもの。

ねえ、パパ。

私にはおじいさんもおばあさんもいませんでした。それはけっしてパパやママの責任ではないけれど、少し淋しかったのはたしかです。だからずっと、ルリやシオンのおじいちゃんでいて下さい。

私の願いはそれだけです。

クマさんを起こさないように、ソオッと穴から出てきてね。

茜

返信のないメールを、茜は送り続けている。一方的な会話でも、父の存在が感じられて心が落ち着いた。着信しているかどうかはどうでもよかった。

夫と交代で病院に通っているのは、あの状態を子供らに見せてはならないからだった。思い出の中のおじいちゃんは、背が高くてハンサムで、銀色の髪がすてきな、英語も中国語もネイティブに使う、スーパーマンでなくてはならない。

父はその通りの人だから。チューブに繋がれて眠る姿など、父には似合わない。

メールの着信音が夜を震わせて、茜はソファからはね起きた。やった、返信だ。

夫からのメールだった。まったくもう、何て間の悪い人。


おやじは相変わらず。血圧118――68。

おふくろはボロボロだから家に帰した。

ゆっくり寝てくれりゃいいけどな。夕飯はファミレスで食べた。

明日はおふくろと交代して現場。親方も了解ずみ。家にいるときよりぐっすり寝てるから心配すんな。

そんじゃ、おやすみ。


父に会いたい。そばにいてあげたいのではなく、茜が父のそばにいたかった。だが、夫は病院に行かせまいとする。子供の面倒なんて見たくないと言うが、そんな理屈があるはずはなかった。

女房を泣かせたくない。つらい思いをさせたくない。ほかの理由は考えられなかった。夫はわかりやすい人だった。

子供たちは眠ってしまった。この時間ならば朝まで目を覚まさないだろう。

茜はカーテンを開けて、窓ごしに夜空を仰いだ。雪はやんだらしい。あちこちのマンションの窓辺に、クリスマスのイルミネーションが瞬いている。その先に西新宿の摩天楼が見えた。家賃は相場よりやや高めだが、この夜景が気に入ってここに決めたようなものだった。

父がリタイアしたら荻窪の家を建て替えて同居すると、夫は宣言していた。だから高い家賃を払い続けても、分譲マンションを買うつもりはなかった。

ありがたいと思う。だが、父にはまだ計画を打ちあけていないはずだった。相手が誰であろうと物怖じしない夫は、どうしたわけか父に対してだけはいつも腰が引けている。父がそれほど難しい人とも思えないのだが。

窓の滴を指先で拭って、茜はガラスに額を押しつけた。

父も定年を迎えたことだし、いよいよ計画を切り出してみようかと、夫は言っていた。クリスマス・パーティーの席がいいのではないか、などと。

懸念がひとつだけあった。茜の両親と同居するのは、夫の母親に対して筋が通らないのではないか。少なくとも父は、そのことにこだわりそうな気がした。

母親にはカレシがいるのだからかまわない、と夫は言う。だが、その男とは会ったためしもなく、母親の暮らし向きについてもよくは知らないらしい。

縁の薄い姑《しゅうとめ》のことを考えると、茜の心は重くなる。父より二つ齢上の六十七歳。ひとり息子の夫が知らんぷりをできる年齢ではない。ましてやその母をさしおいて、竹脇の父母と同居しようとする夫の真意が、茜にはよくわからなかった。

俺は親不孝者だと、夫は口癖のように言う。そう言いながら、母親を避け続けている。話題にしようものなら、たちまち機嫌が悪くなる。連絡ぐらいは取り合っているのだろうが、消息を茜の耳に入れることはなかった。

「ねえ、どうしようか」

茜は臨月を迎えた体をさすりながら、三番目の子供に語りかけた。

父が倒れて、連絡のひとつもしないのはおかしいのだが、茜は姑の電話番号すら知らなかった。わかっているのは、大野圭子という名前と、年齢と、落合のアパートに住んでいることぐらいだった。

出産予定日は一月十五日。またしても女の子。名前はまだ考えていない。夫は男の子が欲しかったにちがいないが、父は手放しで喜んでくれた。「三姉妹はカッコいい」のだそうだ。よくわからないけれど、小説かドラマみたいだ、という意味なのだろう。

あるいは――父は男の子を怖れているのかもしれない。四歳で亡くなった兄について、母は懐かしげに語ることもあるが、父はまだ悲しみを乗り越えられずにいるような気がする。男性とはそういうものなのだろうか。

茜には兄の記憶がまったくない。おもかげは写真で偲《しの》ぶばかりだが、それもあらかたは整理してしまったものか、ほんの何枚かしか残ってはいなかった。

だから茜の中の春哉という少年は、夭逝した兄という実感がなくて、たとえば幼いころに触れ合っていた天使か何かのようだった。

そう。茜が物心つく前に、天に帰ってしまったエンジェル。そんなイメージしか残らないように、父母は悲しみをけっして語らなかった。

「ほっぽらかしはないよねえ。あなたのおばあちゃんだもの」

茜はもういちど、まだ見ぬ娘を撫でた。

夫は母親を「ケイコさん」と呼ぶ。あるいは「落合」と住所で呼ぶことも。「おふくろ」は茜の母である。

そこまで気遣う必要はない、と言ったとたんに、夫の顔色が変わった。

「気なんか遣ってねえよ。俺、あの人をおふくろだと思ったことねえもんな。おまえにはわかるはずねえけどさ、男と遊ぶんなら子供の見えねえところでやれっての。それも、とっかえひっかえでよ。いちいち俺を紹介するんだぜ。ちょっと事情がありまして、齢の離れた弟ですだと。誰が信じる。そんな女を、おまえの母親と同じ名前で呼べるもんか」

呼んであげてよ、と茜は頼んだ。夫は聞き入れなかった。けっして頑固者ではなく、まちがったと思えば素直に詫びるし、他人の忠告にはうじうじと悩むくせに、こと母親については頑なだった。

それは結婚してからまだ間もないころで、夫の生まれ育ちについては、深い事情まで知らなかった。だからこそ茜は衝撃を受けたのだった。

父親を知らないだの、少年院に送られるほどの不良少年だっただの、それらは過ぎ去った出来事だったが、母との関係はこれからも長く続くのである。

シングル・マザーという言い方には、男に頼らず自立して子供を育てるたくましい女性のイメージがある。だが、実際の境遇は千差万別で、きれいごとではすまない場合も多いと思う。

それでも茜は、夫の母を憎む気にはなれなかった。やがて子供ができれば、夫も自分の母の苦労を理解できるだろうと思っていた。

ところが、瑠璃や紫苑が生まれると、夫はいっそう母親から遠ざかった。子供らを愛すれば愛するほど、母親への憎しみが増すらしかった。

夫の溺愛ぶりは、茜が気を揉むほどだった。そういうタイプの人ではないと思って覚悟はしていたのだが、どちらが母親だかわからないくらい、子供たちの面倒を見てくれた。

それこそ舐めるように子供らを育てている。短気な性格なのに、手を上げるどころか大声も出さない。この人の愛情にはかなわないと、茜が思うこともしばしばだった。そんな人だからこそ、母親を許しがたいのだ。

むしろ夫は、竹脇の母によくなついていると思う。茜は父親似だから、嫁だと思われることもあった。実の親子に見えるくらい、母と夫の間には遠慮がないのである。母は夫に、成長した兄を見ているのだろうか。夫は母に、母親の理想像を見ているのだろうか。

一言でいうならば、母はクールな女である。知的な印象があって、感情もあまり顔色に出ない。だから、いわゆる「とっつきにくい人」にちがいないのだが、なぜか夫とは初めから相性がよかった。

クールだというのは英語的なニュアンスであって、けっして母は冷淡な人ではない。誰にも媚びずに、いつも超然としている。そのあたりが夫にしてみれば、実の母親とは正反対の性格に思えるのだろう。

「おばあちゃん、ぐっすり寝れるといいね」

茜はまだ見ぬ娘に語りかけた。瑠璃のときも紫苑のときも同じだったが、こうした会話には飽きることがなかった。

「まったく、どこから説明すればいいのかしらねえ。ママには自信がないわよ、複雑すぎるもの」

自分が父母の悲しい履歴を知ったのは、いつのことだったのだろうと茜は考えた。改まって説明されたわけではない。父と母がべつべつに、しかもいっぺんにではなく少しずつ、まるで離乳食でも与えるように教えてくれたように思う。

祖父母がひとりもいないというのは、友人と会話をするにしても不自由だろうから、父母はそれぞれにおおまかな事情を伝えてくれたのだろう。子供らに対してそこまで誠実に、なおかつクールになる自信が、茜にはなかった。それは夫も同じだろうと思う。

このままの状態で子供らに訊ねられたとき、「落合のおばあちゃん」をどのように説明すればいいのだろうか。もしや夫は、そういう人はこの世に存在しないことにするのではあるまいかと思うと、たまらなく暗い気分になった。

母に相談すれば、答えは決まっている。

それはあなたたち夫婦が考えることでしょう。ママがどうこう言えるはずはないわ。

でも、父ならばきっと真剣に考えてくれる。夫を説諭してくれる。

父に会いたいと、茜は心から思った。

義理

「ヒエーッ！」

物音で目が覚めたとたん、俺は悲鳴を上げてはね起きた。

抱いて寝ていたスマホがすっ飛んじまって、あやうく看護師さんに踏んづけられるところだった。

スッポリと白いシーツにくるまれたストレッチャーを止めて、色っぽい看護師さんはスマホを拾ってくれた。

「あの、ち、ちがいますよね」

声を裏返しながら訊ねた。看護師さんは少しだけ笑って顎を振った。それって、おやじゃねえってことだよな。

もっとも、廊下の長椅子で寝ている俺に声もかけずに、ご臨終はねえだろうけど。ちょっと意外な光景だった。集中治療室なんだから人が死ぬのはちっともふしぎじゃねえけど、死体が看護師さんだけに付き添われて、どこかに運び出されていく。何か変じゃね？　ふつうは家族が駆けつけてくるとか、俺みてえに誰かが廊下で寝てるとか、要するに死に目に会えるだの会えねえだのってことが、なけりゃおかしいんじゃねえの。

「あ！」と、俺は思いついてまた大声を上げた。でっかいエレベーターを待ちながら、二人の看護師さんが同時に振り返った。ごめんなさい。俺、あんがいビビリだから、声が先に出ちまうんです。意味のねえ、ビックリマークの付いてる声。

「どうかなさいましたか」

看護師さんはいくらか面倒臭そうに言った。

「あの、隣のおじいさんですよね」

ピンときた。おやじの隣のベッドに寝ていたじいさん。身寄りのない独り暮らしだという噂話が、俺の耳にも入っていた。

こういうことは、たぶんものすごくスピーディーに、かつひそかにすませなければならねえんだろう。あったりまえだ。呼び止められりゃさぞ迷惑だろう。

「送らしてもらっていいですか」

いいも悪いもなくて、俺はもう歩き出していた。ちょうどエレベーターのドアが開いた。看護師さん二人と死体と、見ず知らずの他人の俺はサッサとエレベーターに乗った。

アレ。俺、何してるんだ。寝呆けてるんか。ダッセー。

そうじゃねえって。身寄りがねえんなら俺が送ってやるぜ。

B2のボタンを押してから、若いほうの看護師さんが「一階ですか」と訊ねた。どうやら俺の言ったことの意味がわからずに、タバコかコンビニかと思ったらしい。

「いいのよ、愛ちゃん」

先輩の看護師さんが言った。さすがだぜ。

「送って下さるの」

しめやかな声がそう続けると、愛ちゃんは「ああ」とわかったようなわからないような顔をして俺を見上げた。上目づかいがけっこうかわいい。

「お知り合い、ですか」

やっぱ、わかってねえじゃん。

「いや、知り合いってほどでもねえけど、家族がこれねえみてえだし。お節介かな」

大きな目でジイッと俺を見つめたあとで、「そんなことないです。ありがとうございます」と愛ちゃんは言った。

先輩の看護師さんは、ステンレスのドアに向き合ったまま黙りこくっていた。B2までのわずかな時間が、ひどく長く感じられた。

世の中には大変な仕事があるもんだ、と俺はしみじみ思った。毎日が命のやりとりなんて、俺にはとうてい耐えられねえ。そりゃあ、現場だって命はかかるけど、何たって安全第一だし。

生き返らせたり、死なせちまったり。今だって、機械をはずしてじいさんの体を拭いて、地下室に運ぶんだ。そんな仕事をしょっちゅうやっていたら、たぶん何も考えなくなると思うんだが、どうやらそうでもないらしい。

先輩の看護師さんは、ドアに向いて悲しみを耐えているように見えるし、愛ちゃんの「ありがとうございます」には、心がこもっていた。大変な仕事だな。でも、誰かがやらなきゃならねえんだ。つらいぜ。

　地下二階の廊下は、愛想のないクリーム色だった。倉庫とか資料室とかの先に、「霊安室」と書かれた表札があった。

　書くなよ。わかってりゃいいじゃん。書くんだったらほかの言い方ねえのかよ。英語とかフランス語とか。こえーんだよ、霊安室。

　廊下を歩きながらふと、ろくでもねえことを考えた。

　俺のおふくろはいつか、こんなふうにくたばるんじゃねえかって。誰にも看取られずに、霊安室に運ばれていくんじゃねえかって。

　おふくろ。俺を産んだ女。でも、育てたわけじゃねえ。世間は「女手ひとつで」とか言うけど、まちがったってそうじゃねえし。

　そんなふうに考える俺は、わがままだとずっと思っていた。根性が腐ってるんだって。けど、瑠璃が生まれて、紫苑が生まれて、メッチャかわいいあいつらと暮らしているうちに、やっぱおかしいのは俺じゃなくって、おふくろのほうだと思うようになった。

昼飯は何を食ったかな、お昼寝してっかな。仕事をしていても、いつだって考えてる。

おふくろは、そうじゃなかった。いつだって俺よりも好きな男がいた。家をあけるのはしょっちゅうだったし、何日も音沙汰なくなって、冷蔵庫の中がからっぽになったことだってある。

――あんたなんて、産みたくて産んだわけじゃないんだからね。

それが口癖だ。俺が何か悪さをしたとき、小遣いをせびったとき。いや、そればかりじゃなくって、てめえの虫の居どころが悪いときも、酔っ払ったときも、同じことを言った。

それって、ひどくね？

おふくろは俺に似てバカだし、ボキャブラリーは俺よりか貧困だし、同じことを何べんも言うのは仕方ねえと思うけど、聞くほうはたまったもんじゃなかった。

要するに、こういうこと。

俺を産んだのはおふくろだが、育ててくれたのはまわりの人だった。とりわけ、もうヤクザになるほかはねえってギリギリのところで、俺を叩き直してくれたのは親方だ。そんで、いくらか真人間になった俺を、幸せにしてくれたのは、茜と、子供らと、茜のおやじとおふくろだ。

でも、なんでだろ。憎いはずのおふくろが、忘れられねえ。こんなふうにウジウジと悩んでいるくれえなら、いっそまとまった金を渡して縁を切ろうとも思うが、やっぱし月末には小遣いを振り込んで、「ありがとう」「どういたしまして」なんて、メールのやりとりがしたい。

おふくろはいったい、何を考えているんだか。ほっぽらかしにしたぶん、てめえもほっぽらかされるのは仕方ない、と思っているんかな。それとも、もう捨てられたとでも思っているんかな。

ほんとは、そうなのかもしれねえけど。


「榊原さん、きっと喜んでらっしゃいますよ。もう看護師の出番は終わってるんですもの」

このじいさん、榊原っていうんか。いったいどんな人生だったんだろうな。

霊安室は眩《まぶ》しいぐらい明るかった。もっとも、暗かったらシャレになんねえけど。

死に顔は安らかだった。ちっとも苦しまなかったんだろう、何だか「アレレ」と思っているうちに死んじまったみたいだった。

「お先にどうぞ」

愛ちゃんに促されて、真っ先に焼香をした。そういう筋合いでもねえと思うんだけど、要するに出番をおえた看護師さんよりか、まだしも俺のほうが順序は先、ってことらしい。

こんなことってあるんかな。七十年も八十年も生きて、送ってくれる人が誰もいねえなんて。ひとりぽっちで生きてきたはずはねえのにな。

「ご家族とか、いないんですか」

どうにも気になって、俺は看護師さんに訊ねた。

「お子さんが連絡先になっているんですけど、今さら関係ありません、って言われちゃったんです。いろいろ込み入ったご事情があるみたいで」

やりとりを思い出して切なくなったらしく、色っぽい看護師さんはハンカチで瞼を拭った。あ、それハンカチじゃねえって。じいさんの顔にかけてあった布。

俺は思わずかたずを呑んで、胸の名札を読んだ。児島直子さん。やさしくて美人だけど、たぶん独身でカレシもいねえんじゃねえかな。ふつう、その布で涙は拭かねえし。

「でも、親類とかいるんじゃないんですか」

「と思いますけど、病院は緊急連絡先しか存じ上げませんからねえ。どっちにしろ、区役所が開かないことには話が進みません。このごろ、こういうケースがときどきあるんですよ」

ああ、と答えたつもりが情けない溜息になった。もし俺が「今さら関係ありません」と言ったなら、おふくろもこんなふうになるのだろうかと思ったのだ。

親兄弟は死に絶えている。親類とは縁が切れている。今の男とは会ったことがねえけど、不倫関係なら知らんぷりをするだろう。そもそも男がいるなんて話は、おふくろの見栄《みえ》かも知んねえし。

だとすると、おふくろの死に水を取るのは俺だけ。その俺が「関係ありません」と言えばこうなるほかはねえんだ。

「あのさ、それってねえんじゃねえの。籍がどうこうとか、誰が育てたとか、そういう問題じゃねえと思うんだよな。どんなろくでなしだって、てめえの親じゃん。赤の他人がこうして線香立ててんのに、関係ねえはひどすぎるぜ」

「そうそう、そうなのよ。だから私もくやしいわけ」

俺はべつに、キレたわけじゃなかった。じいさんの倅だか娘だかを非難することで、俺はゼッタイそんな真似はしねえ、おふくろを無縁仏なんかにはしねえ、と誓いを立てたつもりだった。

おふくろに死なれても、悲しくはねえだろうな。かえってせいせいするかもしらねえ。でも、きっとくやし泣きをすると思う。

愛してもいねえし、愛されてもいねえのに、どうして親子だというだけで俺が葬式を出さなきゃならねえんだ、って。集まってくれるのも、俺の仕事仲間と女房の身内だけだ。産みたくて産んだわけじゃねえ子供が、そこまでやらなきゃならねえんか。

あれこれ考えていたら、ほんとに涙が溢れてきた。ダッセー。

「はい、これ」

差し出された好意を、俺はやんわりと押し返した。ありがたいけど児島さん、その布きれだけは勘弁して下さい。

「はい、これ」

そっくり同じ文句で、俺に缶コーヒーを手渡したのは愛ちゃんだった。ちょっと姿が見えないと思ったら、自販機まで買いに行ってくれたらしい。それも、俺好みの無糖ブラック。メーカーにこだわりはねえんだが、缶コーヒーじゃなけりゃダメだ。きっとカレシはいるだろう、と俺は思った。

児島さんにはカフェ・オレ。そんで、じいさんの枕元には緑茶。

「私、上がってますから。もう少しいてあげて下さい」

愛ちゃんは妖精みたいに消えた。もう少しって言われても、それほどの義理はねえし。児島さんとじゃ話題もねえし。ひとりにされたらいやだし。でも、缶コーヒーはこんなときでもやっぱりうまいからふしぎだ。


「お婿さん、ですか」

献杯のあとで児島さんが訊ねた。

「婿じゃないすけど、みたいなものです。女房は一人娘だし、俺、親がいねえから」

ちょっぴり嘘をつくと、かえって気分が楽になった。

俺と児島さんは遺体の脇にスチール椅子を並べて、まるで遺族みたいに座った。

「ここ、寒いスね」

「そりゃそうよ」

「暖房とか、ねえんかな」

「エアコンはあるけど、冷房だけです」

俺ってバカ？　寒い理由がやっとわかって、貧乏ゆすりをやめた。竹脇のおふくろにいくら叱られても、やまんねえ悪い癖。そう言やァ、実のおふくろは叱ってくれなかった。貧乏ゆすりだけじゃなくって、まともに叱られたためしがねえ。

「ああ、そうスね。あったかくっちゃまずいや。いや、何だかおじいさんが寒そうな気がして。シーツ一枚だし」

児島さんは俯いて泣き笑いをした。横顔のきれいな人だ。

「あのね、これは榊原さんじゃないのよ。榊原さんの着てらした着物なの」

この言葉は一生忘れねえだろうな。じいさんの魂はもう天国に行っちまってる。これはこの世で着ていた着物。じいさんの脱け殻。誰に死なれても、そう思えば悲しくない。

こんなアネキがいたらよかったな。もしかして、俺って齢上が好きなんか。女房も三コ上だし。まさかマザコンじゃねえよな。

カフェ・オレの缶で両手を温めながら、児島さんはいきなり変なことを言い始めた。

「竹脇さんとは長いお付き合いなのよ。かれこれ二十年以上になるかしら。すてきな方ですよねえ。背が高くて、ハンサムで」

口の中のコーヒーを飲み下せなくなった。おいおい、何だよそれ。長いお付き合いだと。しかも二十年以上だと。

「毎朝、荻窪駅から地下鉄に乗ってね。一言も口をきかなかったの」

エッ。エエッ。そりゃ口もきけねえだろうよ、人目があるもんな。それにしても、近所に住まわせて二十年って、おやじ、いくら何でもひどすぎやしねえか。

問題はこの衝撃の事実を、竹脇のおふくろに伝えるかどうかだ。俺は唸った。

「あの、児島さん。おふくろはそのこと知ってますか」

コーヒーを飲み下して、俺は訊ねた。

「え？　ああ、奥様はご存じないですよ。やだ私、変なこと言っちゃった」

「いえ、聞いといてよかったス。あとでゴタゴタしたとき、さばけっから」

「ゴタゴタなんかしないわ」

「いえいえ、ゴタゴタはしねえとか迷惑はかけねえとか、それでもしまいには修羅場になるのが男と女ってものです。俺、こう見えても若い衆のゴタゴタはずいぶんさばいてきたからね。任せといて下さい。悪いようにはしませんせん」

児島さんはちょっと考えるふうをしてから、指先を口元に当ててクスッと笑った。テレビドラマの中にしかありえねえみたいな、古めかしい笑い方だった。

「あのね、そうじゃないの。竹脇さんとはお話もしたことがないから、安心してね。毎朝同じ地下鉄の同じ場所に乗り合わせて二十年、っていうだけです」

てめえの顔が赤くなるのがわかった。さんざ貧乏ゆすりをしたあとで、「ジョークです」と言ったものの、とたんに傷口が広がる感じがした。

ホッとしたけど、実はよくわかんねえ。通勤電車って知らねえもの。毎朝同じ軽トラに親方と乗り合わせて十数年。わかるわけねえよな。

ふつうの家に生まれて、高校も卒業して大学にも行ってたら、俺も満員電車で会社に通ってたんかな。全然ありえねえけど。

毎日のことなら、地下鉄の時間も乗るドアも自然に決まるんじゃねえかな。荻窪は始発駅だし。だとすると、二十年も顔を合わせて口もきいたことのねえ他人がいてもふしぎはねえ。いや、それだって自然だ。

要するに、そういう関係だったたってことだろ、おやじと児島さん。で、おやじは送別会の帰りに地下鉄の中で倒れて、児島さんの勤め先に担ぎこまれた。うわ、信じられねえ。

「他人でよかったスね」

児島さんはまた少し考えこんだ。仕事はてきぱきとやるくせに、ほんとはのんびりした人なのかも知らねえ。

「そう。よかったわ。でも、何だか他人のような気がしないの」

缶コーヒーを飲みながら、「おやじと児島さんが他人じゃなかったケース」を想像したけど、あんがいつまらなかった。男と女のドロドロの話なんて、面白くない。それよか、「他人のような気がしないケース」のほうがずっとロマンチックじゃん。

何だか他人のような気がしない。わかるよ、それ。人柄とかみてくれとか、そううんじゃねえんだ。俺は初めっから、他人のような気がしなかった。どう考えても、似てるところなんて何もねえのに。

そのうちおやじの生まれ育ちを知って、なるほどなと思った。それで他人のような気がしなかったんだろう、って。

けど、やっぱちがう。そんな単純な話じゃねえんだ。その証拠に、まるっと赤の他人の児島さんだって、同じことを言ってる。

それほど人に好かれるタイプじゃないと思う。いかにもエリートっぽい、鼻持ちならねえ感じがする。でも俺は、義理でおやじと付き合ってるわけじゃない。まさか父親だとは思えねえけど、他人じゃない。

考えるでもなく児島さんの言葉を胸でくり返していると、ふいに答えが天から降り落ちてきた。俺はびっくりして目をつむった。

おやじは世の中の不幸の標本なんだ。親を知らねえとか施設育ちとか、そういうんじゃなくって、貧乏とか病気とか生まれつきの障害とか、事故とか戦争とか憎しみ合いとか、人間である限り誰もが多かれ少なかれ背負っている不幸という不幸が、そっくりそのままおやじの姿になっていた。

けど、見た目はクールでダンディーなエリートビジネスマンだから、誰も不幸なんて連想しない。ただ、他人のような気がしないと思う。おやじは世の中の不幸の標本だから。どんなにちっぽけな不幸だって、おやじは体のどこかに貼り付けているんだ。

「あの、児島さん。仕事に戻っていいですよ。俺はもう少しここにいますから」

何言ってんの、俺。

「ああ、そうですか。よかったわねえ、榊原さん。ひとりぽっちは淋しいものね」

脱け殻が淋しいわけねえだろ。淋しいのは俺だって。

「顔、隠しといてくれますか。こえーし」

隣のベッドのじいさんを送ってやることぐれえしか、俺にはできねえんだ。

妻

家の中は埃にまみれていた。

窓を開け放ち風を入れて、コートも脱がずに掃除機をかけた。階段を少し上がったところで気持ちがめげて、明日にしようと思った。

夫と二人で過ごすよりも、一人きりの時間のほうがずっと長かったはずなのに、住み慣れた家は節子によそよそしかった。

さしあたって、今やらなければならないことはないはずだった。風呂に入って髪を洗い、食事をしてぐっすりと眠る。そのほかの何もするべきではない。

湯を沸かさずにシャワーですませたのは、物を考えたくなかったからだった。日ごろの癖で三合の米を研いでしまった。仕方がないので味噌汁も作り、夫に蔭膳《かげぜん》を据えた。

「やんなっちゃう。ばばくさいったらありゃしないわ。はい、召し上がれ」

食卓を挟んで、夫がいつに変わらず「いただきます」と言ったような気がした。

食欲はない。あり合わせの食材で夫好みの献立を斉《ととの》えた。鮭を焼いて、ほうれん草のおひたし。味噌汁は葱とわかめ。

真夜中に酔っ払って帰ってきても、「腹がへった」と言う。食べるときは正気に返って、満腹のますぐに寝る。それでも太らないふしぎな体質だ。

蔭膳には作法があるのだろうか。旅人の無事を祈って供えるものだと聞いたことはあるが、食べようにも食べられない人に捧げるほうが理に適っていると思う。

「点滴だけじゃ、おなかへるわよねえ」

咽も渇いているのではないかと気付いて、缶ビールを開けた。節子もお相伴。この一杯はいつも付き合う。

「どう、おいしい？」

うん、と夫は子供のように肯いた。食べる物にはけっして文句をつけない人である。外食をして節子がまずいと思っても、夫はおいしいと言う。また、女房の手料理には大げさなくらい、うまいと言ってくれた。

それは耳慣れてしまった愛の言葉のように空疎だが、やはり愛の言葉にちがいなくて、聞くたびに嬉しかった。

夫にはいまだに、食事をとることが正当な権利であると思っていないようなところがある。だから高級レストランでもファミレスでも礼儀は変わらない。背筋を伸ばして、「いただきます」「ごちそうさま」と言う。

「たくさん食べて、早くよくなろうね」

蔭膳を据えたテーブルに向かって語りかけると、夫がにっこりと笑って、うん、と肯いたような気がした。

いくつになっても、ふいに子供の表情を覗かせる人である。節子は昔から、その一瞬の無邪気な顔が好きだった。だが、それがいつどんなときに現れるのかは、いまだにわからない。

「海外旅行はしばらく無理そうだから、退院したら温泉に行きましょうよ。今なら暖かいところね。やっぱり伊豆かな」

うん。

初めて二人きりで食事をしたとき、きれいな食べ方をする人だなと思った。

マナーがいいというわけではなく、きれいさっぱり平らげるという意味でもない。いわく言いがたいのだが、清潔感があって、動物の営みを感じなかった。

どんなに好感を抱いていても、二度と食事をしたくない男はいる。いや、二人きりの食事という限定をするなら、そういう男性のほうが多いと思う。

一流大学を出て総合商社に勤めているような人は、きっと生まれも育ちもちがうのだろうと思ったものだ。

交際を始めたきっかけはよく思い出せない。夫にも何度か訊いたが、やはり記憶はあいまいだった。

節子の大学時代の友人で、なおかつ夫の取引先の担当者だったという男が、二人を引き合わせたのはたしかなのだが、いつ、なぜ、どこで、と考えてもまるで思い出せない。そもそものキューピッドがさほど親しい人ではなく、二人を残して昇天してしまったような印象があった。

記憶がないということは、たがいにどうとも思っていなかったのだ。だから初めての食事も、デートというほどのものではなかったのだろう。仕事上の必要があったのか、それとも何か共通の趣味でもあったのか。

ともかく、その店のありかさえ記憶にはないのだが、夫の背筋がピンと伸びていて、椀の持ち方や箸使いがとても優雅に見えた。

この人とならいつでも一緒にご飯を食べられる。

もしかしたら夫もあの晩、同じことを考えたのかもしれない。

蔭膳を据えたら気分が落ちついた。自分には何もできないという苛立ちから、いくらか免れたせいだと思う。

旅人や病人がまぼろしの膳を食べて元気を得るとも思えないが、据える人には功徳があるのだと知った。迷信も馬鹿にはならない。

ふと、この場面に既視感を抱いた。夫に蔭膳を据えるなど、あったはずもないのに。

夕ごはんの待ちぼうけ。いや、それはない。夫は連絡をまめに入れてくれたし、節子も律義に待つことはなかった。

思いつくと箸が止まった。仕事上の悩みにはけっして立ち入れないのだが、心をこめて食事を拵《こしら》えれば、夫は必ず「おいしい」と言ってくれた。

四十年も蔭膳を据え続けてきたのだと思うと、その暮らしの失われることがたまらなく怖くなった。自分がこんなにも古くさい、祖母や母の時代とどこも変わらぬ主婦だったとは知らなかった。

節子はわびしい食卓から視線を滑らせて、カーテンを開け放った夜の庭を見た。三日の間にひどく曠《あ》れてしまったような気がした。そしてその曠れようは、自分が手入れを怠ったからではなくて、夫のまなざしがないからだと思えた。

クリスマスの日に籍だけ入れて、もうじき四十年。「なんとか婚式」という名が付いているのだろうか。

今のように、聖夜を恋人とともに過ごすなどという習慣はなかった。父親が会社帰りにケーキを買ってきて、ごちそうの並んだテーブルを囲み、プレゼントを交換する。それが当時の、スタンダードなクリスマスの過ごし方だった。

つまり皮肉なことに、スタンダードな家庭を持たなかった二人が、今の恋人たちのように聖夜を過ごしたあと、思い立って結婚したのである。

だがそれは、けっして甘い記憶ではない。たがいの境遇を語らずに一年を過ごし、プロポーズも愛の告白もないまま、どちらが言い出すともなく、ほとんど暗黙の了解とやらで将来を決めていた。

古い喫茶店の、熱帯魚の泳ぐ水槽の光に夫の過去を照らしたとき、ありがたいと節子は思った。どうしようもない自分の人生に、神様がこの人をめぐんでくれたのだ、と。

二十五歳と二十二歳。慌ただしく結婚を考える齢ではなかったが、こういう人は二度と現れないだろうと節子は思った。むろん学歴や職業ではなく、共有しているにちがいない価値観においてである。

友人から恋人へと交際が進んでも、たがいの生まれ育ちを知らなかった。会話の中に肉親の顔が現れなかった。それでも訊ねようとせず、まるで禁忌のように話題をそらすのは、夫にも何かしら事情があるのだろうと思っていた。

余白だらけの戸籍謄本だった。自分の戸籍の複雑さを嫌悪し続けてきた節子にとって、それはまるで、聖なるもののように見えた。

なぜそうした手筈になったのか、という記憶は欠いている。それぞれの戸籍謄本を確認し、区役所に向かい、婚姻届を提出した。感情の入りこむ隙間《すきま》はなくて、笑いも泣きもせずただ淡々と、たとえば鳥が番《つがい》となり巣を作るように結婚をした。

節子はいまだに、夫の生まれ育ちを詳しくは知らない。どうでもいいことだと思うからである。

戸籍謄本に記載された本籍は養護施設の所在地であり、竹脇という姓は篤志家からの借り物であり、昭和二十六年十二月十五日という誕生日は推定だった。

それだけで十分ではないか。そうした出自の人が獲得した立派な人生ならば、けっして過去を詮索すべきではない。

結婚をしおに勤めは辞めた。夫が望んだからである。いわゆる寿退社が、まだ当たり前の時代だった。

夜の窓に映る自分自身と向き合っているうちに、背が丸まり力が萎えて、まるで玉手箱の蓋を開けでもしたようにたちまち老いてゆくような気分になった。

妻に先立たれた夫は老いるが、夫に先立たれた妻は若やぐという。

だが、節子には信じられない。もし夫があのまま息絶えてしまったとしたら、その瞬間に自分も、消えてなくなるだろうと思った。死ぬの老いるのではなくて、ひとたまりもなくかき消えてしまう。

バスローブの首筋に手を当てて、少し痩せたかな、と節子は思った。

ベッドに入っても眠れないだろう。睡眠薬を飲むわけにもいかないし。

こんな夜に、犬か猫がいたなら慰めになっただろう。夫も節子も動物は好きなのだが、海外への転勤などを考えると、飼う気にはなれなかった。

茜が小さいころ、どうしても飼いたいと言って仔猫《こねこ》を抱いてきたことがあった。社宅では飼えない、と嘘にならぬ説得をして返しに行った。川ぞいの道に桜が咲いていた。仔猫が鳴き、茜が泣き、しまいには節子も泣いた。

嘆く理由はそれぞれちがう。節子が泣いたわけは、いざというとき猫を預けるような親兄弟も親類もいない孤独だった。家族を得て新たな人生を踏み出しても、運命は影のように付きまとっていた。

「さて、ちょっとでも寝なきゃ」

独りごとを言って節子は寝室に上がった。築三十年の古家だが、さすがは永山徹が精魂こめた建前で、多少のリフォームは施したものの、いまだドアにも窓にも歪みがない。材料もよほど上等なものを使ったのか、年を経るごとに艶を増した。

余分な飾りを嫌う夫のせいで、寝室はからっぽの倉庫のようにいつも殺風景である。八畳の洋室にツインベッド。サイドボードがぽつんと置いてあるきりで、絵も花もない。だからむやみに広く感じられる。

サイドボードのガラスの向こうに、幼い春哉が笑っている。カラー写真がすっかり褪《あ》せて、褐色のモノクロームになってしまった。

ベッドに腰を下ろして、しばらく春哉と向き合った。

「勝手なお願いだけど、春くん――」

語りかけてきつく目をとじた。たしかに勝手なお願いだ。

「パパを、連れてかないで」

天国がどれほどすばらしい場所であろうと、春哉が幸せであるはずはない。父も母もいないのだから。その不幸の前には、神も仏も無力なのだと節子は知っていた。

カーテンの隙間から、月の光が洩れていた。南側の道は広くて、空が大きい。満月が南天を移ろう晩にはカーテンを開け、銀色の光に溺れて眠るのが夫婦のならわしだった。

夫は横向きに丸くなって眠る癖がある。その寝姿を月あかりの中で見ていると、行き昏《く》れた少年のように思えて悲しくなった。

雪が上がって月が出た。明日はあの人も、きっと目を覚ます。

第六章

月の光

おーい、セッちゃん。

あれ、いないのか。声は出なくても心の中で呼べば、覗きこんでくれるのにな。

おーい。

ああ、そうか。家に帰ったんだ。風呂に入って、ぐっすり眠って。こっちは見た目ほど心配しなくていいよ。べつに痛くも痒《かゆ》くもないし、少なくとも死ぬ気はしない。

ただなあ――。文句を言うほどでもないんだが、ずっと仰向けっていうのがどうも。看護師さんは床ずれしないように撫でたりさすったりしてくれるけど、横向きに寝かせてはくれない。

胎児のように丸くなって眠るのは、子供のころからの癖だ。何とかならんものかね。こうもチューブだらけでは、そもそも横向きになれないのだろうが。

施設では仰向けに寝るよう躾《しつ》けられた。むろん強制されたわけではないが、古い記憶は昭和三十年ごろだから、まだ軍隊の作法が残っていたのかもしれない。

それでも僕はいつも横向きだった。躾に抵抗したのだと思う。施設での生活は福音であり運命でもあるのだが、自分には何の落度もないのだから、やすやすと規律に縛られてはならないと、僕は物心ついたとたんから考えていた。それが正当な主張なのか、それともわがままだったのか、僕にはいまだにわからないのだが。

すっかり習い性になって、寝るときはいつも横向き。それも胎児のように膝を抱えて。

その癖があんがい不便だと気付いたのは、異性を知ってからだった。手枕を差し入れて眠るなどという器用なことが、僕にできるはずはなく、事がすめばプイと背を向けて、膝を抱え丸くなって眠った。

マナーが悪いと気付いたのは、何人目かの齢上の女性に、こんこんと説教されたからだった。もしそのときの改悛がなければ、僕は節子と結婚できなかったかもしれないし、今もこうしていることに耐えられず、さっさとあの世に行っているかもしれない。

壁を照らしているのは、月の光だろうか。雪が上がって冴《さ》え渡った夜空に、月が懸かっているらしい。起き上がって心ゆくまで眺めたい。花よりも雪よりも、むろん太陽よりも僕はお月様が好きなのだ。

物語の中の少女でもなく、風流人でもあるまいに、どうしてこんなにも月を恋するのだろう。

やはり満月が一番。だが満ち欠けをくり返すどの月も好きで、たとえば糸のような三日月ですら見飽きることがない。

たぶん僕の心のうちには、理屈ではなくて月を恋い慕う本能のようなものが、あるのだと思う。生きるための食物のありかを嗅ぎあてるように、生きるための月光を、僕は求め続けている。

本能なのだから、その先の説明はつかない。もしかしたら、親から授かることのなかったやさしさや慈《いつく》しみではないかと思うのだが、さてどうだろう。

僕はさほど冷酷な人間ではない。まさか人情家ではないけれど、人並みの慈愛は持ち合わせているはずである。そして本来、ほかの知識とは異なって、そうしたやさしさや慈しみは、父母から与えられるものだと思う。

ではいったい、親のいない子供に誰が人並みの慈愛を授けたのかと考えると、周囲の人々には申しわけないが、僕にはひとりも思い当たらないのである。

だが、それがなければ生きられない。もしやさしさも慈しみも持たずに成長してしまったら、赦し難い犯罪者になる。

父母になりかわってそれらを僕に与えてくれたのは、月の光ではなかったのだろうか。僕は生きんがために月を見つめ、その光を浴び、心の中に人並みのやさしさと慈しみを、合成してきたのだと思う。

人間の精神と肉体のメカニズムには、それくらいの実力があるはずだった。たとえば、蛋白質を食べない草食動物が、隆々たる筋肉を得て生存し続けるように。

月を恋する僕の本能とは、そうしたものだと思う。

この輝きは、もしや満月だろうか。どうしても見たいと僕は思った。太陽が勇気と活力をもたらすように、やさしさと慈しみを心のうちに涵養《かんよう》してくれる月を。

やはり僕には、それらが足りないと思うから。家族に対しても友に対しても、部下たちに対しても、今もこうして命を護《まも》ってくれている人々に対しても、僕はやさしくないと思うから。

月光を浴びて、真人間になりたい。

――竹脇君。

耳元で僕を呼ぶ声が聞こえた。

――ねえ、竹脇君。

二度呼ばれて、声の主に思い当たった。

少し舌足らずな話し方だが、今どきの若い娘のように媚びを含んでいるわけではない。古賀文月《こがふづき》は言葉少なで、その少ない言葉も羞《はじら》いがちだから、いつも耳元で囁くように聞こえたものだった。

会えれば嬉しい。空耳でないことを僕は祈った。六十五歳の彼女の老いを、僕は嘆きはしないだろう。声があの日のままであるように、僕の目に映る彼女も十八歳のままにちがいない。

「やあ、久しぶり。誰に聞いたの」

ベッドの足元に文月が立っていた。たしかにあのころのままで。

「うん。ちょっとね」

文月はほほえんだ。いったい何が「ちょっとね」なのか、そういう意味をなさない物言いを、しばしばする人だった。

もっとも、僕の質問もずいぶん間が抜けていた。共通の友人などいない。人伝《ひとづ》てに僕の病状を聞くはずはなかった。

「やっと会えたわ」

その一言が嬉しくて、僕は思わずベッドから身を起こした。パイプやチューブがほどけ落ちた。

「古賀さん、変わらないな」

思い出の中では「文月」と呼び続けているのに、面と向き合えばやはり昔と同じ呼び方しかできなかった。どれほど狂おしく愛し合っても、僕らはたがいの名を、当たり前の恋人たちのように親しく口にすることがなかった。

「竹脇君も、変わらない」

僕は月あかりに両手をかざした。節くれ立った老人の手ではなかった。

こうしている場合ではない。奇跡はまだ続いている。忘れがたい初恋の人が、昔のままの姿で僕の前に現れた。そして僕も、たぶんひとときの許された間だけだろうが、十八歳の肉体を取り戻したらしい。

僕はベッドから飛び下りた。ロッカーの中には着慣れたスーツのかわりに、ジーンズとトレーナーと、安物の革ジャンが入っていた。あのころの一張羅だ。

「ほんの少し。ワン・ミニット」

カーテンを閉めて慌ただしく着替えた。

文月をどうしても忘れられなかった。初恋の人で初めての女、というだけでは説明がつくまい。

大学のキャンパスを東西に分かつ桜並木が、満開の花をつけるころに出会い、翌《あく》る年の同じ季節にきっぱりと別れて、以来二度と会わなかった。いや正しくは、学校で見かけることはしばしばだったが、視線すら交わさなかった。

愛情を喪ったわけでもないのに、どうしてあれほど潔癖でいられたのか、僕にはわからない。自分についても、また文月についても。

別れるくらいなら死んだほうがましだ、と思っていた。たぶん文月も。

革ジャンを羽織って、僕は病室から出た。紺と黄色の派手なマフラーは、文月の手編みだった。別れたあとに巻いているわけにはいかないから、次の冬がくる前に捨ててしまったはずだ。

「古賀さん、古賀さん」

どうして振り向きもしないのだろうか。やっと会えたと言ったのに。

文月は集中治療室の白い扉を開け、長椅子が両側に並んだ廊下を歩み去ってゆく。急に若い肉体を与えられた僕の足どりは定まらず、よろけながら文月の後ろ姿を追った。

ベージュのダッフルコートにチェックのミニスカート。ブランド品などという横着な趣味が現れる前の娘たちは、みな清楚《せいそ》だった。

初めて文月を見た瞬間を、僕は鮮明に記憶している。

アルバイト先の喫茶店には螺旋階段が昇る二階席があった。漆喰《しっくい》壁に古い梁《はり》が渡してあって、蔵の中のように静謐だった。誰が決めたわけでもないが、その二階席で議論などしてはならなかった。

文月は絵のようだった。窓際の席に背を伸ばして座り、文庫本を胸前に拡げていた。

オーダーを取りに行くと、教室で見かける顔に気付いて、少し驚いたふうに僕を見つめた。それから、小さな言葉をかけてくれた。

「もう、バイトですか」

僕らは一年生だった。仮にその年の桜がいくらか遅かったにしても、たしかに窓の外には満開の枝があった。

「寮の先輩が卒業したから、回してもらったんです」

僕はトレンチも持てない見習店員だった。

初めての会話はそれだけだった。だが翌日、教室で出会って学食に行き、おずおずと距離を詰めた。

僕は大学生活の解放感にとまどっていた。施設を出て新聞販売店に住み込んだときも相当の自由を獲得したが、そのときの手放しの歓喜とは勝手がちがった。新聞配達の奨学制度を閑《のど》かな湖だとすると、奨学金を得ただけで何の制約もない大学生活は、突然押し出された海のようだった。僕は未知の海原を、手探りで泳ぎ始めたばかりだった。

学食のテーブルを挟んで向き合ったあと、文月はひどく改まった自己紹介をした。県立の女子校から現役で合格したので、男子生徒と二人きりで食事をするのは、これが初めてなのだと文月は言った。

男女の垣根が取り払われた今の若者たちには、冗談に聞こえるかもしれない。だが男女共学の高校がむしろ少なかったそのころは、べつだん珍しい話ではなかったと思う。

むろん僕も同じだった。高校は共学だったが男女はクラス別で、接点となるクラブ活動も奨学生の生活には許されなかった。

羞う文月を救うつもりで、実は僕も同じだと切り出した。ところが話はそれだけでは終わらなかった。同級生の女子と知り合えなかった理由、クラブ活動ができなかった理由、と遡《さかのぼ》っていくと、僕の境遇を何から何まで説明しなければならなくなった。

あのときの僕は、いささか露悪的で、自虐的でもあった。それまでは自分の境遇を他者に知られてはならないと警戒していたのに、食事をしながら淡々と、まるで他人事のように身の上をしゃべり続けた。

あるいは神を持たなかった僕は、無口でおとなしい文月を聖母像とみなして、語りかけていたのかもしれない。

その日をしおに、僕らは特別の友人になった。それが恋愛であるともわからぬまま。


僕らの上には季節がひとめぐりしたはずなのに、文月の笑顔はいつも花のもとにあったような気がする。

遅番のアルバイトをおえて店を出ると、学園通りの満開の下に文月が待っていた。

その夜の桜はまさかまぼろしではないから、知り合って何日も経たぬうち、もしかしたら学食でランチをとったその夜の出来事だったのかもしれない。

郊外の学園都市には、苦労や不幸とは無縁の空気があった。駅前ロータリーから南に向かってまっすぐに延びる大通りの左右は老いた桜並木で、ほかにも松や楓《かえで》や銀杏《いちょう》の緑が溢れていた。

しかし、もし僕の見誤りでなければ、武蔵野の樹木の主役である欅が見当たらなかった。おそらく学園通りの桜を美しく咲かせるために、陽光を遮る欅を伐《き》ったのだろう。

僕の育った養護施設は欅の森の中にあった。頭上に蓋を被せられたように暗鬱で、秋が深まれば降り注ぐ朽葉を、際限ない苦役のように集め続けなければならなかった。だから僕がその町のたたずまいを気に入ったのは、欅の大樹がないせいかもしれなかった。

花見の客もあらかた引けていた。午後の十時を過ぎれば、あのころは夜更けだった。

学園通りを駅から遠ざかるほどに、人はいっそう少なくなった。何も語らず、それでも肩と肩をぶつけ合いながら僕らは歩いた。

たぶん僕は、身の上を語ってしまったことを後悔しており、また彼女の僕に対する憐れみを怖れていたのだと思う。

ふいに文月が言った。囁くような声で。

「手をつないでくれますか」

憐れみではないと信じたかった。僕に親があろうとなかろうと、金持ちだろうが貧乏人だろうが、満開の花に浮かされてそんなことを言ったのだと信じたかった。

「ああ、いいですよ」

僕は空とぼけて文月の手を握った。そのとたん文月の手が翻って、僕らは祈るように指を組み合わせた。憐れんでほしくはないのにありがたくて、胸がぬくまった。

学園通りに面した正門前は樹木の枝が払われており、桜並木が尽きると藍色の空に満月が懸かっていた。僕らは古い門柱に背を預けて、汗ばんだ手をほどかずに、月光に磨かれた花をあかず眺めた。


それからの一年間、僕らは疑いようもなく恋人だった。

たしかに一年。満開の花のもとで出会い、別れた。だがふしぎなことに、その一年間の季節のうつろいが記憶にない。

若い僕らは、歳時記を心にとめるゆとりもないくらい、狂おしく愛し合ったのだと思う。その恋の入口と出口に、たまたま桜が咲いていただけだ。

文月というからには七月の生まれで、「あなたより少しお姉さん」が口癖だった。

郷里は長野県の小都市だった。父親は中学校の教員で、兄と姉がいる末娘。ほかのことは忘れた。いや、生い立ちや家族の話題は、風のように僕の耳をすり抜けたのだろう。

文月はお屋敷町の瀟洒《しょうしゃ》なアパートに住んでいた。学生下宿といえば三畳一間が当たり前のころ、陽よけ窓を開けると棕櫚《しゅろ》の葉の先に月が懸かっていたりするのだから、初めて招かれた晩に怖気づいてしまった。

お嬢様というわけではない。しゃれてはいるが古い分だけ家賃も安く、不動産屋に紹介されたその場で決めたという話だった。

たった一年。やはりどう考え直してみても一年。毎日を鑿《のみ》で刻んでゆくような一年だった。僕らは若過ぎて、恋愛が成就されない予測はついていたから、一瞬を大切にしたのだと思う。過去も未来もほとんど語らず、かくある今だけを確かめ続けた僕らは、人間というより天然の花や昆虫のように純粋だった。

海にも山にも行ってはいない。中央線に乗って都心に出た記憶はあるが、映画を観たならばタイトルぐらいは覚えているはずだ。つまり僕らの世界はあの郊外の学園都市で、わけても白い壁に蔦のからまる文月の部屋に集約されていた。

夏休みに帰郷する文月を、立川駅のプラットホームで見送ったことがある。

帰る家のない僕を気遣って、文月は出発の朝まで何も言わなかった。たぶん言いようがわからずに、その朝を迎えてしまったのだと思う。やさしい人に「ごめんなさい」と頭を下げられるのはつらかった。虚飾を知らぬ僕らは、いつもそんなふうに愛し合いながら傷つけ合っていた。

列車を待つ間にホームのソバを食べ、車窓ごしに手を振って別れた。文月にこんな思いをさせるふるさととやらを、僕は訝しんだものだ。

満開の花の下に恋人を棄てた。

理由はない。忘れたのではなく。

文月を心から愛していた。髪の一筋から爪先まで。肉親のいない僕にとって、彼女の存在は誰にも増して重かった。たとえば二人がカルネアデスの舟板に縋《すが》ったとしたら、僕は何のためらいもなく、無条件に、みずから死を選んだだろう。

ある晩、文月に背を向けて体を丸め、両開きの窓を押し開けると、眩《まば》ゆいほどの月の光が躍りこんだ。

そのときふと、魔が差した。僕が心の底から愛している、ただひとつのもの。命と引き換えてもかまわない、愛しきもの。何もてかけがえのない、僕の分身。

それをきっぱりと棄ててしまえば、いったいそののちの僕はどうなるのだろう、と思ったのだった。生きて行けるのか。とことん堕落するのか。それとも身軽になって、新たな夢を見るのか。

もしそれが悪魔の使嗾《しそう》でないとしたら、動機はひとつしか考えられない。愛すればこそ棄てる。そんな理屈のあろうはずはないが、きっと僕を産んだ人はそう考えたのだろうと、僕は信じたかった。

一歩でも近付きたかった。名前も顔も知らないが、僕を産んだ人は僕の神だったから。

「古賀さん。もうこれきりにしないか」

背を向けたまま、僕はまともに言った。文月が息を止め、驚きも怒りも嘆きもなく震え上がるのがわかった。

心から愛し合ってはいても、僕らはたがいを詰《なじ》るほど大人ではなかった。そして僕は得心した。僕を産んだ人も、月の光が刃物になって襲いかかるようなこの瞬間を、経験したにちがいない、と。

毛布にくるまったまま、身じろぎもできぬ文月を置き去って部屋を出た。ドアを鎖《とざ》すとき、僕が去るのではなくて、かけがえのないものを乗せた花籠が月明かりの小川を流れてゆくように思えた。いずこへともなく。

学園通りの満開の花の下で文月と別れたのは、その翌日か、幾日も経たぬころだった。

別れる理由にならぬ理由を、文月は察知していたのかもしれない。そうでなければ、あれほど潔く別れられるはずはなかった。

桜並木の此岸《しがん》と彼岸で手を振り合い、やがて文月の姿は散り惑う花に紛れてしまった。


「切ない話ね――」

「僕の身勝手でした」

汚れたバスケットシューズから視線を上げて、円い夜空をぐるりと見渡した。西新宿の空は広い。一棟きりの高層ビルの向こうに満月が貼りつけられていた。

「かわいそう」

「ですよね」

「そうじゃないわ。かわいそうなのは君のほうよ」

「加害者ですよ。それも一方的な」

「さあ、それはどうかしら」

僕は峰子の横顔を窺った。秀でた額と、細くまっすぐな鼻梁が月の光に隈取《くまど》られている。

場所は同じ中央公園だが、抱擁をかわしたあの晩ではない。何棟かあったはずの高層ビルもホテルの一棟だけだし、それすら窓の灯はなくて、頭と胸のあたりに息づくような赤いランプを点滅させていた。

峰子のくゆらせるタバコの煙が、縞模様になって漂ってくるほどの静かな夜だった。その峰子もいくらか若やいで見える。僕はジーンズと革ジャンパーの身なりを確かめて、自分の齢を知った。

なぜここに。

文月の後を追って走った。ベージュのダッフルコートを着た恋人の背中は、測ったように廊下の角を曲がって消えた。階段から見下ろせば、すぐ下の手すりを白く細い手が滑って行った。いくら名を呼んでも、文月は止まってくれなかった。病院の通用口から駆け出し、闇に紛れるうしろ姿を追った。

公園の小高い丘の頂の、石造りの東屋《あずまや》のベンチに、僕と峰子は並んで腰をおろしていた。どうやら僕は、すべてを語ってしまったらしい。

「それと、もうひとつ――」

峰子は指を立てて、いかにも齢上の女らしく言った。

「君が心配するほど、女は応えていないものよ。いつまでも悩みはしない。次の恋人ができれば、君のことなんかきれいさっぱり忘れるわ。だからそれほどかわいそうじゃない」

悲しいような、ホッとしたような。でも、それは理想的な結果だと思う。文月にとっての僕は、思い返していささかの痛みも伴わない、やさしい記憶であってほしい。

うん、と僕は声に出して肯いた。

「そういうものですか。ちょっと意外ですけれど」

くわえタバコのまま僕に流し目を使って、峰子はクスッと笑った。

「ハイ、そういうものですとも。多かれ少なかれ、女はみんなカマトトよ」

「カマトト、って」

耳に慣れすぎていて、正確な意味のわからない言葉だった。

「君、それカマトトかしら」

「エッ。いえ、ほんとにわかりません」

峰子は口を開けて笑った。そういう笑い方をすると、悲しい過去が覗くように思えた。だが僕はその下品で放埓《ほうらつ》な笑いに嫌悪感を抱きはしなかった。むしろ、つられて笑った。

「女はね、カマボコを指さして、これは魚ですかって訊くのよ」

「よけいわかりません」

「わかっているくせにわからないふりをするのよ」

「あの、僕はほんとにわからないんだけど」

「だから、平気でそう言うのよ。わからない。知らない。こんなの初めて。わあ、おいしい。それと――」

峰子は短くカットした髪に指先を差し入れて、タバコの火先を僕の胸に向けた。

「あなたを、忘れない」

僕は峰子から目をそらして、新宿の街の灯を見つめた。

そっくりそのままを、文月はたしかに言った。花に巻かれながら、唇を震わせて。

言葉に嘘はなかったと思う。だが、新しい恋人ができれば僕を忘れるかもしれない。わかりきったこともわからないと言い、知っていても知らないと言い、そして別れのときにはまた、「あなたを、忘れない」と言うのかもしれない。

峰子に背中を叩かれて、僕はうなじを立てた。

「君を悲しませたり、シラケさせたりしたくないわ。だったら君も忘れればいい。女はいくらだっている」

峰子は僕の背を叩き続け、それから脳天に手を当てて揺すぶった。冷たいのか温いのか、ともかく男まさりの人であるのはたしかだった。

なすがままにされながら、それでも僕は文月を疑わなかった。

病室を訪れた文月は、瀕死の僕の目に映ったまぼろしではない。窓から射《さ》し入る月の光の中に佇んで、悲しげに僕を見つめていたのは、あの日のままの古賀文月だった。

魂が会いにきてくれたのだ。ぐっすりと眠りに落ちた肉体から抜け出して、今も僕を愛してくれているか、さもなくば約束通り僕を忘れずにいる文月の魂が、あの日の姿で会いにきてくれた。

「まあ、そう思うならそれでいいわ。まったく君は、何だっていいふうにしか考えないのね。でもね、だったらどうして逃げ出したのかしら。自分から会いにきておいて、それはないんじゃないの」

ポジティブ・シンキング。この得な性格でどうにか生きてきたようなものだ。商社マンの人生は、思いつめれば自殺するしかないような局面が何度もある。

僕に限らず、永山徹もほかの仲間たちも、施設出身者はあらまし似た性格だと思う。「悩んでも仕方がない」が人生の大前提になっているからだろうか。あるいは悪く考えれば、「社会が何とかしてくれる」という甘さも、共有しているはずだ。

「どうして逃げ出したのでしょうね。ばあさんになっていたら恥ずかしいと思うかもしれませんけど、大学生のままだったのに」

さあね、とシラけた言い方をしながらも、峰子は考えてくれた。ベンチの下に引きずったマキシ・コートの下は革のベストとミニスカートで、たしかその時代の最先端のファッションだったと思う。

「何よ、ジロジロ見ないで」

「あ、すみません。峰子さん、おしゃれだから」

「しかし、君は色気がないわねえ。今どき刈り上げですか」

ほとんどの若者が長髪で、男女共用の「モノセックス」が流行していた時代だった。だが僕は世間の風俗に興味を抱く余裕はなかった。万博もハイジャックも学園闘争も、みな外国の出来事のように思えていた。

「昔の恋人が昔のままの姿で会いにきて、目を覚ましたら逃げ出した。うん、わかった。答えはひとつね」

峰子は勝手に納得をして、僕にはとうてい考えつかないネガティブな結論を口にした。

「彼女は死んでるのよ。ご愁傷様」

思わずベンチから立ち上がった。

肉体を持たぬ霊魂のうち、死霊と生霊のどっちがスタンダードかといえば、むろん前者にちがいない。にもかかわらず僕は、古賀文月がすでに死んでいるとは考えもしなかった。あきれたポジティブ・シンキングである。

小高い丘の上の、夜景を眺めながら愛を語らう恋人たちのための東屋のまわりを、僕はうろうろと歩き回った。

同窓会だのクラス会だのには、これまで一度も参加していない。僕にとっての学校は、ふつうの大人になるための通過儀礼に過ぎなかったから、懐かしくもなく、顧みる必要もなかった。だが、たぶんそういう集いに参加していたなら、級友たちの訃報に少なからず接しているはずである。

たとえば、高校の一クラス五十人のうち、たぶん五人、いや十人以上かもしれない。僕らはいわゆる平均寿命とやらを、自分に保証された人生だと錯誤しがちだが、実は保険会社が必要とする統計上の数字に過ぎず、個人の余命とは何のかかわりもないはずなのだ。

つまり、六十五歳を迎えることなく、同級生の誰がいくつで死んでいようと、不自然は何もない。

「でもねえ、君。そんなに悲観する話でもないと思うわよ。彼女は君と顔を合わせたとたん逃げ出したんだから、お迎えじゃないってことでしょ」

なるほど、そういうポジティブ・シンキングもあるのかと、僕は感心した。

石段を少し下りて、丘の頂を見上げた。そこにはまるでアドリア海の岬にでもありそうな石造りの東屋が建っていて、月の光を真っ向から浴びた峰子が、いかにもあばずれた伝法《でんぽう》なしぐさで、細く白い足を組んで座っていた。

「まさか、僕のせいで命を捨てたわけじゃないでしょうね」

もしや文月は、若いまま死んでしまったのではないかと、僕は怖れたのだった。

峰子は僕を見くだして嗤《わら》った。

「いいふうに考えるのも度を越してるわ。それは君の思い上がり。女はそんなに弱くない」

神のような人だと思った。いたずらもするし意地悪だし、シニカルで口も悪いけれど、峰子はしなやかな体にふんわりと、聖《きよ》らかな衣をまとっているように見えた。

それから僕らは公園を離れ、新宿の遥かな光をめざしぶらぶらと歩き出した。

高層ビルがやがて建ち並ぶそのあたりは、一面の空き地だった。むろん人影はなく、通り過ぎる車も疎《まば》らである。

この時代の新宿にはなじみがない。そもそも僕は都心の盛り場に縁がなかった。だから昔の新宿もその進化の過程も、ほとんど記憶にはない。

「ここに超高層ビルがたくさん建つんですね。すごいな。想像できませんけど」

「浄水場だったのよ。淀橋浄水場。大きな貯水池がいくつもあって、東京中に水を送ってたの」

話には聞いていても、僕には浄水場という施設そのものが想像できなかった。ただ、いつの記憶かはわからないのだが、高い建物のない新宿駅西口の広場から、赤い夕陽を見た。あれはたぶん浄水場の向こうに、陽の沈む風景だったのだろう。

なるほどそういういきさつがなければ、新宿駅のすぐ近くに、これほど広大な土地があるはずはない。

子供の視野からは夕陽が沈むように見えた貯水池には、魚も泳いでいただろうと思った。鯉や鮒や金魚が。

池を埋め立てるとき、その魚たちは救われただろうか。それとも情け無用に埋められてしまったのだろうか。

そんなことを考えると、魚たちの骸《むくろ》を踏みつけて歩いているような気がしてきた。

「君はナイーブだわねえ」

ブーツの足音をトンネルの壁に谺させながら、峰子が呆れたように言った。どうして僕の心が読めるのだろう。

「わかりますか。ぼんやりしているように見えて、そうでもないんです」

「割り切って生きないと、つらいわよ」

「そうですね。でも、エゴイストにはなりきれません」

歩くほどに喧噪が近付いてきた。やがて僕らは、たぶん完成して間もない新宿西口の地下広場に出た。

帰宅途中のサラリーマンや長髪の若者たちが、何百人も地べたに腰をおろして演説を聞いている。平和的な反戦集会であるらしい。あちこちで見知らぬ同士が議論をしていた。満ち足りてはいないが、まじめな時代だった。

新宿通りの下をまっすぐに延びる、メトロプロムナード。

峰子とここを歩くのは二度目だ。たぶん今から数年後のクリスマスが近い晩、地下鉄の中で出会い、街なかの喫茶店でひとときを過ごし、中央公園の街灯の下で別れた。

つまり、僕にしてみればついさっき歩いた地下道である。依然としてこの事態が夢なのか現《うつつ》なのか、あるいはダメージを受けた脳が作り出した仮想現実なのか、見当もつかない。もっとも、これほど心地よくて面白いのだから、どうだっていいのだが。面白いばかりではない。僕は今、とても興味深く、なおかつ得がたい経験をしている。宇宙旅行よりももっと貴重な体験と言っていいだろう。

六十五歳の男が、十九歳の肉体を恢復したのである。時間が巻き戻されたわけではなく、知識も人格も六十五歳のまま、十九歳の僕を演じていると言ったほうがいいだろうか。

歩き出してしばらくの間は、若い筋肉のパワーにとまどった。ポンコツのセダンからスポーツカーに乗り換えたようだった。パワーだけではなくて、アクセルやブレーキの反応もよく、ハンドルの遊びもない感じだった。

視力がいいのは今も自慢だが、若いころにはこんなにもきっぱりと、しかも色鮮やかに見えていたのだ。耳はすれちがう人々の囁きを捉え、ひとりひとりの体臭や香水の匂いを敏感に嗅ぎ分けた。

知らぬうちにさまざまの感覚が、これほど鈍麻していたとはショックだった。しかし物は考えようで、長い間にこうして僕の細胞が少しずつ死んでいったのだと思えば、命がなくなるのもさほど怖くはない。

峰子が腕を絡めてきたのは、僕のそんな歩みに危うさを感じたからだろうか。まさかこの肉体の持ち主が六十五歳の老人だとは気付くまいが、失恋でよほど傷悴《しょうすい》しているか、やけ酒でも飲んだかと思っているのかもしれない。

歩きながら六十五歳の魂が、十九歳の体に感謝した。眠いときも休みたいときもあっただろうに、ものぐさをせずによく頑張ってくれた。おかげで生まれ育ちの不幸を、すべて取り返して釣りがきた。

「釣りがきたですって？　そんなはずないわよ」

峰子が僕の腕を摑んで立ち止まった。

「人の心を勝手に覗かないで下さい」

僕は峰子の手を振り払った。そのとたん、僕ら二人を残して通行人が消えた。しんと静まったメトロプロムナードに、僕と峰子は向き合っていた。

「ごめんなさい。ちょっと、でしゃばっちゃったわね」

峰子の声が低い天井に跳ね返った。僕は声をあらげたことを反省した。

「すみません。悪い癖で、ときどきキレるんです」

「え、キレるって、何が」

いけない。この言葉はまだなかったのだ。僕よりずっと下の世代の造語だが、傑作だから誰もが使うようになった。「理性が制御できなくなって感情が突然剝き出る状態」とでも言おうか。

「あんがい短気な性格なんです。ときどき我慢がきかなくなって」

「ああ、堪忍袋の緒がキレるのね」

ちがうと思う。峰子の言動を我慢していたわけではない。まるで僕の人生を知り尽くしているような言いぐさが、腹立たしかっただけだ。

「気にしないで下さい。あの、もう少しいいですか」

「いいわよ。私もヒマだから」

マダム・ネージュとの別れはなごり惜しかった。入江静にも未練が残った。このわけのわからぬ世界のナビゲーターたちは、みな美しく魅力的だ。

もしこの地下道で峰子と別れてしまえば、集中治療室の退屈なベッドに戻るほかはない。だから少しでも、峰子と一緒にいたかった。僕が若返った分だけ、ちゃんと若返ってくれた峰子と。

ひとけのないメトロプロムナードを、僕らはブーツとバスケットシューズを並べて歩き出した。峰子は腕を絡めずに、僕の肩を抱いてくれた。

「逆じゃないですか」

「モノセックスの時代よ」

「どこへ行きましょうか」

「君がエスコートしてくれないんなら、私が連れて行くわよ」

「あの、まだ死にたくはないんですけど」

つい口を滑らせると、峰子は歩きながら僕の肩を揺すって大笑いした。

「君、真顔でうまいジョークを言うわね」

「ジョーク、かな」

「あいにく私は、齢下の大学生と心中するほどヤワな女じゃないわ」

「じゃあ、どこに連れて行くつもりですか」

「あいにく私は、齢下の大学生をホテルに連れこむほど男に不自由してないわ」

嚙み合わぬ会話をかわしながら、僕らは静まり返ったメトロプロムナードを歩いた。背丈は僕よりずっと低くて、抱き寄せる腰も華奢《きやしや》なのに、峰子の体には根を張ったような靭《つよ》さがあった。かつて戦災孤児たちのカリスマだったという話を思い出して、僕は得心した。つまり、そういう器量の人なのだ。

「ねえ、地下鉄に乗ろうか」

唐突に峰子は言った。

「地下鉄に乗って、どこへ行くんですか」

「どこでもいいの。君と地下鉄に乗りたい」

新宿駅から数百メートルしか離れていない新宿三丁目の出札口で、僕と峰子は単純な路線図を見上げた。

銀座線。丸ノ内線。日比谷線。東西線。千代田線は霞ケ関から北千住まで。まだ迷うこともないネットワークだ。

アナログの自動券売機で切符を買い、無人の改札を抜けた。プラットホームにも人影はなかった。

「どうして誰もいなくなったんでしょうね」

僕が訊ねるでもなくそう言うと、峰子は今さら気付いたようにあたりを見回して、

「似合うじゃない」と答えた。

すてきな人だな、と思った。地下鉄には静寂が似合うという意味なのだろうが、合

理性よりも審美性を優先できる人間は、そうそういるわけがない。

似合えばいい。そんな生き方をしているにちがいない彼女を、僕は羨んだ。

僕らは地の底に沈んだ匣《はこ》のようなプラットホームの円柱にもたれて、いつ来るかもわからない地下鉄を待った。

恋人とともに過ごした夜は、一分一秒が惜しくてならなかった。だが峰子とともにある時間は、安息に満ちていた。

「ねえ、峰子さん――」

思わず名を呼ぶと、峰子は不愉快そうに僕を見上げた。

「なれなれしいわよ」

やれやれ。すてきだが難しい人だ。

しかし僕の質問は拒否されなかった。

「榊原勝男さん。ご存じですよね」

「知らないわ。誰よ、それ」

戦災孤児のコミュニティーに、フルネームはなかったろうと僕は思った。

「カッちゃん。峰子さんよりいくつか齢下で、小さいころの仲間だったって」

懐かしむ記憶ではあるまい。峰子は低い天井を見上げて、ファンから吹き落ちてくる風に顔を晒した。

「泣き虫のカツ。どうして君が知ってるの」

「バイト先で知り合いました。昔話にあなたの名前が出て。初恋の人だそうです」

峰子は噴き出して、喧《けたたま》しく笑った。

「初恋ですって？　ああ、どうしよう、睫毛が取れちゃった。見ないで」

僕に背を向けてコンパクトを覗き込む。振り返った峰子の両方の眶《まぶち》から、長い付け睫毛が消えていた。涼しくて哀《かな》しげな一重瞼だった。見てはならないものを見たような気がして、僕は目をそらした。

「てことは、元気でやってるんだ。そりゃけっこうだわ。どこでどうしてるんだろう。べつに知りたくもないけど」

文月と別れた直後だとすると、今は昭和四十六年の春。カッちゃんは何をしていたのだろうか。僕は嘘とは言い切れぬ小さな嘘をついた。

「地下鉄工事の現場で働いています。結婚して、お子さんもいます。それでも峰子さんのことが忘れられないって。美人だから映画女優になったんじゃないかって言ってました」

ふうん、と峰子はさほど興味がなさそうに話をあしらった。きっと思い出したくもないのだ。それに、戦災孤児たちが焼け跡をうろついていたのは、終戦からせいぜい何ヵ月間かの、混沌とした時期であったにちがいない。

「だとすると、君も地下鉄を掘ってたのね」

話のなりゆきで、僕は小さな嘘を重ねなければならなかった。

「はい。鶴嘴をふるっていたわけじゃありませんけど。肉体労働は給料がいいから」

チェッと峰子は舌を鳴らした。その下卑《げび》たしぐさを被うように、闇の底からサードレールの甲高い音が近付いてきた。

「泣き虫が泣かずに暮らしてりゃいいさ」

低い冷ややかな声で峰子は言った。

乗客のいない車両の隅の席に、僕と峰子は恋人よろしく肩を寄せ合って座った。昔からこの席が好きだった。落ち着くし、片肘も置ける。そのくせガラス越しに隣の車両が見えるので、圧迫感がなかった。

やがて僕らは、やさしい轟音に包みこまれた。暗渠に響き渡る車輪の音。切り裂かれる風。サードレールの金切り声。だが、やかましいと思ったことはない。

峰子が僕の肩に顎を載せて囁いた。

「君の夢を聞かせて」

そして耳を寄せてきた。

「商社か銀行に就職したいと思ってます」

「エリートコースね」

嬉しそうに峰子は言った。自分の人生をそんなふうに考えたことはなかった。「夢」だの「希望」だのは、そもそも僕と無縁の言葉だった。大学に進学したのは高校での成績がよかったからで、それも奨学金制度が整っていた国立の一校だけを受験した。有償の学費を早く返済するためには、少しでも給料のいい企業に就職しなければならなかった。そんな僕の人生に、「夢」や「希望」はそぐわなかった。たまたまそれが世間の言う「エリートコース」とやらに合致していたとしても、僕には未来を思い描く余裕がなかった。

地下鉄は人を寡黙にする。愚痴や不満を言わずにすむ。

「峰子さんの夢を」

僕は峰子の唇に耳を寄せた。

「そうねえ――」

新宿御苑前。相変わらず人影は見当たらず、車内放送もない。ドアが閉まるのを待って峰子は答えた。

「日本とおさらばして、外国で暮らすの」

「いいですね。似合いますよ」

海外旅行が自由化されて、誰でも参加できるパックツアーも登場したころだが、庶民にとってはまだ高嶺の花だった。

「いい男を捉まえなくちゃ」

「僕じゃだめですか」

峰子は鼻で嗤《わら》って僕の耳たぶをつまんだ。

「君が一人前の男になるころは、こっちがおばさんだわ」

正確な年齢は知らない。だが少なくとも数年後には、まだ地下鉄に乗っているはずだ。今よりもっといい女になって。

四谷三丁目。

この安息のときが永遠に続いてくれればいい。何の利害もない美しい人と、誰の目もない地下鉄の車両で、どうでもいい会話をかわすこの豊饒な時間が。

峰子の気持ちはよくわかる。僕も外国で暮らしたいと思ったことがあったから。

それは「夢」とは言えない。自分の過去と決別したかっただけだ。そう、まさしく

「日本とおさらば」したかった。

しかし、そんなことを漠然と考えていたのはせいぜい中学生くらいまでで、やがて急速に海外旅行が身近になると、外国は別世界ではなくなった。たとえば、貨物船の皿洗いをしながら海を渡り、徒手空拳で大金持ちになるなどというサクセス・ストーリーは、伝説を生む間もなく消えてしまった。

「カッちゃんは、泣き虫だったんですね」

決別したい過去に立ち入りたくはないが、聞かせてほしいと思った。

峰子は横目でちらりと僕を睨みつけた。それから吊り広告を見上げるふうをし、しぶしぶと話し始めた。

「空襲でひどい目をみたっていうのは聞いてるだろうけど、まだ七つ八つの子供なんだから泣くのは当たり前よ。ほっといたら飢え死にすると思って仲間に入れたの。いや、それはちがうかしら。あの子は身なりがよかったから、親が見つかれば金になると思ったのよ。ちょっと、君。本人には内緒だからね」

「うわ。それ、どっちですか」

「そうねえ、半々かしら。君ね、生きてゆくっていうのはそういうものよ。持ってないやつの面倒は見てやらなきゃならないけど、持ってるやつからはむしり取らなきゃいけない。どっちかに片寄ったら、自分が生きてゆけなくなる」

向かいのガラスの中で、峰子はしおたれてしまった。もう思い出させてはならない。だが僕は、話を変えることができなかった。

「カッちゃん、何も覚えてないって言ってました」

ウンウンと峰子は俯いたまま肯いた。

「ほんとに忘れちゃったのか、それとも忘れたことにしたのか。でも、同じことでしょ。もう勘弁してよ。幸せになったのなら、それでいいじゃないの」

僕は口をつぐんだ。たしかにその通りだ。

四ツ谷はふしぎな駅である。これまで何千回も通り過ぎているのに、どうしても現実味を感じない。たとえば、僕の乗る地下鉄が到着する前に、大道具のプラットホームや風景の書割《かきわり》が造られて、発車するとただちに片付けられてしまうような気がするのである。

むろん、安っぽいという意味ではない。見附橋ぞいに堂々と建つ駅舎のデザインなど、まさに昭和の名建築と言える。

いったい何がふしぎと言ったって、ＪＲの線路の上を地下鉄が跨いでいるのである。乗り換えるときも、「地上の地下鉄」から谷底のＪＲに下る。

周辺の景観がまた怪しい。土手の上の大学と、江戸城の外濠《そとぼり》を埋めたグラウンド。反対側には広大な御所と迎賓館。昔はおそらく江戸市中屈指のビューポイントだったろうに、表面だけを近代化した結果、いささか現実味を欠く風景ができ上がったらしい。

僕の夢は、ふつうの人間になることだった。子供のころから、それだけを希《ねが》っていた。むろん僕が憧れるふつうの人間たちから見れば、そんな夢はまるで理解できないだろう。ただのコンプレックスではない。そう思われるのを怖れて努力をした。ふつうの人間になる努力、ふつうの人間に見える努力を。

「僕の夢を聞いてもらえますか」

地下鉄がふたたび闇に滑りこんだとき、僕は毒でも吐くように言った。

「聞かせてちょうだい」

峰子は僕の肩を抱き寄せてくれた。

「大学を出てサラリーマンになって結婚をして家を建てて子供を育てたい」

けっして口に出したことのない夢を、僕は念仏か題目でも唱えるように、一息で言った。

ふつうの人々はみな嗤《わら》うだろうが、僕にとってその夢は、彼らが抱くどれほど壮大な夢よりも難しかったはずだ。

その夢が叶ったなら、いつ死んでもいい。

「君ならできるわ」

僕の顔を鞠《まり》のように両掌《りょうて》で抱えてまなざしを据え、峰子はきっぱりと言ってくれた。

僕は唇を引き結んで肯いた。そうだ。だからもう、いつ死んでも悔いはないのだ。

サードレールが甲高い声で泣き、蛍光灯が消えて切子ガラスのグローブがともるわずかな間に、峰子は秘めやかに、しかし思いのたけをこめて唇を重ねてくれた。

ひとりごと

「竹脇さーん。奥さんお見えになりましたよー。よかったですねー」

僕の顔を覗きこんで、児島さんが言った。

よかった、か。いや、ちっともよくないね。まだ夜明け前じゃないか。家に帰ったはいいが寝付けなかったんだろう。シャワーを浴びて、少しウトウトしてからまた病院に戻ってきた。

「ただいま。ご機嫌いかが。ハウ・アー・ユー？」

アイム・ファイン！　すてきな人とデートをしてきたよ。メトロ・ランデブーさ。

節子の髪から、シャンプーの匂いが漂ってきた。きれいだよ。フランス人みたいだ。

「何とか言ってやれよ、おやじ。せっかく家に帰ったって、カラスの行水で戻ってくるっての。俺なんかいてもいなくても同じじゃん。そんじゃ、俺もいったん家に帰って、カラスの行水で現場に行くから、元気でな。って、元気なわけねえか」

ご苦労さん。現場に入ったら、もうあれこれ考えるなよ。気を付けてな。

節子は武志を送りに行ったらしい。児島さんのくたびれた顔が、また僕の視野に入った。

「いいご家族ですねえ。羨ましいくらい」

そう思ってくれますか。何だか嬉しいね。

児島さんはこうしてときどき話しかけてくれる。まるで、僕に声が届いていると信じているみたいに。

ちゃんと聞こえてますよ。答えられないのは申しわけないけど。

二十年も同じ地下鉄で通勤して、一度も声を聞いたことがなかったのにな。

みんなが僕を心配して、かわりばんこに顔を覗きこんでくれる。でも、僕は答えられない。お礼のひとつも言えない。

あれ、何だこのデジャビュは。気を喪って倒れたことなんかないし、酔い潰れたこともないのに、そっくり同じ経験をしたような気がする。

「大丈夫よ、だいじょうぶ」

児島さんがそう言って頭を撫でてくれたとたん、わけもなく胸が一杯になって、仰向いた眦《まなじり》から涙がこぼれた。

おいおい、何だよこれ。ちっとも悲しくなんかないのに。

アッ、と児島さんは小さな声を上げた。聞こえているのかもしれないと思ったらしい。

「泣かないで。大丈夫だから」

児島さんは細い指先で、僕の瞼を拭ってくれた。

「みんながついてるわ。人生はまだこれからなのよ。あなたには生きる権利がある。だから、泣いちゃだめ」

この人はすべての患者に対して、こんなにも献身的な看護をしているのだろうか。それとも僕が、二十年にわたって人生の一部を共有した、地下鉄の友だからなのだろうか。

児島さんはモニターを確認し、チューブでがんじがらめにされた僕の掌を握った。残念だが、握り返す力はない。

そのまま息のかかるほど僕に顔を寄せて、児島さんは力強く、誓うように言った。

「あなたを死なせはしない。だからもう、泣いちゃだめ」

その一言でわかった。児島さんは僕に意識があると確信したのだ。僕があきらめの涙を流したと思ったから、言葉を重ねて励まし、叱りつけてくれた。命をあきらめさせないために。

節子が戻ってきた。さて、ここはどう説明するのだろう。医師や看護師は絶望的なことを口にしてはならないだろうが、たぶんそれ以上に、希望的な表現も避けなければならぬはずである。

「ちょっとよろしいですか」

児島さんは節子を窓辺に誘った。

「聞こえてらっしゃると思います。わずかですが反応がありましたから」

はあ、と節子は気の抜けた返事をした。まったく、肚の据わったやつだ。もう少し驚いてくれよ。

「反応、と言いますと」

「いえ、ほんのちょっとしたことですが」

さすがですね、児島さん。希望的などころか、情緒的な表現もしない。涙を流したなどと言ったら、家族はあれこれ考えてしまうだろうから。

「そんなことって、あるんでしょうか」

「声だけは聞こえていたと、回復された患者さんがおっしゃったことはあります。ですから、なるべく話しかけて下さい」

僕は胸の中で拍手を送った。すばらしい対応だよ、児島さん。君のような部下が欲しかったな。

節子がベッドの脇に椅子を引き寄せた。

「タケシ君に叱られちゃったわ」

ベッドのパイプに肘を置いて、節子は小さな顔を掌でくるんだ。お得意のポーズだね。

「ねえ。聞いてよ、あなた」

はいはい、聞いてるよ。

「あなたのことが心配で眠れなかったわけじゃないの。タケシ君に申しわけないと思ったのよ。だってそうでしょ。暮れのこの忙しいときに、現場をいくつもかけもちしていて、夜は舅《しゅうと》の看病をしろなんて言えないわよ」

あ、そう。僕のことは心配じゃないんだ。ちょっと心外だけど、君らしいね。

「それなのに人の気も知らないで、ガミガミ怒ることないでしょ。私は言い返せないわよ。だいたいからして、あの子は単純すぎるわ。物を深く考えない」

そのぶんまっすぐなやつだ。小賢《こざか》しい男はずいぶん見てきたが、きょうびまっすぐな男はそうそういるもんじゃない。それは何よりじゃないか。

いいかい、セッちゃん。世間から見れば、僕らはきっと偏屈な人間なんだよ。それを忘れちゃいけない。おたがい家庭を知らずに育って、見よう見まねで家庭をこしらえたんだ。きっと、へんてこなところがいっぱいある。でも、武志と茜にそういうハンディキャップを背負わしてはいけない。彼らのお手本でなければ。

すまんすまん、柄にもなく説教などしてしまった。もっとも、声が出ていれば言えないだろうけど。

「私、もしひとりになっても、茜たちとは暮らしませんからね」

相変わらず両掌に顎を載せたまま、節子はぶつぶつと愚痴を言い続けた。

いいねえ、セッちゃん。君がそんなに愚痴っぽい女だとは、思ってもいなかった。

「孫たちの面倒ぐらいは見るわよ。でも、私が面倒を見てもらうなんて、まっぴらごめん。のんびりと生きて、いよいよとなったら施設に入るわ」

賛成。立場が逆でも、僕は同じことを言うだろう。幸い老後の貯《たくわ》えは十分にある。年金も相当なものさ。だから子供らの世話になるべきじゃない。

「あなた。何とか言ってよ」

お得意のポーズのまま、薄く紅をさした唇をぐいと引き結んで、節子は涙を流した。

「無口な癖に、言うべきことはいつだってきちんと言ってくれたじゃないの」

そうだったっけ。難しい事案はたいがい君に投げたと思うんだが。なにしろプロポーズさえしなかったぐらいだ。

しばらく考えて、やっと思い当たった。節子の指摘は、たぶんそのことだと思う。

四十年も前の出来事だが、記憶は鮮明だった。暮れに入籍をして、正月明けの松が取れたころに節子の父母を訪ねた。

手順は逆だが、事後承諾で十分だと節子は言った。いやおそらく、節子はその必要もないと言い、いくら何でもそれはなかろうと、僕が主張したのだと思う。
僕は親を知らず、節子の親は幼いころに離婚をして、それぞれが所帯を持ってい
た。だが、それ以上の深い事情はたがいに語らなかった。
どうして僕らは、傷を舐め合おうとはしなかったのだろう。口に出すだにおぞまし
かったから。屈辱の過去であったから。憐れみを乞いたくなかったから。生い立ちな
どは僕らの属性ではなく、今は檻から放たれた囚人のように、晴れがましく歩み出す
だけだと思っていたから。
父という人は、下町の川のほとりの古アパートに住んでいた。あらかじめ電話で用
件は伝えてあったが、何が不都合なのか北風の吹きすさぶ土手の上で対面した。
用意してきた台詞《セリフ》は何ひとつ必要ではなかった。娘の結婚などまるで他人事で、親
としての自覚を徹底して欠いている、と感じたからである。しかし、そうは言っても
僕自身が親を知らないのだから、面と向かって文句のつけようもなかった。
ほんの一分か二分、いったい何を話したのか、身を切るような寒さと低い鈍空《にびぞら》しか
記憶にはない。節子は僕の背うしろに、所在なさげに佇んでいた。
夫婦の離婚には、それなりの事情があったと思う。貧しくてもかまわない。だが、
娘を捨てたうえ親の心も忘れてしまった男が、僕はどうしても許せなかった。だから

別れぎわに、「もう二度と会いません」と宣言した。「それでいいね」と確かめると、節子ははっきりと肯いてくれた。

もしかしたら僕は、愛する人を僕と同じ不幸の水準に、引きずり下ろしたかったのかもしれない。


母親という人に会ったのは、その日のうちだったか、それとも後日だったか。同じ日ではなかったと思うが、やはり鈍色《にびいろ》の空に北風が吹きつのっていたから、記憶の中では二つの場面が、回り舞台のような連続性を持っているのである。

舞台は巡る。黙りこくって歩く僕らを乗せて。二十五歳と二十二歳。それでも世間の誂《あつら》えたささやかな幸福に安住する今の若者たちよりは、ずっと大人だったと思う。

僕は新妻の両親と縁を結ぶつもりはなかった。縁を切るために会った。僕たちの異質の労苦を比較すれば、しがらみを抱えた節子のほうが、ずっと不幸に思えたからだ。

銀座の街なかの喫茶店で待ち合わせた。思いがけぬことに、節子の母には再婚した夫が付き添っていた。まるで当然のように。つまり、自分が僕と節子の父になるのだとでも言いたげに。

母は美しい人だった。節子を二十歳で産んだと聞いていたが、五つ六つは若く見えた。知らぬ人はとうてい親子とは思わないだろう。しかし二人はよく似ていた。たがいの立場を考えれば、悲劇的なくらいに。

コーヒーを注文したあとで、いきなり母が子供の話を始めたのには驚いた。今年は中学受験なのだそうだ。自慢げに名門校の名を挙げる母の真意を、僕は測りかねた。

両親が離婚をして、それぞれに再婚したあと、居場所をなくした節子は父方の祖母に育てられた。短大に行かせてもらうのがやっとだったと、聞いたことがあった。

母は頭の悪い人なのだろうか。それとも、意地が悪いのだろうか。どちらでもないとしたら、たぶん向こうから縁を切ろうとしているのだろう、と思った。

何とか母親から話を取り上げようとして、でしゃばりのつれあいと名刺を交換した。自分の生まれ育ちは洗い浚《ざら》い話すつもりだったが、社名は口にするまいと決めていた。べつだん深い理由はない。現在と過去の断層を埋める説明が、面倒だからだった。

男は大手建設会社の課長だった。僕の名刺を見て、明らかに態度が変わった。見くだしていた若者が、自分と同じヒエラルキーの住人だと察知したからだった。

母親も息子の自慢話を打ち切って、俄然僕に興味を持った。僕の行動は軽率だった。

縁を切りに行ったはずなのに、どうして僕は名刺など出してしまったのだろう。母親のおしゃべりを封ずるためか、あるいは偉そうなつれあいの、鼻を明かしてやろうと思ったのか。

いややはり、言いたくても言えぬ節子の恨みつらみを、僕はそんな方法で代弁したのだと思う。あなたが捨てた娘を、僕は夫として必ず幸せにすると。

生い立ちについては何も語らなかったはずである。話題がそこまで行き着かぬうちに、僕らは何か理由をつけて席を立った。

せいぜい五分か十分。父親のときとちがって、さすがに「もう二度と会いません」とは言わなかったが、母がおしゃべりをやめてふいに泣き出したのは、そうした覚悟を感じ取ったからだと思う。

僕と節子は冬枯れた並木道を、ふたたび舞台が巡るように黙って歩いた。地下鉄で帰ったのかどうか、記憶にはない。

やはり僕は、愛する人を僕と同じ不幸の水準に、引きずり下ろしたかったのだろうか。むりやり同じ価値観を、節子に強いたのだろうか。思い返してみれば僕の中の鬼が、「俺の妻になりたいのなら丸裸になれ」と脅したような気がする。

縁は断たれた。少なくとも僕の知る限り、節子の両親は僕らの人生から消え去った。電話の一本も、葉書の一通も受け取った記憶はない。血縁というものがこれほど脆《もろ》いとは思ってもいなかった。

ろくでなしの父親は死んでしまっただろう。腹ちがいの弟妹は三人いるから、その上の姉など知ったことではあるまい。

母親はまだ達者かもしれない。噂は禁忌だが、気がかりなので一度だけ訊いてみた。連絡を取ってみたらどうか、と。

節子は顔色ひとつ変えずに答えた。その必要はありません、と冷淡に。

節子の潤んだ瞳が、僕を覗き続けている。蛍光灯はともったままで、朝の光は感じられなかった。

やっぱり僕は余計なことを言ったんじゃないのかな。「言うべきことはいつだって言ってくれた」というのは、皮肉じゃないのか。

仕事を辞めて時間が余ったら、少しずつたがいの過去を打ち明け合いたいと思っていた。過ぎにし戦を顧みるように。

「ねえ、あなた」

何だい。

「私ね、興味ないふりをしてたけど、ほんとはあなたのことを、もっと知りたいのよ」

知ったところで面白い話はないさ。施設に入るまでのいきさつは何もわからないし、調べようもないんだ。その施設の生活だって、血縁というものがなければ至ってシンプルなんだよ。家庭ではない。むしろ空気は学校に近いかな。だから、君に話したくないんじゃなくて、話すことがないとでも言ったほうが正しいと思う。

「怖かったのよ、何だか」
エ、怖かった？　わからないね。亭主の生まれ育ちを知るのが、どうして怖いんだ。
「あなたの真ッ白な戸籍謄本が、頭から離れないの。あの空白を埋める事実って、いったい何だろうって、ずっと考え続けてきたわ。トオルさんとあなたの会話から、もらったヒントは多かった。ほかにもちょっとした言葉から、いろんな推理をしたり。でも、あの真ッ白な部分は何も埋まらないの。それをあなたの口から聞くのが怖かったのよ。だから、知りたいけど興味のないふりをしてたの。ごめんね」

そうか。やっぱり君は誤解していたんだ。僕が話したくないんだろうって。ちがう、ちがう。思い出したくもない苦労なんて、僕には何もない。それ以前のことは、まったく情報不足です。秘密は何もないんだよ。父親も母親もわからないし、正確な誕生日も知らない。どこかに棄てられていたのか、それとも施設に届けられたのか、そんなことすらわからないんだ。

たぶん、本人には知らせたくない事情なのだろうと思う。だから小学生や中学生の多感な時期には、いろいろな想像をしたものさ。

交通事故かな。それとも、一家心中の生き残りかな、なんて。

でも、知らなくてよかったと思うよ。自分の人生を、誰のせいにもせずにすんだからね。すべて自分の責任に帰結することができたから、いい大学に行って、いい会社に就職できたんだと思う。

「でも、もう怖くなんかないわ。あなたが誰にも言えなかった苦労を、私がぜんぶ聞くからね。何から何まで。刑事になった気分で泥を吐かせてやるから」

おいおい、セッちゃん。話すことなんて何もないって言ってるじゃないか。あ、言ってないか。

しかし、たがいに泥を吐くのは悪くない。あ、これもちがう。泥を吐くんじゃなくって、毒を吐くんだ。

「夢に見たのよ」

へえ、どんな。

「パリの街角のカフェでね、お話してるの。今まで口にしなかったことを、ぽつりぽつりと。まわりには同じ年配のご夫婦がいらしてね、同じようにおたがいの生い立ちを話しているの。それで、コーヒーを飲みおえたらお店を変えてね、話の続きを始めるの」

ツアーでは無理だね。よし、それをぜひ実現させよう。少し贅沢な個人旅行を、年に一度か二度。

「ねえ、聞いてる?」

ああ、聞いてるよ。いつもみたいに上の空じゃないさ。君の言葉のひとつひとつを嚙みしめている。

さあ、もっとしゃべって。何でもいいから。

「私ね、結婚したら父とも母とも縁を切ろうって決めてたの。あなたには言わなかったけどね。だから、もう会う必要もなかったんだけど、何だか自慢したくなって。ほら、こんないい人と結婚したのよ、ご心配なく」

それでよかったのか。きっと君は、棄てた親の齢を、ずっと算え続けていたんだと思う。だが、僕には訊ねる勇気がなかった。君と両親の絆を断ち切ったのは、僕だと思っていたからな。

でもね、セッちゃん。やっぱりそれでよかったんだよ。まちがっていたのは僕らじゃないんだ。僕らの親のほうだ。

妙な話だな。僕らの心の中には、恵まれない子供の道徳が生きていて、父と母をけっして恨みはしなかった。そうだろ、セッちゃん。自分を棄てた親のことを、僕らは恨まなかった。君の口からも愚痴は聞いたためしがない。

でも、春哉が生まれた瞬間に思った。この赤ん坊を棄てるのは鬼のしわざだ、と。茜を抱きしめるたびに思った。たとえ命を取られようと、棄てるはずはないって。

君だって同じだろう。おたがい口にこそ出さなかったが、子供らとの時間を重ねるほどに、僕らの中から妙な道徳は消えていった。恨み憎しみがつのっていったんだ。

小鳥の囀《さえず》りがかすかに聞こえる。壁や天井に青みがさしてきた。二万何千回もくり返された、僕の夜明け。

節子は両掌に顎を包んで続けた。

「これでいいのかな。親の介護で大変な人たちがいるのに、私だけが知らんぷりでいいのかな。そのぶん、弟や妹たちが苦労してるんじゃないのかしら」

いいんだよ、それで。君の両親のことはよく知らないけど、客観的事実として、君を棄てて新しい幸福をめざしたのはたしかなんだ。その背信に義理も人情も入りこむすきまはない。もし君が自責しているとしたら、それはまったく根拠のない幻想だ。

「ねえ、あなた。やっぱり親不孝かしら」

親不孝？　――冗談はよせ。僕は施設で道徳を強いられた。君だって誰かに言われたことがあるんじゃないのか。

おとうさんおかあさんを恨んではいけません。憎んではなりません。どうしようもない悩み苦しみは誰にもあるのです。

僕は従順だった。だが、結婚して子供をもうけてからは、その道徳がいかに欺瞞《ぎまん》であるかを知った。どんな悩み苦しみがあったって、子供を棄てられるはずはないじゃないか。

牧師も先生も、親を憎んで育った子供がいずれ世間の害悪となるのを怖れて、嘘をついた。ありもせぬ親の愛をでっち上げた。

幸福のために人生をリセットした君の両親は、ついでに子供まで入れ替えた。僕にはそうとしか思えない。彼らが君を故意に消したとしか。だからもうやめてくれ。親の介護だとか弟や妹たちの苦労だとか、そんなものはみんな君の幻想だ。親不孝なんかじゃないよ。そもそも君は、親に愛されなかったんだから。

「ねえ、あなた――」

何だよ。急に湿っぽくなって。

「あなたは今、どこにいるの」

どこって、ここにいるじゃないか、ときどき散歩に出るけどな。

おおい、どうしちゃったんだよ。よしよし、何だって聞いてやる。

「あのね、もし春くんが迎えにきても、行かないでね。駄々をこねたら、言って聞かせてあげて。ママが淋しがるから、も少しひとりでいなさいって。かわいそうだけど」

顎を支えた掌で、節子は顔を被った。

そうか。もし僕があの世に行くとなったら、春哉が迎えにきてくれるんだ。顔も知らない両親に来られても困るしな。

よし、わかった。よく言って聞かせるよ。

でもなあ。いまふと考えたんだが、だったら死ぬのも悪くはないね。

春哉が死んだとき、僕も死のうかと思ったことがある。君と茜。僕と春哉。そうなるほかはないんじゃないかと思いつめた。ほかの理屈は何もなかった。

あのとき僕を踏みとどまらせたのは、孤児の生命力だったと思う。死んではならない、生き続けなければならないと、内なる孤児の魂が僕に命じた。

だが、それはとても残酷な命令だった。僕が生きるということは、春哉を棄てるような気がしてならなかったからだ。僕が、僕の子を棄てる。たとえ思い過ごしであろうと、僕にとってそんな怖ろしい話はなかった。

病室が少しずつ明るんできた。でも、雪晴れの朝というわけにはいかないらしい。光はなく、窓の向こうで風が唸っている。

もしこんなことにならなければ、健康な僕が目を覚ます時間だ。節子はまだ眠っているだろう。僕はベッドから抜け出し、足音を忍ばせて階段を下りる。ガウンを羽織って朝刊を取りにゆき、リビングに入ってコーヒーメーカーをセットする。そうして、長い一日が始まる。

物心ついてよりこのかた、僕は怠惰な時間というものを知らなかった。だからいまだに、そんな時間の中での身の処し方がわからない。やるべきことはあっても緊急を要する事案はひとつもなく、いくら暇でも主婦の領分を侵害してはならず、かと言って家でごろごろしているのも迷惑だろうと思う。

「何をしてもよい」と考えれば豊饒な時間だが、「何もしなくてよい」と考えれば貧困な時間なのである。

老後の生活というのはつまり、そのふたつの考えが相反するどころか同義となる時間のことであって、しかし同義とは言え節子は「何をしてもよい」と考え、僕は「何もしなくてよい」と考えているらしい。

だから僕は怠惰であり、節子は家事と趣味に忙しい。

「ねえ、あなた。帰ってきて」

僕だって帰れるものなら帰りたいよ。

「おいしいものを食べに連れてってよ。きれいな景色も見せてよ。ひとりじゃ何も食べられないわ。どこにも行けないわ」

ああ、そうだね。このまんまじゃ、何もかも空約束になってしまう。

食べさせたいものも、見せたい景色もたくさんあるんだ。送別会がすんで気持ちの整理がついたなら、きっと僕は「何もしなくてよい」男から、「何をしてもよい」老人に変わるだろう。そしたらひとつずつ、君との約束を果たしてゆく。

「ねえ、聞いてる？」

聞いてるよ。ふだんとあんまり変わらないじゃないか。おたがいに勝手なことをしゃべって、聞いているのかいないのか、ときどき「ねえ、聞いてる?」って確かめ合う。ひとりごとだか会話だかよくわからない。

ひとりじゃ何も食べられない。どこにも行けない。

その言葉は応えた。しっかり者のようでいて、あんがいのことに節子は内気だった。傍目を気にするのか物怖じするのか、たしかにひとりで外食はしないし、ひとり旅などとんでもない。

ふと思いついて、僕は声にならぬ溜息を洩らした。

もし僕が死んだら、節子をみなしごにしてしまう。ひとりでは食べられず、どこに行くこともできないみなしごに。

節子の父母の顔が、まるできのう出会った人のようにありありと甦った。

みずからの幸福のために娘を棄てた鬼たち。彼らに対して、改まった挨拶などする必要はなかった。僕は愛する人の正義を、結婚という形で実証したのだ。そのことを、伝わらずとも宣言するために、僕は鬼たちに会った。

そしておそらく、僕と節子は不実な鬼たちの向こうに拡がる不実な世界に対して、僕らはもうけっして棄児などではないと、宣言したにちがいなかった。

節子をまたみなしごにしてしまう。ひとりでは食べられぬみなしごに。茜も武志も、僕のかわりは務まらない。

ふいに視界が暗くなって、命を繋ぐ機械が不穏な警報を鳴らし始めた。

児島さんがあわただしく駆け寄ってきた。

「ドクター、ドクター！」

待ってくれ。まだ覚悟はできてない。

「あなた、あなた」

節子の表情が変わった。その顔、やめてくれないか。何だって他人事のような、君の顔が好きなんだ。

「だめよ、だめだったら」

ああ、このセリフも聞いたためしがないね。君は僕のやることにＮＯと言わなかった。しかし、これをダメと言われてもなあ。僕の意思でどうにかなるものではなさそうだ。

ドクターがやってきた。あれ、若い担当医じゃなくって、もっと若い先生。寝呆けまなこのうえに、あわてている。

落ちつけ。トラブルに際しては現場の判断が最優先される。クライアントの前で上司に電話などするなよ。足元を見られるぞ。

そう思っているそばから、当直医は誰かに連絡をとった。専門用語だらけで、何を言っているかわからない。指示を待つまでもなく、児島さんが注射や投薬の準備を始めた。

相変わらず痛くも苦しくもないいんだけどな。みなさんちょっと思い過ごしじゃないのか。

節子はベッドの脇で立ちすくんでいる。若い医師がひそみ声で言った。おい、丸聞こえだぞ。

「ちょっときびしいご容態ですから、念のためご家族にご連絡なさって下さい」

エッ。そんなに悪いのか。「念のため」は絶望させない配慮だろう。こんな朝っぱらから、「念のため」に家族を呼び集めるはずはあるまい。つまり医師の本音は、「死にそうですからすぐに家族を呼んで下さい」なのである。

何か強い薬を入れたのだろうか、耳の奥から太鼓を打つような搏動《はくどう》が伝わってきた。

ゆっくりと体が沈んでゆく。天井が遠のいてゆく。見ないほうがいい。僕は睫毛のすきまをとざした。

僕の体はベッドを通り抜け、床もすり抜けて、温かな土の匂いのする大地の底に沈んでいった。六十五年前の今ごろ、僕はこの大地から生まれた。母にかわって、母なる地球が僕を産み落としてくれたのだ。そう考えなければ、僕は僕のうちにあるコンプレックスを味方につけることはできなかった。

環境の優劣ではなく、たとえば処女懐胎によって厩《うまや》で生まれた聖なる人のように、大地の底から生まれた自分は奇跡を起こせるのだと、信じ続けなければ。

母なる地球のぬくもりに抱かれて瞼を上げれば、ひとけのない丸ノ内線の車内だった。

壁のペイントはサーモンピンク。天井は白。床はライトグリーン。そして僕が腰をおろすシートは、深いワインレッド。

ずいぶん古い車両だと思う。たぶん僕とトオルが脱走したころの。だとすると、もうとっくに定年となっているはずだ。

それにしても、地上を走る列車の多くが色気もそっけもないチョコレート色だった時代に、よくもこんなにしゃれた色調を考えついたものである。

外装は赤いボディに白い帯、銀色のウェーブ。美しいものを造り出すという強い意志がなければ、こうした車両は生まれない。

ひとつのエピソードを思い出した。南米に長く駐在していた同期が言っていた。ブエノスアイレスの地下鉄には、丸ノ内線の古い車両がそっくりそのまま走っている、と。いたずら書きはされていても、まったくそのまんまだよ、と。

帰国を慰労する居酒屋の宴席だった。話はたちまち雑談に埋もれてしまった。

鋼鉄製の鉄道車両は、蒸気機関車の例を挙げるまでもなく長命だろうと思う。しかし、技術の革新とデザインの変遷《へんせん》は時代とともに加速するから、今日では百年の寿命があるとわかっていても、二十年で引退を余儀なくされるにちがいない。

話の先をせがむつもりはなかった。それはたまたま耳にした恋人の消息のようなものだからである。地球の裏側で幸せに暮らしている。それだけで十分だ。

ところで、ここはどのあたりだろう。

ふいに轟音が耳を被い、窓という窓が黒い鏡に変わった。非情な陽光ではなくて、いつも僕をやさしく抱きしめてくれる、親密な闇。ちょうどこのあたりで、僕は美しい人に僕の夢を伝えた。

「大学を出てサラリーマンになって結婚をして家を建てて子供を育てたい」と。

多くの人々にとっては夢と言えぬほどささやかな未来でも、僕にとってのそれは世界を手に入れるほどの野望だった。唇を重ねて、あの人は僕の夢を祝福してくれた。赤坂見附。あの人はここで乗り換えたのだろうか。影を追うように降り立ったプラットホームの向かいに、黄色の地下鉄がきた。

黄色いゆりかご

地下鉄が赤坂見附の駅を離れたとき、もう引き返せないと思った。渋谷と浅草を結ぶ一本道の地下鉄だが、この駅は世界を分かつ関所のような気がしてならなかった。

山の手と下町。空襲で焼かれなかった東京と丸焼けになった東京。幸福と不幸。天国と地獄。関所を過ぎれば、もとの暮らしには戻れない。

終戦からたった六年の間に、東京はあらまし元通りになった。だが、峰子の視野には焼け野原よりもっと不毛な、もっと殺伐とした東京が拡がっている。自分ひとりを焼跡に立ちすくませたまま、何ごともなかったかのように、素知らぬ顔で東京は再生した。

峰子に残された道は二筋しかなかった。

死ぬか。生きるか。

死ぬにしても三通りある。

子供と一緒に死ぬか。ひとりで死ぬか。子供を殺すか。

生きるにしてもやはり三通りある。

一緒に生きるか。子供だけを生かすか。自分だけ生き残るか。

地下鉄に乗ってから、峰子はずっとそんなことを考えていた。だが、そのうちのいくつかは言いようがちがうだけで、同じ意味なのだと気付いた。

一緒に死ぬか。一緒に生きるか。どちらかが死ぬか。

結局そのどれかだと知ったのは、赤坂見附の駅だった。ここで降りて渋谷に引き返そうと思ったが、座席から腰が上がらなかった。

子供を抱きしめて背を丸め、希望の扉がごろりと鎖《とざ》される音を聴いた。警笛をひとつ鳴らして地下鉄は走り出した。母と子が一緒に生きるというまともな方法が、まっさきに消えてしまったのだった。

それでも地下鉄はやさしく温かかった。

君と私の黄色いゆりかご。このまま夜の涯《は》てまで走り続けてくれればいい。

忘れようとして忘れたわけではない。

忘れたふりをしているわけでもなかった。

こんなにもきれいさっぱり忘れてしまったのは、仏様のお慈悲か何かではないかと思う。そうでなければ、自分の名前も年齢も、父母の顔までも忘れるはずはない。きっとあの晩、何もかも忘れなければ一日たりとも生きてゆけないような出来事があったのだ。

峰子の記憶は、明け方の油雨の中から始まる。鋳物の郵便ポストはまだ温かくて、赤いペンキも焼け残っていた。その足元に蹲って、峰子は震えながら焼け野原を眺めた。

後片付けをする人もなく、あたりは足の踏み場もないくらい、黒こげの死体で埋まっていた。油雨がつのるほど水蒸気の靄《もや》が立ちこめて、まるで端から消しゴムで消すように、地獄絵を被い隠していった。

あの朝靄は、畏《かしこ》き神様の息吹だったのかもしれない。電車通りをしずしずと渡って峰子をくるみこみ、生きてゆくためには忘れ去らなければならないものすべてを、名前も年齢も父母の顔すらも、天に昇らせて下すったのだと思う。

峰子という名前は、焼けこげた防空頭巾の注記に、かろうじて「峰」の字が読み取れたからで、もしかしたら苗字の一部なのかもしれなかった。

上野の養育院に収容されて幾日かを過ごしたが、「山形に疎開する」と聞いたその晩のうちに、何人かの仲間たちと脱走した。

山形は米どころだから、おなかいっぱい白い御飯が食べられる。そう聞かされたとたん峰子は、嘘ッぱちだと思った。そんなうまい話があるはずはない。きっと奴隷にされるのだ、と。

いつでもどこでも、峰子は親分だった。言い争いでも腕ずくの喧嘩でも、男には負けなかった。そこで、はっきりしない年齢もいくつか鯖《さば》を読むことにした。そのほうが子分たちも従いやすかろうと思ったからだった。

昭和八年酉《とり》の生まれの満十二歳。でも、ほんとうは二つ三つ下だと思う。体も大きくて、こまっしゃくれているけれど。

仲間たちがいなくなっても、子分はじきにできた。空襲に晒され続ける東京には、浮浪児がいくらでもいた。

春が過ぎ、夏が来て、勝手に始まった戦争は勝手に終わった。

虎ノ門。新橋。

会社帰りの酔っ払いが大勢乗ってきた。十二月二十四日、月曜日。忘年会かな、と思ううちに銀紙を貼った三角帽が目に留まって、きょうはクリスマス・イブなのだと知った。

そう言えば渋谷の街頭スピーカーからも、賛美歌が流れていた。

「やあ、かわいいねえ。キリスト様だ」

バネ式の吊革に摑まった酔っ払いが、峰子を見おろしていた。思わず子供の顔を毛布で覆った。

「おかあさんもべっぴんだねえ。若くて美人のマリア様」

隣に立つ男が言った。野蛮な男ども。欲望を吐き出すことしか知らない、下等な生き物。乙《おつ》にすましているけれど、どいつもこいつも一皮剝けば、同じ男にちがいない。勝手に戦争をして勝手に負けて、知らんぷりしてネクタイを締めているようなやつら。

「名前は、何ていうのかね」

電灯を背にして影絵になった男の顔を見上げ、峰子はきっぱりと答えた。

「名前はありません」

轟音が声を奪った。

「え、何だって？」

男が耳を向けた。

「名前は付けません。かまわないで下さい」

尋常ではないと感じたのだろうか、連れの男に腕を引かれて、酔っ払いは峰子から離れた。かまうな、かかわりあいになるな、と。

銀座。乗客が入れ替わった。女の人が増えたせいで、車内はいくらか華やいだ。

峰子は着のみ着のままの姿を恥じた。糸の伸び切ったセーターに、単衣《ひとえ》のスカート。おまけに素足の下駄ばきで、赤ん坊を抱いていなければ家出娘にしか見えまい。

峰子は子供の耳に囁きかけた。

「ごめんね。名前は付けてあげられない」

一緒に生きられないのなら、名前を付ける資格はないと峰子は思ったのだった。

電灯がいっぺんに消えて、かわりに切子ガラスのグローブがともった。どういう仕組みなのかはわからないが、そのつど地下鉄には、命も心もあるのだと思う。

一瞬の闇が峰子に教えてくれたのだ。死ぬか生きるかのほかに、もうひとつの道があるはずだ、と。

別れる、という道が。

京橋。

向かいの席のおじいさんが、じっと見つめている。でも目が合ったとたん、視線を新聞に戻してしまった。

それでいい、と峰子は思った。もう二度と他人様《ひとさま》の世話にはならない。事情を聞かれたなら、平気です大丈夫ですと笑い返す仕度はできていた。

おばちゃんは今ごろ、がっかりしているだろうか、それともせいせいしているだろうか。

道玄坂のマーケットは土地の不法占拠とされ、今年いっぱいで露店も出せなくなる。だからあんたも身の振りようを考えちゃくれまいか、とおばちゃんは言った。泣きもせず笑いもせず、ようやく言えたとでもいうふうに。

べつに追い立てるつもりじゃないんだよ。年が明けて落ちついたら、区役所に行って相談してみようじゃないか。

おばちゃんはそう言って、しわくちゃの千円札と百円札を峰子に握らせた。

言っていることは本心ではないと思った。このお金は追い銭にちがいない。すぐにでも出て行ってほしいと、おばちゃんは言ったのだ。

それからじきにおばちゃんは銭湯に行き、峰子は赤ん坊にお乳をくれてからアパートを出た。首に結んだ風呂敷の中味はおむつと下着だけで、軍隊毛布がおくるみがわりだった。今晩の宿も、明日からの暮らしも考えてはいなかった。

線路端のお稲荷《いなり》さんにおいとまは言ったが、願かけはしなかった。何かをお願いしようにも、思いうかばなかった。

駅前広場に出たとき、東横百貨店のおなかから黄色い地下鉄が出てきて、頭の上を渡って行った。

温かな光を見送るうちに、凍え死んでくれればいいと思っていた命が急に愛しくなって、峰子は地下鉄に乗ろうと決めた。

デパートの中の出札口で切符を買った。先月は十円だったのに、十五円に値上げされていた。でも、地下鉄はどこまで行っても十五円だから、高いとは思わなかった。

高架線を渡るとき、美竹町《みたけちょう》のおばちゃんの家のほうに向かって、さよならをした。赤ん坊の首を支えて見せてあげた。まだ見えないだろうけれど、あそこが君のふるさと。君の生まれたおうち。

——あんた、腹がおっきいんだろ。

おばちゃんに面と向かってそう言われたのは、夏の盛りだったと思う。

——いったい、いくつなんだね。

鯖を読まずに「十五」と答えたのは、助けを求めたつもりだった。

おばちゃんとは闇市の時代からの顔なじみだった。道玄坂のマーケットの入口で、夏は氷水を、秋から春までは頬の落ちるほどおいしい壺焼芋《つぼやきいも》を売っている。靴泥棒の浮浪児の時分から知っているのでは、齢のごまかしようもなかった。

——男は。

氷水をなめながら、峰子は顎を振った。相手は惚れた男ではない。体を売った覚えもない。口に出すどころか、思い出したくもないひどいことをされた。そのあげくに子供ができたなど、いまだに悪い夢を見ているとしか思えなかった。

その晩、おばちゃんは美竹町のアパートに峰子を連れて行って、ここで赤ん坊を産むがいいと言ってくれた。陽の当たらぬ三畳間が極楽に思えた。

生まれ育ちをあれこれ訊ねられても、答えようがなかった。わからないだの忘れただのは、けっして嘘ではないのだが、おばちゃんがどう思ったかは知らない。

ご主人は兵隊に取られたきり、復員もしなければ戦死公報もないのだそうだ。色男だから、どこかでいい女とよろしくやってるのかもしれないね、とおばちゃんは黄色い反ッ歯《そっぱ》を剝いて笑った。

息子さんは深川の空襲で死んだらしい。おばちゃんが語ったその夜のいきさつを、峰子は心に蓋を被せてやり過ごした。だから、よくは知らない。

同情はしなかった。家族が戦死したり、空襲で命を落としたりするのは、少しも珍しい話ではないからだった。おばちゃんもたぶん、わけのわからぬ娘に同情したわけではないと思う。ただ、見るに見かねたのだ。

おばちゃんは貧乏だった。十円の氷水や焼芋を、一枚五十円の宝クジやパチンコ玉に替えてしまうのだから、たまったものではなかった。お酒も好きだった。

そう思えば、餞別《せんべつ》だろうが追い銭だろうが、身を切るようなお金だったはずだ。ありがたいと、峰子は思うことにした。

日本橋。三越前。

自分だけおいてけぼりをくわされたのだ、と峰子は思った。

世の中には国民服ももんぺ姿も見当たらなくなっていた。闇市は整理されて、焼け跡にはくまなく家が建った。地下鉄の乗客も、みなよそいきの着物や背広を着ていた。

何もかも元通りになったのに、自分ひとりが取り残されてしまった。そしてこの先も、追いつけそうになかった。

泥棒にバチが当たったのだろうか。でも、ほかに食べてゆく方法がなかったのだから仕様がない。

玄関先の靴泥棒。銭湯の板場荒らし。駅の待合室の傘泥棒。店先のかっぱらい。そんな盗ッ人稼業で食えていた時代は終わってしまった。

しばらく厄介になっていたおねえさんが言っていた。二、三年もすれば、あんたも楽をして稼げるようになるよ、と。

だが、いまだにただの一度も体を売ったためしはない。峰子のうちには、たぶん見知らぬ母が植えつけてくれた潔癖さがあって、それだけはどうしてもできなかった。

神田。

乗り換え客がそっくり入れ替わった。隣に座ったおばあさんが、訝しげに峰子を見つめた。思わず下駄をつっかけた素足を縮めた。薄汚れているうえに、霜焼けで腫れ上がった足を峰子は恥じた。

「かわいいねえ。妹さんかね」

「いえ、男です」

弟です、とは言わなかった。おばあさんに対してではなく、子供に嘘をつけなかった。

「ああ、子守さんか」

答えずに肯いた。母親に見えないのは情けないが、子守ならば嘘にはあたるまい。

「男の子は乗り物が好きだから、ぐずったらバスか電車に乗せるがいい」

もうやめてくれないかと思うそばから、地下鉄がおばあさんの声を奪ってくれた。

言われてみればなるほど、赤ん坊はご機嫌だった。生まれてからずっとぐずりっ放しで往生したのに、地下鉄に乗ってからはぴたりと泣きやんだ。

つぶらな瞳が、天井に向いて並んだ灯りをまばゆげに見つめている。

君はよっぽど、地下鉄が好きなのね。


おばあさんがまだ何か言いたげなので、峰子は席を移った。

隅の座席が好きなのは、世の中の隅っこでこそこそ生きてきたからだろうか。でも、やはりなぜか落ちつくし、ガラス越しに隣の車両も見える。

神田の乗り換えで乗客は少なくなった。乳を飲ませてやろうと峰子は思った。

君がはたちになれば、私は三十五。

君が二十五になれば、私は四十。

ぼんやりとそんな計算をした。運がよければ、の話だ。とことん不運な自分が、四十まで生きるとは思えない。

この六年間にしたところで、いったいどうやって食い凌いできたのか、峰子には思い出せない。残飯あさりと泥棒。あるいは他人の善意に甘えて。それでもちゃんと、子供を産める体に育った。

警官と役人は悪者だと決めつけていた。ただのいっぺんも助けてくれなかったし、捕まれば監獄に入れられる。そもそもお国のなすがままに大勢の人が殺されて、自分は命からがら生き残ったのだ。

末広町。

末広がりに運が良くなるとしよう。泣いた分だけ笑うのだ、と。

君が四十になれば、私は五十五。

君が六十五になれば、私は八十。

電灯が消え、切子ガラスのグローブがおののくように点滅する。これから自分がしようとしていることを、峰子はなるべく考えないようにした。

たんとお飲み。おなかいっぱいに。

ねえ君、知ってる？

もうじき池袋から銀座まで、新しい地下鉄が通るのよ。そのうち銀座から新宿にまで延びるんだって。

黄色い地下鉄と赤い地下鉄は、赤坂見附で乗り換え。そしたらたった十五円で、東京中のどこへでも行ける。

補助灯の点滅はやまなかった。峰子はくり返す光と闇に紛れて泣いた。声すらも忍ばせる必要はなかった。地下鉄も一緒に泣いてくれていた。

君と私は、出会うのが少うし早かった。二人して大人になったら、またどこかで会えればいいね。黄色や赤や、青や緑や紫の地下鉄が走る、東京のどこかで。


上野広小路。

池之端を流してきたのだろうか、若い米兵《へいたい》が三人、きれいなおねえさんが二人、浮かれ上がって乗ってきた。

人数が合わないけど、一人はお臍《へそ》を曲げて帰っちゃったのかな。

きょうはクリスマス・イブ。キャバレーやダンスホールは夜通しの営業で、兵隊はキャンプに帰らなくてもいいのだろう。

赤ん坊は乳首を口に含んだまま、峰子の薄い胸に額を預けて眠ってしまった。ふと、このまま固く抱きしめて一分たてば、すべてけりがつくと思った。お乳をくれながらつい居眠りをしてしまったと言って泣けば、まさか疑われはすまい。

力をこめるすんでのところで、赤ん坊にまた乳を吸われた。生きようとする命を、奪うだけの勇気はなかった。

ごめんね、と詫びた。言ったとたんに唇が寒くなった。もういちど口にしたなら、何もかもがご破算になって、そのままとまっしぐらに吾妻橋の上から身を躍らせるほかはなくなると思った。

終点まで乗ってはならない。その前に、売れ残りの魚みたいに腐ってしまった勇気を、どうにか掻《か》き集めなければ。

そう思って路線案内を見上げると、浅草まではもう幾駅もなかった。

詫びてはならない。殺すのではなく、別れるのではなく、捨てるのでもなくてこの子を生かすのだと、峰子は思うことにした。

だって、ほかに考えようはないじゃないの。こんなにもかわいいのだから。

暗い窓の向こうを、夏の日の出来事が通り過ぎた。

宇田川町の工事現場で、昔の仲間とばったり出くわした。それはうだるような陽ざかりの午後で、剝き出しの水道から水を飲もうとしたら、アルミのコップを貸してくれた若者が知った顔だった。

何年ぶりかで出会ったのに、ちっとも大きくなっていない泣き虫のカツ。何をするにも足手まといで、分け前はいつだって泣きの一手だった。

今はすっかり堅気になって、モッコ担ぎで食っているのだと、カツは偉そうに言った。峰子が男を羨んだのは、後にも先にもそのときいちどきりだ。

今さら思い出したくもない。みずから拒んだ情けなど。

すっかりがらんとしてしまった地下鉄の中を、峰子はぼんやりと見回した。

米兵《へいたい》と夜の女たち。その向こうには、クリスマス・プレゼントを抱えたサラリーマン。座席に横たわる飲んだくれの日雇労務者。厚いメガネをかけて、角帽を冠《かむ》った大学生。遠目に米兵と女たちを睨みつけているのは、遅れて復員した人かもしれない。

今このときに情けをかけてくれる人がいるのなら、けっして拒みはしないだろうと峰子は思った。

油照りの舗道を、前になり後ろになりして歩きながらカツは言った。

なあ、峰子。おいらがおとうちゃんじゃだめか。じきに大きくなるから。このまんまなわけはねえから。

ナマをお言いでないよ、と峰子は見栄を張った。カツの純情は骨身にしみてありがたかった。だが、空襲で何もかも失ったうえに、父母のおもかげまで灰にしてしまった二人が労り合って生きるなど、考えただけで反吐《へど》が出そうだった。

そんなことができるくらいなら、てっとり早く愚連隊の女ボスにでもなっている。

しばらく行って振り返ると、泣き虫のカツは街路樹の木洩れ陽の下に立ちすくんで、まるで叱られた子供みたいに、細い腕を目がしらに当てて泣いていた。

道玄坂のマーケットに顔見知りのおばちゃんを訪ねたのは、その足だったろうか。

米兵とおねえさんたちは、じゃれ合いながら賛美歌を唄っている。

サイレンナイ。ホーリーナイ。

そこだけでも覚えておこうと、峰子は唇を動かした。

オールイズカーム。オールイズブライ。

おねえさんの赤い唇に合わせて、峰子は唄った。

米兵のひとりが気付いて、峰子を手招いた。こっちへおいで、一緒に唄おう、と。

峰子はイヤイヤと顎を振った。米兵には何の他意もないのだろうが、情けをかけてくれたわけでもなかった。

歌声は次第に大きくなった。米兵のひとりが片手でバネ式の吊手《つりて》を握り、もう片方の手で万年筆の指揮棒を振り始めた。

どうやら米兵は、みんなで唄おうと勧めているらしいのだが、さすがに唱和する乗客はなかった。

口まねで唄っているのは峰子だけだった。米兵とおねえさんが、この子を祝福してくれているような気がして嬉しかった。

これがニューヨークの地下鉄ならば、きっと賛美歌の大合唱になるのだろう。峰子の知る限り、アメリカ人はみな陽気で大らかで無邪気だった。

おねえさんたちは、上手に英語をしゃべっている。そのうちいい人を見つけて、アメリカで暮らすのかもしれない。

髪が黒くて瞳の青い赤ん坊を産み、芝生の庭を駆け回り、お肉や牛乳でいつもおなかはいっぱい。

米兵たちの声が、地下鉄に負けないくらい大きいのは、たぶん家が広いからなのだろう。いちいち大声を出さなければ聞こえないくらいの、広いおうち。

降り注ぐ光や乾いた風を想像するうちに、いつか外国で暮らそうと峰子は決めた。子供のころの記憶は消えてしまったけれど、きょうのこの日を、神様は忘れさせてくれないだろう。空襲のせいではなくて、自分の犯す罪だから。ならばせめて、悪い夢にしたい。そのためには、外国で暮らすほかはないように思えたのだった。

親も家もお金もなくて、英語だって口まねしかできない自分に、そんな大それたことができるわけはない。でも、今のこの苦しみと引き換えれば、できないことなど何もないようにも思えた。

もし自分にはできないとしても、心から峰子を愛してくれる人が現れて、きっと願いを叶えてくれる。

峰子はおねえさんの赤い唇をまねて唄った。

ラウンヨンバージン、マザーアンチャイル。

ホーリーインファソウ、テンダーアンマイル。

人はおねえさんたちを悪く言うが、峰子はそうと思えない。

おねえさんたちは、戦争が終わったとたん天から降ってきたわけじゃない。勉強もさせてもらえずに軍需工場で働かされていた女学生が、英語をしゃべってなぜ悪い。

スリーピンヘブンリイピー。スリーピンヘブンリイピー。

意味は何もわからないが、口ずさむほどに刺さった棘《とげ》がこぼれ落ちるような気がした。賛美歌にはお経のような力があるのだろう。

スリーピンヘブンリイピー。スリーピンヘブンリイピー。

ねえ、君。苦労だろうけど、勉強はちゃんとするんだよ。戦争さえなければ、世の中はきっと公平だから。

貧しい家の子が金持ちの子に負ける理屈はない。親のない子が親がかりの子に負ける理屈もない。だから君は、誰にも負けないで。

上野。

いいかげん腹を決めなければならないと峰子は思った。

地下鉄が胴震いして止まる前に、赤ん坊をおくるみごと座席に置いた。だが、腰が抜けてしまった。立ち上がれぬまま、ごろりと扉の閉まる音を聞いた。

芝生のように青々とした羅紗《らしゃ》の上で、君は笑っている。薄桃色の小さな掌が、すり切れた軍隊毛布の端を握りしめている。

峰子は笑顔に俯《うつぶ》して頰ずりをした。何て柔らかなほっぺ。

言葉にしてはならないと、峰子は唇を嚙みしめた。何を言おうが言いわけにちがいないから。

次は稲荷町《いなりちょう》。その次は田原町《たわらまち》。そして終点の浅草。

ふと峰子は、おばちゃんのアパートを出たあと、線路端のお稲荷さんに手を合わせたことを思い出した。願いごとなど思いつきもしなかったが、お参りをしてさまよい出た駅前広場の夜空を、黄色い地下鉄が渡って行ったのだ。

次は稲荷町。渋谷のお稲荷さんが、地下鉄より速く空を飛んで、下谷のお稲荷さんに頼んでくれた。よろしく頼む、と。

どうりでここまで決心がつかなかったわけだ。不憫《ふびん》に思ったお稲荷さんが、そういうお膳立てをしてくれていた。

首に結んだ風呂敷をはずして、赤ん坊のおむつと自分の下着を分けた。迷いも悲しみも、石のように固まってしまった。もう涙も出やしない。

地下鉄が速度を緩めた。轟音が金切り声に変わり、光と闇がくり返された。

くちづけをかわしてから、峰子は立ち上がった。

バネの硬い吊革を引き寄せ、両掌で握りしめた。

ひとけのない稲荷町のプラットホームに、地下鉄はゆっくりと滑り込んだ。まるで嫌がらせのように、一瞬が間延びしていた。

乗客に見咎められてはならなかった。幸いなことに、浮かれ騒ぐ米兵とおねえさんたちが、人々の注目を集めていた。

吊革にすがりついていなければ、腰が摧《くだ》けてしまいそうだった。

祈りも願いも詫びる心も消えて、峰子はただ赤ん坊を見おろしていた。赤ん坊も焦点の合わぬ瞳で、峰子を見上げていた。

それはあらゆる感情が働かなくなった、あの大空襲のあくる朝の気分によく似ていた。父母の顔を忘れてしまったように、この笑顔も神様が消してしまうのかもしれないと思うと、何だかもったいない気がした。

地下鉄が止まり、扉が開いた。さあと流れこんだ冷気に驚いたのか、赤ん坊が急に顔をしかめて泣き出した。

峰子は身を翻して地下鉄から降りた。幕が引かれるように背うしろで扉が鎖《とざ》された。

地下鉄が流れてゆく。プラットホームを歩きながら、峰子は花籠をせせらぎに流した少女のように両手を差し向けた。

何もてかけがえのない愛しきもの。私の産み分けた命。流れ流れて幸福の港に着くがいい。人がどう思おうが、まちがいではないと峰子は思った。文句をつけるのは自分よりマシなやつらに決まっている。

黄色いゆりかごが遠ざかり、尾灯が闇に紛れてしまうまで、峰子はプラットホームに佇んで両手を差し伸べていた。

古いタイル壁と、鋼鉄の支柱に囲まれた小さな駅だった。人形のように無愛想な駅員のほかに人影はなかった。

改札を抜け、狭い階段を駆け昇った。夜更けの大通りに飛び出てからもしばらく走って、ぽつんと灯る街灯の光の輪の下に、膝を抱えて蹲《うずくま》った。

息を整えながら考えた。自分はいったい、何をしたのだろう、と。

顔を上げたとたん、月の光が刃物になって襲いかかった。心と体が、ひとたまりもなく切り刻まれてしまった。

どうとでもするがいい。でもこれで私は死なない。あの子も死なない。

僕の上には、ありうべからざることが起こり続けている。

夢や妄想の類《たぐい》ではない。どう考え直したところで、明らかな実体験である。だから「夢のような体験」という言い方はできるが、「リアリティーのある夢」ではない。

たとえば僕は今、赤坂見附駅のプラットホームに立っているのだが、見えるもの聴こえるもの肌に感じるものすべてが、現実だと断言できる。

しかし、病院の集中治療室に瀕死の僕が横たわっているのもまた事実で、いわゆるパラレルワールドが存在する、とでも考えるほかはなかった。

浅草行の地下鉄が来た。赤坂見附駅の構造は巧みである。別路線の同一方向が同じホームに入る。つまり池袋行の丸ノ内線を降りて、そのまま向かいの銀座線浅草行に乗り換えられる。地下構造が二階建てなのである。

四十四年間も漫然と乗り続けて、赤坂見附駅のこのすぐれた設計に気付いたのは最近だった。何でも丸ノ内線の計画は古くからあって、銀座線との乗換駅となる赤坂見附駅は、当初から二階建てとして設計されたらしい。

いやはや、昔の人は大したものだ。今の都合で物を造らずに、未来のためにあれこれ考えてくれた。

警笛をひとつ鳴らして、黄色い地下鉄がのんびりとプラットホームに入ってきた。

おや。これはまたずいぶんレトロなデザインだ。

鋼鉄のボディには整然とリベットが並び、チョコレート色の屋根の額に、丸くて大きなヘッドライトが光っている。

片側開きのドア。柔らかな間接照明。木目の壁と緑色のシート。そうそう、吊革は揺れても動かないバネ式だった。

「へえ」と、僕は思わず声に出して感心した。限定された地下空間を演出する地下鉄の技術者たちは、伝統的に凝り性なのだろうが、それにしてもここまでやるか。

僕の目の前で、「ようこそ」と言わんばかりに一枚ドアが開いた。足を踏み入れたとたん、まるでサロンのような優雅さに僕は息を呑んだ。真鍮《しんちゅう》と木目の輝き。羅紗の緑。

毛布にくるんだ赤ん坊を抱いて、いたいけな少女が座っている。

どうしたの。どこへ行くの。

僕はロマンチックな間接照明に浮かぶ、ほの暗い車内を見渡した。

おいおい、いくら何でもやりすぎじゃないか。昔の車両をここまで忠実に再現したうえ、エキストラの乗客まで用意するなんて。

分厚いコートを着てソフト帽を冠った、会社帰りのサラリーマン。学生服に角帽の大学生。着物の襟にマフラーを結んだ老婆。ねじり鉢巻で飲んだくれている労務者。

しかも、そうした乗客を珍しげに眺めているのは僕ひとりだった。

ドアが閉まって、地下鉄は走り出した。車体がひとしきり揺れて照明が消え、かわりに切子ガラスのグローブが灯った。この瞬間は記憶にある。しかし、わざわざ昔の集電システムまで復元するはずはない。

僕は磨き上げられた真鍮のポールに身をゆだねて、一度きつく目を瞑《つむ》り、また目を瞠《みは》った。風景に変わりはなかった。

べつだん驚くほどのことではない。ありうべからざることが、また起こっただけだ。

乗客の中に峰子を探した。次の駅で乗ってくるのだろうか。「やあ、君。また会ったわね」とほほえみながら。

会いたくてたまらない。僕は彼女に恋をしたのかもしれない。

赤坂見附の次は溜池山王。だがその駅はない。そして虎ノ門。峰子は現れなかった。

いったい、いつの地下鉄なのだろう。少なくとも、僕が記憶している時代ではないと思う。もっとずっと昔。生まれる前か、生まれたころか。乗客たちの姿に懐かしさを感じず、映画かドラマのエキストラのように思ったのは、つまりそういうことなのだ。

新橋。今も昔も会社帰りの酔っ払いといえば新橋。冷気と酒の匂いを背負った男たちが、どやどやと乗ってきた。三角帽が目に留まった。クリスマスか。

地下鉄の中の酔っ払いは声が大きい。

「休戦会談はうまく運んでいるのかね」

「さあ、どうだか。国連軍と言ったって中味は米軍だからな。とことんやって、決着をつけるだろう。ちがうか」

「しまいにはやっぱり原爆を落とすかね」

「そうはいくまい。そもそもよその国の内戦なんだから。それに、わが国としてはさっさと決着をつけられても困る」

なるほど。朝鮮戦争って、何年だっけ。たしか、僕の生まれたころ。朝鮮戦争による特需景気で、日本の経済は潤った。

「石炭はいくら増産しても間に合わんらしい。九州と朝鮮は目と鼻の先だしな。筑豊は大賑《おおにぎ》わいじゃないのか」

「ああ、君は朝鮮にいたんだっけ」

「京城《けいじょう》に一年、大邱《たいきゅう》に半年で終戦。戦場にならなかった朝鮮が、こんなことになるのは皮肉な話だ」

「しかも、その戦争のおかげで日本は特需景気だとさ」

サードレールの金属音が男たちの会話を阻んだ。

僕らは真鍮のポールをそれぞれに摑んでいた。ソフト帽を冠り、上等のコートを着た彼らはエリート・ビジネスマンに見えた。もしかしたら役人かもしれない。昔の男は老けていたが、彼らもせいぜい三十代の前半というところだろう。

終戦はわずか数年前である。彼は転勤になっていたのか、それとも軍隊に取られていたのか。日本の領土だった朝鮮半島には多くの企業が進出していただろうし、軍隊も駐留していたはずだ。

そう言えば僕が新入社員のころ、満州の支店に勤務していたという課長がいた。いや、たぶん当時の役員たちのほとんどは、戦中戦前の入社だったはずだ。

だが若い僕らは、そうした会社の過去を意識してはいなかった。戦前と戦後の歴史に連続性を見出せなかったからである。

どうして彼らは後輩たちに何も語らず、あんなにも知らんぷりができたのだろう。何もかもなかったことにしなければ、生きてゆけなかったのだろうか。

「ところで、プレゼントは買ったかい」

「わかりきったことを聞きなさんな。会社を出て、飲みに行って、ここにこうしている」

「三越がストライキ中だった、ということでどうだ」

「ハハッ、そいつはいい。しかし、この歳末商戦中にストライキとは、デパートの組合もなかなかやるじゃないか」

「三越にはストもございます、だとさ。シャレた会社だ」

車両が揺れ、光が点滅し、僕は目をとじて踏みこたえた。

一九五一年のクリスマス・イブ。僕が棄てられた日。


銀座。

軽くもう一杯、という話がふいにまとまって、二人のサラリーマンは下車した。

プレゼントがどうのと言っていたのだから、女房子供は待ちかねているだろうに、昔の男は勝手だった。

いや。僕だって似たものだったな、たぶん。堀田憲雄とデスクを並べていたころは、毎晩が午前様だった。同じ社宅に住んでいたから帰りの時間は気にしなかったし、女房に対する口裏合わせだって完璧だった。

だいたいからしてそのころは、亭主なら家を出たら最後、会社員は外出したら最後、どこで何をしているかわかったものではなかった。だからポケットベルを持たされたときは、人間が犬に貶《おとし》められたような気がしたし、その十年後に携帯電話が登場したときは、奴隷にされたと思った。

空いた座席に腰を下ろした。車両は小さいのに、奥行きがあって座りごこちのいいシートだった。布地は冷ややかさを感じなかった。化学繊維がほとんど存在しない時代なのである。この車両の優雅さは、デザインばかりではなく素材にもあるのだと知った。

象牙色のアーチ天井を見上げながら考えた。四十四年間のサラリーマン人生の中で、最もよかったことといえば、それはどんな手柄話にも増して、親友の堀田が社長になったことである。口に出せば負け惜しみにも聞こえようが、僕は心底そう思っている。

社内で僕の生い立ちを知っているのは、堀田だけだった。彼はそのことを誰にも語らなかったから、僕は耐え難い憐れみを受けず、わけのわからぬ敬意も払われずにすんだ。聡明な堀田は、僕が欲しているものは公平さのほかに何もないと知っていた。

黙っていても笑みがこぼれてならなかったときが、二度ある。

一度目は春哉の生まれた日。二度目は堀田の社長就任が内定した日だった。

春哉の誕生によって、僕はそれまで概念にすらなかった父親という地位を獲得した。

僕の人生に公平さを与えてくれた堀田の出世は、もしかしたら僕がそうなるよりも嬉しかったかもしれない。

ふつうの人間になりたいという夢を彼らが叶えてくれたのだ。それは僕にとって、まるでバベルの塔を建てるほどの夢だった。

京橋。

昔の人は個性的だ。おしなべて痩せてはいるが、それぞれの顔にそれぞれの人生が滲み出ている。もっとも、彼らの背負った人生は、平和な時代に生まれ育った僕などには測り知れないが。

きっと豊かな社会は、人間の個性を奪ってしまうのだろう。それがいいことなのか悪いことなのか、僕にはわからない。

銀座からは空席がなくなって、立っている人も多くなった。帽子を冠っていない男は僕ひとりだった。

年齢よりもずっと若く見られているだろうと思えば、何だか得をした気分になった。たぶん十歳ぐらいは。六十を過ぎれば立派な年寄りだった時代である。

吊革を握って立つ乗客のすきまから、赤ん坊を抱いた少女が見え隠れしている。

伸び切ったセーターに薄っぺらなスカートをはき、下駄ばきの素足が痛ましかった。赤坂見附でこの地下鉄に乗ったとき、まっさきに目についた少女だった。

どうしたの。どこへ行くの。

現代の地下鉄ならば、僕は迷わず声をかけるだろう。だが、歴史に干渉する勇気はない。ほかの乗客たちも、さほど気に留めている様子はなかった。

日本橋。

乗客が動いて、少女は僕の視野に収まった。せいぜい十四、五歳。目鼻立ちのくっきりとした器量よしである。子だくさんの時代だから、抱いている赤ん坊は弟か妹だろう。何か我慢のならないことがあって、家を飛び出したのだろうか。祖父母を訪ねるのだろうか。

セーターの襟が落ちて剝き出しになった少女の首には、小さな風呂敷包みがくくりつけられている。薄紅色。ピンク。桃色。いわく言いがたい。満開の桜の色。ほんのりと赤みがかった白。

その風呂敷包みが何かとても懐かしいもののように思えて、僕はしばらくの間じっと見つめていた。

三越前。

まさかクリスマス・イブまでストライキはするまい。駅名からすると全額出資のスポンサーか。そう考えれば、たしかに駅の内装はゴージャスだし、改札口とデパートの入口が直結している。

ああ、それにしても――あの桜色の風呂敷包みには、何が入っているのだろう。赤ん坊をおぶわずに抱いているのは、まだ首が据わっていないのだろうか。

僕には何もできないし、また何もしてはならない。では、何かできるはずの人々が、何もしようとしないのはなぜなのだろうと、僕は乗客のひとりひとりを見つめた。

いつの時代もそうなのだ。人はみな、不幸とのかかわりあいを避けようとする。自分のことだけで精一杯だと言いわけをしながら。

神田。

乗客が入れ替わり、車内は空席が目立つほどすいた。

辛抱できなくなって腰を浮かしかけた僕より先に、着物姿の女が少女の隣に座った。見るに見かねて、やっと声をかけてくれた。

老女は赤ん坊を覗きこんでほほえみ、少女に何ごとかを語りかけた。

しかし意外なことに、少女の表情が固くなった。老女が善意の人であるのは明らかで、少女が困り果てているのもまた明らかなのに、事態は変わらなかった。

少し言葉をかわしたあと、少女はふいに立ち上がって座席を移ってしまった。そして車両の端の席で、いくらか傍目を気にして羞いながら、赤ん坊に乳を含ませた。

母親か。

僕は視線をはずした。少女を追っていた乗客たちの顔が、一斉に向き直ったように思えた。

十五歳の母。僕は目を閉じて、母子の年齢を算えた。

僕がはたちになれば、あなたは三十五。

僕が二十五になれば、あなたは四十。

運が良ければ。でも、運命は変えられる。僕らは人間なのだから。

末広町。

きっと末広がりに運が良くなる。泣いた分だけ笑わなくちゃ。

僕が四十になれば、あなたは五十五。

僕が六十五になれば、あなたは八十。

補助灯がおののくように点滅した。光と闇の中に浮かび上がる貧しい母子が、このうえなく聖なる姿に見えた。

もしこれが聖夜の奇跡であるのなら、禁忌を踏み越えて彼女に語りかける勇気を与えてほしい。僕は初めて神に祈った。


上野広小路。

進駐軍の兵隊と日本人の女たちが、浮かれながら乗りこんできた。

やかましいね。せっかくのロマンチックな気分が台なしじゃないか。

瞼をとじ、心もとざした。今の僕には、考えなければならないことが山ほどある。

古い地下鉄が終点に着くまで、時間はそう残されてはいない。

トオルのこと。身近すぎて考えたためしもなかった、永山徹のこと。家族でも親類でもなく、むろん友人と呼ぶべきでもないトオルは、僕にとってどういう存在だったのだろうか。

僕らは親を知らない。孤児となったいきさつも、聞かされてはいなかった。だから同い齢の僕とトオルは、あるとき一緒に天から降り落ちてきたような、奇妙な親和性を持っていた。兄弟でもなく、親友とも言いがたい親しみを。

孤児にとって最大のハンディキャップは、愛の欠落ではない。むしろ、自分の人生の芯や核になりうるもの、あらゆる行為や道徳の基準となるものの欠如が問題だった。つまり、こんなとき父ならばどうするだろう、母ならばどう考えるのだろうという単純な思考方法を、僕らは持てなかった。

トオルにとっての僕がどうであったかは知らない。だが僕にとってのトオルは、常にそうした存在だったと思う。

たぶん僕らは、たがいがすがり合ってどうにか森の一部になりえた、奇《めずら》しい姿の樹木なのだ。

米兵と女たちが唄い始めた。

Silent night, holy night,
all is calm, all is bright,
静かな夜　聖《きよ》らな夜
遍《あまね》く平安と耀《かがよ》いに満ち
round yon virgin, mother and child.
holy infant, so tender and mild,
見よやあれなる　純潔の母とその子
か弱くおとなしき　聖なる御子よ

sleep in heavenly peace,
sleep in heavenly peace.
秣《まぐさ》の中にありても天国の褥《しとね》のごとく
眠りたまえ　安らかに

茜。僕の天使。いつ、どこで、何があろうと、無条件に僕の天使でいてくれた。こんなにもプリミティヴな感情は、言葉にできず、またそうする意味もない。ただ、これだけは言える。いつ、どこで、何があろうと、僕は茜を棄てない。天使はやがて、もうひとりの天使を連れてきてくれた。

僕にはいまだなしえぬ夢がある。いつか武志に、僕とトオルが育った家を見せたい。感謝すべきなのか嫌悪しているのか、僕にとっての何であったのかいまだにわからない、芝畑と茶畑の中の離れ小島のような、あの養護施設を。人がまだ孤児院とあからさまに呼んでいたあの家を、遠目にでもいいから武志と眺めたい。そして、僕の生まれ育ちを、余すところなく語りたい。

今はもう、畑も森もなくなって、あたりにはマンションや住宅が犇《ひしめ》いているだろう。いや、施設そのものがすでになくなっているかもしれない。ならば縁《よすが》を偲ぶ古木の下でも、祠《ほこら》のかたわらでもいい。僕は棄て子で、名前すらなかったのだよと、武志に伝えたかった。

節子にも茜にも、詳しくは話していない。古臭い言い方だが、それは男の口から女に伝えるべき話ではないから。女には重荷になろうし、僕にとっては恥でもあるから。

武志は重荷を力に変え、僕の告白を愚痴にさせない、世界でただひとりの男だ。

上野。

米兵のひとりが指揮者気取りで、万年筆を振り始めた。

乗客たちは苦笑しながら、あるいは不愉快そうに知らんぷりを決めていたが、車両の先頭にいるあの少女だけが、口まねで唄っていた。日本語ではなく、英語の歌詞をまねて。

sleep in heavenly peace,
sleep in heavenly peace.
秣の中にありても天国の褥のごとく
眠りたまえ　安らかに

ふいに睡気がさして、僕は賛美歌を口ずさみながら目をとじた。

勉強はちゃんとするよ。世の中は公平だから。貧しい子供が金持ちの子に負ける理屈はない。親のない子が親がかりの子に負ける理屈もない。だから僕は、誰にも負けない。

心配しないでいいよ。地下鉄の座席は、飼葉《かいば》桶《おけ》よりずっと上等だ。


まどろみながら思い当たった。

幼い母の首に結ばれている風呂敷包み。満開の桜の色。

それはかつて、僕の宝物だった。施設の雑居部屋の、進駐軍から払い下げられた鉄のベッドの下には、僕らが「おだいじ箱」と呼び習わしていた平たい木箱が収まっていて、その中身は入所以来の私物や親兄弟からの手紙なのだが、僕の箱の中には折り畳んだ風呂敷が一枚あるきりだった。

切ないことに僕は、叱られたり喧嘩をしたりするたびに、おだいじ箱の中から桜色の風呂敷を取り出して見つめた。どうかすると匂いを嗅いだり、枕の下に入れて眠ることもあった。

僕の持ち物は何から何まで、他人の施しか国民の税金で購《あがな》われていたが、その風呂敷だけはもとからの財産だと知っていた。

何がくるまれていたのかはわからない。物心ついたときには、風呂敷があるきりだった。

どうしてあの幼い母が、僕の風呂敷を首に巻いているのだろう。確かめようにも瞼が上がらず、窓枠にもたれた頭を起こすことすらできなかった。

まだ小学生のころ、そのたったひとつの財産を棄てた。何か思うところがあったのか、それとも自虐だったのか、玉川上水の橋の上から投げ棄ててしまった。前後の記憶はない。上水が満開の花のトンネルになっていたのは、のちの脚色だろう。

むろんそれは、ほとんど何の意味もない出来事なのだが、もしかしたら満開の花のもとに恋人を棄てたことと、何かしら関係があるのかもしれなかった。

あの桜色の風呂敷が、春の上水を流れ流れて時を遡り、岸辺に遊ぶ少女の指に搦《から》め捕られて――。

そこまで想像して、睡けに身を任せた。

やがて僕は、少女の手で羅紗の座席に横たえられた。

どうしたの。どこへ行くの。

象牙色のアーチ天井を背にした幼い母の顔が、やり場のない愛情を眶《まぶち》いっぱいにたたえて、僕を覗きこんでいる。

桜色の風呂敷包みを首からほどき、わずかな中身を分けて、僕のかたわらに置いた。

どうしたの。どこへ行くの。


地下鉄は嘆き続けていた。金切り声を上げ、瞼をしばたたかせて。

唇を重ねた。長く、貪《むさぼ》るようなくちづけだった。そして僕はようやく、少女が誰であるかを知った。

目は霞んでいて、言葉は泣き声にしかならなかったけれど、僕は思いのたけをこめて母に言った。

あなたが生きるためならば、僕を棄ててもかまわない。僕は男だから、あなたなしでも生きてゆける。

でも少しだけ、僕の願いを聞いて下さい。

三十五歳の美しいあなたと、地下鉄に乗りたい。

六十歳のもっと美しいあなたと、静かな入江を歩きたい。

八十を過ぎて、もっともっと美しくなったあなたと、輝かしいふるさとの光を眺めながら、クリスマスを祝いたい。純潔の母が聖なる子を産みたもうた夜を。

幼い母は肯いてくれた。

地下鉄が速度を緩めた。母は立ち上がり、すがるように両手で吊革を握りながら僕を見下ろした。

ドアが開き、冷気が流れこみ、心が通じた。もうこれきり、と。

母は身を翻して地下鉄から降りた。僕は首を倒し、古毛布の間から母を見送った。

扉が鎖され、ゆっくりと動き始めた地下鉄とともに、母はしばらくプラットホームを歩いた。まるで、せせらぎを流れ去る花籠と別れを惜しむかのように、伸び切ったセーターの両手をかざして。

僕はあなたを憎まない。だからあなたも、省みないでほしい。誰が何と言おうと、これが僕たちにとって最善の選択だから。

そして僕もあなたも、幸福にならなければいけない。誰から見ても最悪の選択だが、僕らにとってのみ最善であったこのどうしようもない夜を、せめて僕たちだけの聖夜にするために。

いいですか、おかあさん。聖夜は初めから、聖夜だったわけじゃない。

何をか乞うように両手をかざしたまま、じきに母の姿は地下鉄の車窓から消えてしまった。

僕は朧《おぼ》ろな目をとじて、桜色の風呂敷の母の残り香を嗅いだ。

僕の小さな胸は、地下鉄の轍《わだち》の響きに合わせて轟いていた。

けっして夢ではなく、別世界の出来事でもなく、僕は誰もが持ちえぬ記憶にたどり着いたのだった。

田原町。

終点のひとつ手前の、古くてささやかな駅。窓の外には太いリベットを打った鋼鉄の支柱が、いかにも東京の大地を支えるように力強く並んでいた。

泣きながら考えた。もしこの場所が地下鉄の車内ではなかったとしたら、僕は泣くこともままならずに凍え死んでしまったろう、と。きっと母は正気を失いながらも、僕が命をつなぐことのできる唯一の場所を選んでくれたにちがいなかった。

棄てたのではない。匿《かく》してくれたのだ。おかげで、こうして泣くことしかできなかった僕は、そののち六十五年も命をつないでいる。この、泣くことしかできなかった僕が。

しかし僕の泣き声は、地下鉄の轟音と米兵たちの歌声にかき消されて、乗客の耳には届かなかった。もっと大声で救《たす》けを求めたかったが、力が足りなかった。
サイレンナイ。ホーリーナイ。
オールイズカーム。オールイズブライ。
僕は唄える。母が口真似しかできなかった歌を。
round yon virgin, mother and child.
holy infant, so tender and mild,
アメリカ人のように正しい英語で。母が意味もわからずに、祈りをこめて唄ってくれた聖らかな歌を。
sleep in heavenly peace,
sleep in heavenly peace.
秣の中にありても天国の褥のごとく
眠りたまえ　安らかに
そして僕らは幸せになった。人は母の行いを責め、子供を憐れむだろうが、僕はそうとは思わない。母は僕らがともに幸せになるたったひとつの方法を、怯《おび》えながら慄《ふる》えながらも、ぬかりなく選んでくれた。
僕らが死なずにすむ、たったひとつの方法。そして僕が母の子であり、母が僕の親である限り、命さえあればもう誰にも負けず必ず幸福になる。

そんなことを考えながら、僕は泣き続けた。

黄色いゆりかごは小刻みに揺れながら速度を緩めた。

乗客はわずかだった。僕のか細い泣き声に気付いた米兵が、吊革づたいに近寄ってきて、「Why?」と素頓狂《すつとんきよう》な大声を上げた。

ちょうどそのとき、地下鉄が浅草駅のプラットホームに、大げさなブレーキの音を立てながら止まった。

人々が集まってきて僕を覗きこんだ。

僕は声を限りに泣いた。毛布を蹴りのけ、両手をかざして。

救いを求めたのではない。僕を励ます乗客たちの声が、ありがたくてならなかったのだ。

まっさきに駆けつけてくれたのは、米兵と戯れていた夜の女たちだった。

「大丈夫よ、だいじょうぶ」

パーマのかかった赤い髪にバンダナを巻いた女は、そう言って僕の頭を撫でてくれた。

「泣かないで、大丈夫だから」

艶やかなルージュの唇を震わせ、もうひとりの女は指先で僕の瞼を拭ってくれた。

着物のおばあさんが言った。

「みんながついてるよ。人生はまだこれからじゃあないか」

ありがたい。これは人の口を藉《か》りた神の声だと僕は思った。

なぜなら、そっくり同じ励ましの声を、僕はひとりの人間の口からすでに聞いていたから。それは六十五年後の瀕死の僕を、死ぬな生きろと励まし続ける、あの白衣の看護師の言葉そのものだった。

角帽を冠った大学生が、厚いメガネに地下鉄の灯を宿しながら言った。

「君には生きる権利がある。だから泣くな」

彼を押しのけて、貧しい復員兵が僕の掌《てのひら》を握ってくれた。

「おまえを死なせはしない。だから、もう泣くな」

とっさに何を思い出したものか、復員兵は黄色い涙を流した。

飲んだくれの労務者は無言で僕を抱き上げ、据わらぬ首を上手に支えてくれた。

「Merry Xmas」

米兵のひとりがほほえみかけた。

「God bless you」

もうひとりが軍服の胸に手を当てて言った。

僕は思った。多くの人々の祝福を一身に享《う》けて、僕は今、地下鉄から生まれたのだ、と。

誰も僕を憐れんではいなかった。むしろ歓喜しているように見えた。悲惨な戦争をそれぞれに生き延びてきた人々は、子棄てという現実を目のあたりにしても、そんなことはどうでもいいかのように、僕というひとつの命を讃えてくれていた。

人々は僕を奪い合った。それはまるで、戦争で喪われた兄弟や親友の転生に出くわしでもしたかのような歓びようだった。

僕は泣くことをやめた。口はきけないけれど、祝福に対しては笑顔を返さなければならなかった。僕が笑うと人々は沸いた。

駅員が駆けつけた。僕は毛布にくるまれたまま、夜の匂いのする制服の胸に抱き取られた。

乗客たちの証言はさほど的を射てはいなかった。母親らしい人が赤ん坊を置き去りにして降りてしまった駅も、上野だの稲荷町だの、いや田原町だのと口々に言った。

その風体にしたところで、粗末ななりをした若い女という程度しか、乗客たちの記憶はなかった。つまり自意識の原則通りに、僕らが考えているほど他者は僕らに注意を払っていたわけではなかった。

それは僕らにとって好都合だった。降りた駅を特定できなければ、母はきっと逃げおおせる。けっして振り返らずに走って、夜に紛れてしまえばいい。

ふと、母が素足に下駄ばきだったことを思い出した。どうか転ばぬよう。鼻緒を切らぬよう。

若い駅員が僕を抱いたまま事情を訊ねている間、年配の駅員は桜色の風呂敷包みを検《あらた》めた。「手紙はねえなあ」という声が聞こえた。

「おしめだけじゃあよう、名前もわからねえじゃねえの。かわいそうに、名なしの権兵衛じゃねえの」

情の厚い人なのだろうか、老いた駅員はそう言いながら、僕のために泣いてくれた。

母は僕の名前を書き置かなかったのではなく、名前を付けなかったのだと思う。それすらもたがいの未練になると考えて。

おかげで僕は潔い人生を歩むことができた。たぶん母も。

一生悩み続けるくらいなら、篤志家の姓とプロ野球選手の名前でいい。

僕は駅員の胸に抱かれたまま、黄色いゆりかごから降りた。

名もなき兵士が戦場から持ち帰ったにちがいない軍隊毛布のすきまを、温かな光に満ちた低い天井が過ぎてゆく。駅員の歩みはまるで幣帛《へいはく》を捧げる神官のように、しめやかで厳《おごそ》かだった。身をもって命の尊さ灼《あらた》かさを知る人でなければ、こんな歩き方はできないだろう。

見知らぬ乗客たちは、僕にエールを送り続けていた。

大丈夫よ、だいじょうぶ。

泣かないで、大丈夫だから。

みんながついてるわ。人生はまだこれからなのよ。あなたには生きる権利がある。

だから、泣いちゃだめ。

あなたを死なせはしない。だからもう、泣いちゃだめ。

この声に励まされて、僕はこれからの六十五年をまっしぐらに生きた。しかし何にもまして僕に勇気を与えてくれたのは、終着駅のプラットホームに堂々ととどまる地下鉄の姿だった。

軍艦にも戦車にもならなかった鋼鉄から生まれた僕が、不幸であるはずはない。いや、おそらく僕は、世界一幸福な出自を持っている。

これでいい、と思うとまた睡けがさしてきた。僕は瞼をおろして、駅員の胸に身を委ねた。光も声も、次第に遠ざかっていった。


眩しい。

思わず顔をしかめて目をかばった。白い光と騒音のただなかに僕は佇んでいた。考えるまでもない。朝の荻窪駅である。ＪＲからの乗換客とバスターミナルから下りてくる人の群が、何の混乱もなく地下鉄の改札口に吸いこまれてゆく。流れを堰《せ》き止めているのは自分ひとりだと気付いて、わけのわからぬまま階段を下った。何だか心が浮き立つ。ラッシュアワーがこんなにも居心地がいいとは知らなかった。

ところで、僕はどこに向かっているのだろう。定年を迎え、送別会もおえたというのに。

改札を抜け、広くて浅い階段をまた下りる。プラットホームに行儀よく列を作る通勤客が、左右の車両に呑みこまれてゆく。それぞれの人生を背負った、愛すべき仲間たち。

た。

「あ、児島さん」

動き出した地下鉄の中にその人の姿を認めて、僕は声を上げた。

物憂げな瞳に、僕は映らなかった。ドアにもたれたまま、児島さんは行ってしまった。

クリスマス・イブは誰と過ごすのかな。それとも恋人は、集中治療室の患者さんだけなのかな。

ありがとうを言いそびれてしまった。それはおそらく、僕が最も不得手とする言葉だ。英語でも中国語でも気軽に言えるのに、日本語ではいつも一瞬のとまどいがあった。

なぜかはわかっている。僕は物心ついたとたんから、周囲の誰彼かまわずそう言い続けなければならない立場にあった。僕にとってのアリガトウゴザイマスは、感謝の言葉である前に、自分が生きてゆくために唱え続けなければならぬ、呪文のようなものだった。

たとえば、後輩たちが設《しつら》えてくれたあの送別会の挨拶で、僕はきちんとその言葉を言えたのだろうか。関連会社の一役員には分不相応にちがいない豪華な宴席と百人を超す参会者たちに向かって、けっして生きてゆくための呪文などではない感謝の言葉を、心をこめて口にすることができただろうか。

あれこれ考えながらプラットホームを歩むうちに、次々と発車する地下鉄は通勤客を呑みこみ、ふと気付けば僕は、すっかり人影の掃かれた光の中に立っていた。


おとうさん、と呼ぶ声を聴いたような気がした。

ひとけのないプラットホームを見渡した。僕は家族から、それぞれちがう呼び方をされている。パパ。おやじ。あなた。

「おとうさん」

二度目ははっきりと聴こえた。僕をそう呼んでくれたのは、後にも先にもひとりきりだった。低い天井を支える柱をあちこちめぐりながら、僕はハルヤハルヤと声を上げた。

「ここだよ、おとうさん」

小さな春哉が支柱の蔭から顔を覗かせて、にっこりと笑った。

お気に入りの青いブルゾンに、裾を折り上げたオーバーオール。僕に似ていると思っていたが、こうして見ると節子のミニチュアだ。

春哉が死んだあと、「おとうさん」と「おかあさん」はわが家の禁句となった。誰が言い出すでもなく、春哉とともに葬られたのだった。

地下鉄の風は温かくて、穢れなく澄み渡っていた。東京の大地が濾過《ろか》した清らかな風の中を、僕は逸《はや》る気持ちをどうにか抑えながら、春哉に向かって歩いた。

「おとうさん、カッコいい」

唇を結び、奥歯を嚙みしめた。世界中の誰よりも、おまえにほめてもらいたかった。いつだってそう思いながら働いていた。

「そうか。だが、鞄がないんだ。もう持ち歩くものが何もない。書類も、名刺も」

歩み寄って、目の高さに屈みこんだ。小さな掌《てのひら》が、真っ白になった僕の髪を梳《くしけず》った。

「どうしてさ」

「定年になったんだよ」

「テイネン、って」

「年をとっちまったから、会社を辞めたんだ」

「それって、クビ？」

「クビじゃないさ。卒業だよ」

「おとうさん、カッコいいのに」

オーバーオールの腰を抱き寄せた。ブルゾンの襟首からは、まだ乳臭さが漂い出ていた。そんな齢だったのだ。

「カッコよくなんかないよ」

「どうしてさ」

「おまえを――」と言ってしまってから、僕は言葉を吸い戻した。僕の母がわが子をそう呼び捨てられなかったように、僕が春哉をそんなふうに呼んではならないと思った。

「おとうさんは、君を守りきれなかった」

春哉の顔が歪んだ。

「だって、仕方ないじゃん。おとうさんは会社に行かなきゃならないんだ。お仕事をしなくちゃならないんだから」

僕は小さく春哉を叱った。

「おかあさんのせいじゃないぞ。みんなおとうさんのせいだ。男なんだから、おとうさんのせいだ」

こんな古臭い道徳を掲げているのは、僕らの世代までだろう。いや、もしかしたら僕だけなのかもしれない。それでも僕は、時代遅れの父性とやらを信じ続けていた。おそらく反逆すべきテクストを持たぬままに。

春哉は肯いた。こんな理屈を押しつけてはならないと思ったが、言い換える倫理を、僕はほかに知らなかった。

僕らは地の底の静寂の中にいた。針を落としても谺しそうな黙《しじま》の中に。穢れなき風に吹かれて。

僕も節子も、無理をしていたのだと思う。恵まれた子らにどうにか追いついて、もう二度と遅れてはならないと、懸命に走り続けていた。

そして春哉や茜を、劣等感のかけらも持たぬ子供に仕立てようとした。無理を続けてきた僕らのさらなる無理が、春哉を圧し潰してしまったのかもしれない。

「座ろうよ、おとうさん」

春哉は僕の手を引いて、プラスチックのベンチにいざなった。

「ほら。もう座っていいんだよ」

僕は駅のベンチに腰を下ろしたためしがない。よほど空《す》かない限り、地下鉄の座席にも座らなかった。

若いころはそれくらい、世間に対して引け目を感じていた。少し齢が行ってからは男の見栄で、足腰の衰えを覚えてからは健康のために。早い話が、負けず嫌いだった。

そうか。もう座っていいんだ。

僕が腰を下ろすと、春哉も攀《よ》じるように隣に座った。まだ両足が地面に届かない。

ブルゾンの肩を抱き寄せて、母を想《おも》った。別れの誓いを、母は果たしてくれた。三十五歳の美しい母と地下鉄に乗った。六十歳のもっと美しい母と、静かな入江を歩いた。そして八十を過ぎた幸福な母とクリスマスを祝った。しかし、そのつど母はそうと名乗ってはくれなかった。そして僕を、「おまえ」とは呼べなかった。

僕はきっと母に似ている。顔立ちも、性格も。

「なあ、春哉。おとうさんを迎えにきてくれたんだろ。何だか言いづらそうだけど」

春哉は答えずに俯いて、両足を宙に泳がせていた。

「おとうさんは何もしてやれなかったのに、申しわけないな」

顎を振って春哉は言った。

「幼稚園に送ってくれたじゃないか。ときどきお迎えにもきてくれたし」

「ときどきな」

春哉はようやく顔を上げて僕を見つめた。

「ねえ、おとうさん。お願いがあるの」

「何だよ」

闇の涯てから地下鉄の響きが伝ってきた。

「百歳になったおとうさんと、もういちど地下鉄に乗りたいんだ」

僕は肯いた。あの夜の母の顔をいくらか真似て。

「それでいいのか。淋しくないのか」

「ぼくは男だから、へっちゃらさ。それよか、おかあさんと茜のそばにいてやってよ。おかあさんをもっと大切にしてあげてよ。茜をもっとかわいがってあげてよ。茜の子供たちも、もっと、もっと、もっと」

泣くなと叱りながら僕も泣いた。

姿かたちは節子に生き写しだが、性格は僕にそっくりなのだろうと思った。なぜなら、もし三十五歳と六十歳と八十歳の母の誰かしらが、怯むことなく名乗りを上げてくれたとしても、僕は恨みつらみなど思いもよらず、ただ喪われた時のかたみに、涙を流すだけだったろうから。

暗渠に警笛をとよもして、赤と白の地下鉄がやってきた。

春哉はオーバーオールの尻を滑らせて、ベンチを下りた。

「じゃあね、おとうさん。バイバイ、行ってらっしゃい」

社宅からの通勤がてら送り届けた幼稚園の玄関でそうしたように、春哉は少し淋しげに手を振って、地下鉄に乗ってしまった。

ドアが閉まった。終着駅の先の、あるべくもない線路を、地下鉄はたどり始めた。

振り返そうとした両手を胸前につき出し、何をか乞うように、僕はしばらくプラットホームを歩いた。ハルヤハルヤと呼びながら。ただけだもののように吠えながら。

そして、プラットホームの端に立ち、遠ざかる尾灯に頭《こうべ》を垂れて、「ありがとう」と言った。けっして生きてゆくための呪文ではない、アリガトウゴザイマスを言った。

振り返ればそこは、終着駅の荻窪ではなかった。

新中野。瀕死の僕が担ぎ出された駅。

勇気をふるって歩き出す前に、使い古しのマフラーで顔を拭った。よし。生きるぞ。苦労の釣銭はまだ残っている。節子をみなしごにはさせない。誰も泣かせはしない。

改札を抜け、くすんだタイル壁をたどりながら階段を昇った。穢れなき風が僕を押し上げ、冬空の白い光が僕に手を差し伸べた。

メリー・クリスマス。忘れざる人々のおもかげを胸いっぱいに抱えて、僕はもういちど地下鉄から生まれた。

解説

中江有里

二〇一七年刊行の際に本書の書評を書いたことがある。この度の文庫化にあたり、解説のご依頼を受けて読み直し、以前とは全く違う気持ちで読む自分がいた。一番の変化は二〇二〇年夏にわたしの母が亡くなったことだ。母は本書の主人公・竹脇正一と同じ年の生まれだ。

母は約一年の闘病の末に亡くなった。

一方、正一は六十五歳で倒れ、冒頭から生死の境をさまよっている。一口に六十代と括《くく》るのも憚《はばか》られるが、病が発覚するまで六十代の母は問題なく働いていた。周囲の同年代の方々も同じく昔よりも若いイメージがあるし、実際お元気な方が多いように思う。

そんなある日母の病がわかり、その時点で「よく持って一年半」と医師から告知された。でもその時が迫るまでどうしても実感が持てなかった。

人との別れは突然やってくる。

母の死でわたしはやっと痛感した。

だから突然正一が倒れて、死に直面している現実に、家族、友人たちが正一とのこれまでを回想するのがよくわかる。まだ死んではいない、だけど生きる望みは薄い。もう周囲の人間は何もできない。だから思い出を巡り、ただ祈るしかないのだ。

竹脇正一と同期入社の堀田憲雄は社長となり、疎遠になってしばらくたつ。互いの社内の立場がそうさせたのか、正一自身、社長に対する遠慮もあっただろう。堀田には、会社を去る正一の送別会のことも知らされなかった。送別会の帰りに旧友が倒れ、集中治療室へ運ばれたことを知ったのは週明けのことだった。

堀田は夜の会食への出席を遅らせて、正一のいる病院へと向かう。心をよぎる正一との思い出。その背後には罪悪感もある。

死の間際にいるその人に関わった人は自分にできることがなかったのか、と考えずにはいられない。せめて病床で声をかけて、間際に駆けつけたことだけでも伝えたい。それで長く疎遠だった罪滅ぼしができるとは思わなくても。

大事な人がこの世から消えようとしている時、言うべきことはなかったか。やってあげられることはなかったか。ちゃんと恩義を返せたか、ひたすらに考える。妻の節子、娘の夫の武志、正一と同じ通勤電車に乗り合わせていた看護師の児島直子……それぞれ口には出せぬ正一への思いを抱いていた。

特に正一と同じ施設で育った幼馴染《おさななじみ》の永山徹は血縁ではないが、これ以上ないほどの絆《きずな》で結ばれていた。他人であっても同じ境遇で育った二人は精神的な双子のようだ。

やがて正一は目覚める。といっても、精神的な覚醒といえばいいのだろうか、彼が語り始める世界は誰にも見えていない。

生と死の狭間《はざま》は、リアルでありながらドラマティック。正一自身も戸惑っている。リアリストな彼に幽玄の世界は信じがたいのだろう。突然現れ「マダム・ネージュ」と名乗る老女の言葉を疑いながら、食事に誘われて、ベッドから離れると、不思議なことに体中のチューブとコードが抜けて、いつものスーツ姿になっている。誰に咎《とが》められることも止められることもなく、病院を出た。

その後、再びベッドへ戻るも、謎の女性「入江静」と海に出かけ、同じ集中治療室のパーテーションの向こうに眠る榊原勝男とは銭湯に浸《つ》かる……。

正一が此岸《しがん》と彼岸《ひがん》を行き来する様子を読者は追っていく。その過程の中で彼の出自や幼くして亡くした息子のこと、真面目で堅実で目立つ存在でなかった正一が今に至った軌跡があらわになる中で、人の運命のままならなさを感じる。

正一は高度経済成長の波に乗り、就職し、家庭を持ち、人並みの幸せをつかんだ。でも彼には埋めようのない喪失感がある。自分の死を前にして、周囲の人間が回想するように、彼自身だって自分の人生を振り返らずにはいられないのだ。

ところでわたしの母はどうだったのだろう。

病がわかった時は怯《おび》えて、そう早くにあの世に行くまいと父と私に縋《すが》りつかんばかりだった。亡くなる数日前に会った際、辛《つら》そうに口を開いた。痛み止めによる幻覚を見たのか、記憶が混乱しているのか、言っている内容がよくわからない。ただ一度だけ「死なせてくれ」と言われた時だけは、心が引きちぎられるようだった。

母はあの時、どんな思いでそう言ったのか、死を覚悟したのか、生きているのがよほど辛《つら》かったのか、多分自分がその瞬間を迎えるまで、母の言葉をわたしは反芻するのだろう。

そんな母の死を通過したのちに本書を読み、正一の見てきた光景は、同世代の母が過ぎてきた時代でもあったのだと気づいた。

生前に聞くことも、語ることもなかったわたしの知らない母の過ごした時をもっと知りたかった。でも本書でそれを垣間見《かいまみ》られたようにも思う。

正一にとって、自分がこの世に生まれ落ちた理由は一生の課題だった。

自分の生まれた意味を問うことをしないで来た人はいるだろうか。それを考えないでいられるほど自信があって、実力のある人は別として、何物でもない自分を受け入れてくれた親は特別な存在だ。それが最初からなかった正一はどれだけ立派に成長しても、どことなく自信なげに思えるのはそのせいかもしれない。

ここには正一を愛する人が大勢出てくる。だけど唯一親に愛されなかった……ただその一点が大きな喪失になる。

正一にとって動かしようのない事実がどういう理由でこうなったのか、それは本書で確かめてほしいが、それは彼が倒れた地下鉄という場所に大きく関わってくる。浅田次郎さんの名著『地下鉄《メトロ》に乗って』でも地下鉄は過去と現在を繋《つな》ぐ重要な舞台となっている。東京の地下鉄は戦後復興の象徴で、あの時代の郷愁を誘う乗り物なのだ。

登場人物たちはフィクションではあるけど、物語に息づいていなければ読者は感情移入できない。正一は間違いなくこの物語の中で生きて、そしてまもなくその人生を閉じようとしている。読者はその瞬間に立ち会って、彼の人生の閉じ方を見守っている。

そして正一が見る幻想、幻覚……人が死ぬ前に人生が走馬灯のように見えるというが、それが小説となったのではないだろうか。

戦後生まれで戦争の影を落とした一人の男の人生を通して、昭和の面影を描いている。

『地下鉄に乗って』と『おもかげ』は前者は父を追い、後者は母を追う。

まるで幼馴染の正一と徹を思わせる精神的双子のような名著である。

本書は二〇一七年十一月、毎日新聞出版より刊行されました。

|著者|浅田次郎　1951年東京都生まれ。1995年『地下鉄《メトロ》に乗って』で第16回吉川英治文学新人賞、1997年『鉄道員《ぽっぽや》』で第117回直木賞、2000年『壬生《みぶ》義士伝』で第13回柴田錬三郎賞、2006年『お腹《はら》召しませ』で第1回中央公論文芸賞と第10回司馬遼太郎賞、2008年『中原の虹』で第42回吉川英治文学賞、2010年『終わらざる夏』で第64回毎日出版文化賞、2016年『帰郷』で第43回大佛次郎賞をそれぞれ受賞。2015年紫綬褒章を受章。『蒼穹の昴』『珍妃の井戸』『中原の虹』『マンチュリアン・リポート』『天子蒙塵《てんしもうじん》』からなる「蒼穹の昴」シリーズは、累計600万部を超える大ベストセラーとなっている。2019年、同シリーズをはじめとする文学界への貢献で、第67回菊池寛賞を受賞した。その他の著書に、『日輪の遺産』『霞町物語』『歩兵の本領』『天国までの百マイル』『大名倒産』『流人道中記』など多数。

おもかげ

浅田次郎《あさだじろう》

2020年11月13日第1刷発行
2024年4月5日第14刷発行

発行者――森田浩章
発行所――株式会社　講談社
東京都文京区音羽2-12-21　〒112-8001
電話　出版（03）5395-3510
　　　販売（03）5395-5817
　　　業務（03）5395-3615

Printed in Japan

講談社文庫
定価はカバーに
表示してあります

KODANSHA

デザイン―菊地信義
本文データ制作―講談社デジタル製作
印刷―――株式会社KPSプロダクツ
製本―――株式会社国宝社

ISBN978-4-06-520789-5

講談社文庫刊行の辞

二十一世紀の到来を目睫に望みながら、われわれはいま、人類史上かつて例を見ない巨大な転換期をむかえようとしている。

世界も、日本も、激動の予兆に対する期待とおののきを内に蔵して、未知の時代に歩み入ろうとしている。このときにあたり、創業の人野間清治の「ナショナル・エデュケイター」への志を現代に甦らせようと意図して、われわれはここに古今の文芸作品はいうまでもなく、ひろく人文・社会・自然の諸科学から東西の名著を網羅する、新しい綜合文庫の発刊を決意した。

激動の転換期はまた断絶の時代である。われわれは戦後二十五年間の出版文化のありかたへの深い反省をこめて、この断絶の時代にあえて人間的な持続を求めようとする。いたずらに浮薄な商業主義のあだ花を追い求めることなく、長期にわたって良書に生命をあたえようとつとめるところにしか、今後の出版文化の真の繁栄はあり得ないと信じるからである。

同時にわれわれはこの綜合文庫の刊行を通じて、人文・社会・自然の諸科学が、結局人間の学にほかならないことを立証しようと願っている。かつて知識とは、「汝自身を知る」ことにつきていた。現代社会の瑣末な情報の氾濫のなかから、力強い知識の源泉を掘り起し、技術文明のただなかに、生きた人間の姿を復活させること。それこそわれわれの切なる希求である。

われわれは権威に盲従せず、俗流に媚びることなく、渾然一体となって日本の「草の根」をかたちづくる若く新しい世代の人々に、心をこめてこの新しい綜合文庫をおくり届けたい。それは知識の泉であるとともに感受性のふるさとであり、もっとも有機的に組織され、社会に開かれた万人のための大学をめざしている。大方の支援と協力を衷心より切望してやまない。

一九七一年七月

野間省一

我孫子武丸 新装版 8の殺人
我孫子武丸 眠り姫とバンパイア
我孫子武丸 狼と兎のゲーム
我孫子武丸 新装版 殺戮にいたる病
我孫子武丸 修羅の家
有栖川有栖 ロシア紅茶の謎
有栖川有栖 スウェーデン館の謎
有栖川有栖 ブラジル蝶の謎
有栖川有栖 英国庭園の謎
有栖川有栖 ペルシャ猫の謎
有栖川有栖 幻想運河
有栖川有栖 マレー鉄道の謎
有栖川有栖 スイス時計の謎
有栖川有栖 モロッコ水晶の謎
有栖川有栖 インド倶楽部の謎
有栖川有栖 カナダ金貨の謎
有栖川有栖 新装版 マジックミラー
有栖川有栖 新装版 46番目の密室
有栖川有栖 虹果て村の秘密
有栖川有栖 闇の喇《らっ》叭《ぱ》
有栖川有栖 真夜中の探偵
有栖川有栖 論理爆弾
有栖川有栖 名探偵傑作短篇集 火村英生篇
浅田次郎 勇気凜凜ルリの色
浅田次郎 霞町物語
浅田次郎 ひとは情熱がなければ生きていけない〈勇気凜凜ルリの色〉
浅田次郎 シェエラザード(上)(下)
浅田次郎 歩兵の本領
浅田次郎 蒼穹の昴 全四巻
浅田次郎 珍妃の井戸
浅田次郎 中原の虹 全四巻
浅田次郎 マンチュリアン・リポート
浅田次郎 天子《てんし》蒙《もう》塵《じん》 全四巻
浅田次郎 天国までの百マイル
浅田次郎 地下鉄《メトロ》に乗って〈新装版〉
浅田次郎 おもかげ
浅田次郎 日輪の遺産〈新装版〉
青木玉 小石川の家
天樹征丸 画・さとうふみや 金田一少年の事件簿 小説版〈オペラ座館・新たなる殺人〉
天樹征丸 画・さとうふみや 金田一少年の事件簿 小説版〈雷祭《いかずちまつり》殺人事件〉
阿部和重 アメリカの夜
阿部和重 グランド・フィナーレ
阿部和重 A B C〈阿部和重初期作品集〉
阿部和重 ミステリアスセッティング
阿部和重 IP/NN 阿部和重傑作集
阿部和重 シンセミア(上)(下)
阿部和重 ピストルズ(上)(下)
阿部和重 アメリカの夜 インディヴィジュアル・プロジェクション〈阿部和重初期代表作Ⅰ〉
阿部和重 無情の世界 ニッポニアニッポン〈阿部和重初期代表作Ⅱ〉
甘糟りり子 産む、産まない、産めない
甘糟りり子 産まなくても、産めなくても
赤井三尋 翳《かげ》りゆく夏
あさのあつこ NO.6〔ナンバーシックス〕#1
あさのあつこ NO.6〔ナンバーシックス〕#2
あさのあつこ NO.6〔ナンバーシックス〕#3
あさのあつこ NO.6〔ナンバーシックス〕#4
あさのあつこ NO.6〔ナンバーシックス〕#5

あさのあつこ　NO.6〔ナンバーシックス〕#6
あさのあつこ　NO.6〔ナンバーシックス〕#7
あさのあつこ　NO.6〔ナンバーシックス〕#8
あさのあつこ　NO.6〔ナンバーシックス〕#9
あさのあつこ　NO.6beyond〔ナンバーシックス・ビヨンド〕
あさのあつこ　待ってる〈橘屋草子〉
あさのあつこ　さいとう市立さいとう高校野球部(上)(下)
あさのあつこ　甲子園でエースしちゃいました〈さいとう市立さいとう高校野球部〉
あさのあつこ　おれが先輩？〈さいとう市立さいとう高校野球部〉
阿部夏丸　泣けない魚たち
朝倉かすみ　肝、焼ける
朝倉かすみ　好かれようとしない
朝倉かすみ　ともしびマーケット
朝倉かすみ　感応連鎖
朝倉かすみ　たそがれどきに見つけたもの
朝比奈あすか　憂鬱なハスビーン
朝比奈あすか　あの子が欲しい
天野作市　気高き昼寝
天野作市　みんなの旅行

青柳碧人　浜村渚の計算ノート
青柳碧人　浜村渚の計算ノート 2さつめ〈ふしぎの国の期末テスト〉
青柳碧人　浜村渚の計算ノート 3さつめ〈水色コンパスと恋する幾何学〉
青柳碧人　浜村渚の計算ノート 3と1/2さつめ〈ふえるま島の最終定理〉
青柳碧人　浜村渚の計算ノート 4さつめ〈方程式は歌声に乗って〉
青柳碧人　浜村渚の計算ノート 5さつめ〈鳴くよウグイス、平面上〉
青柳碧人　浜村渚の計算ノート 6さつめ〈パピルスよ、永遠に〉
青柳碧人　浜村渚の計算ノート 7さつめ〈悪魔とポタージュスープ〉
青柳碧人　浜村渚の計算ノート 8さつめ〈虚数じかけの夏みかん〉
青柳碧人　浜村渚の計算ノート 8と2分の1さつめ〈つるかめ家の一族〉
青柳碧人　浜村渚の計算ノート 9さつめ〈恋人たちの必勝法《マーチンゲール》〉
青柳碧人　浜村渚の計算ノート 10さつめ〈ラ・ラ・ラ・ラマヌジャン〉
青柳碧人　霊視刑事夕雨子《ゆうこ》1〈誰かがそこにいる〉
青柳碧人　霊視刑事夕雨子2〈雨空の鎮魂歌《レクイエム》〉
朝井まかて　花《はな》競《くら》べ〈向嶋なずな屋繁盛記〉
朝井まかて　ちゃんちゃら
朝井まかて　すかたん
朝井まかて　ぬけまいる
朝井まかて　恋歌

朝井まかて　阿《お》蘭《らん》陀《だ》西《さい》鶴《かく》
朝井まかて　藪《やぶ》医《い》 ふらここ堂
朝井まかて　福袋
朝井まかて　草々不一
歩《あゆみ》りえこ　ブラを捨て旅に出よう〈貧乏乙女の〝世界一周〟旅行記〉
安藤祐介　営業零課《ぜろか》接待班
安藤祐介　被取締役《とりしまられやく》新入社員
安藤祐介　おい！山田〈大翔製菓広報宣伝部〉
安藤祐介　宝くじが当たったら
安藤祐介　一〇〇〇ヘクトパスカル
安藤祐介　テノヒラ幕府株式会社
安藤祐介　本のエンドロール
青木理　絞首刑
麻見和史　石の繭〈警視庁殺人分析班〉
麻見和史　蟻《あり》の階段〈警視庁殺人分析班〉
麻見和史　水晶の鼓動〈警視庁殺人分析班〉
麻見和史　虚空の糸〈警視庁殺人分析班〉
麻見和史　聖者の凶数〈警視庁殺人分析班〉
麻見和史　女神の骨格〈警視庁殺人分析班〉

麻見和史 蝶の力学〈警視庁殺人分析班〉
麻見和史 雨色の仔羊〈警視庁殺人分析班〉
麻見和史 奈落の偶像〈警視庁殺人分析班〉
麻見和史 鷹《たか》の砦《とりで》〈警視庁殺人分析班〉
麻見和史 凪《なぎ》の残響〈警視庁殺人分析班〉
麻見和史 天空の鏡〈警視庁殺人分析班〉
麻見和史 賢者の棘《とげ》〈警視庁殺人分析班〉
麻見和史 深紅の断片〈警防課救命チーム〉
麻見和史 邪神の天秤〈警視庁公安分析班〉
麻見和史 偽神の審判〈警視庁公安分析班〉
有川浩 三匹のおっさん
有川浩 三匹のおっさん ふたたび
有川浩 ヒア・カムズ・ザ・サン
有川浩 旅猫リポート
有川ひろ アンマーとぼくら
有川ひろ ほか ニャンニャンにゃんそろじー
荒崎一海 門前仲町〈九頭竜覚山 浮世綴㈠〉
荒崎一海 蓬莱橋雨景〈九頭竜覚山 浮世綴㈡〉
荒崎一海 寺町哀感〈九頭竜覚山 浮世綴㈢〉

荒崎一海 小《お》名《な》木《き》川《がわ》〈九頭竜覚山 浮世綴㈣〉
荒崎一海 一色町雪花〈九頭竜覚山 浮世綴㈤〉
朱野帰《かえ》子《こ》 駅物語
朱野帰子 対岸の家事
東浩紀 一般意志2・0〈ルソー、フロイト、グーグル〉
朝倉宏景 白球アフロ
朝倉宏景 野球部ひとり
朝倉宏景 つよく結べ、ポニーテール
朝倉宏景 あめつちのうた
朝倉宏景 エール〈夕暮れサウスポー〉
朝倉宏景 風が吹いたり、花が散ったり
朝井リョウ スペードの3
朝井リョウ 世にも奇妙な君物語
有沢ゆう希 末次由紀 原作 〈小説〉ちはやふる 上の句
有沢ゆう希 末次由紀 原作 〈小説〉ちはやふる 下の句
有沢ゆう希 末次由紀 原作 〈小説〉ちはやふる 結び
有沢ゆう希 小説 パーフェクトワールド〈君といる奇跡〉
有沢ゆう希 原作：金田一蓮十郎 脚本：徳永友一 小説 ライアー×ライアー
秋川滝美 幸《こう》腹《ふく》な百貨店

秋川滝美 幸腹な百貨店〈デパ地下おにぎり騒動〉
秋川滝美 幸腹な百貨店〈催事場で蕎麦屋呑み〉
秋川滝美 マチのお気楽料理教室
秋川滝美 ヒソップ亭〈湯けむり食事処〉
秋川滝美 ヒソップ亭2〈湯けむり食事処〉
赤神諒 神遊の城
赤神諒 大友二階崩れ
赤神諒 大友落月記
赤神諒 酔象の流儀 朝倉盛衰記
赤神諒 空《うつせ》貝《がい》〈村上水軍の神《しん》姫《き》〉
赤神諒 立花三将伝
彩瀬まる やがて海へと届く
浅生鴨 伴走者
天野純希 有楽斎の戦
天野純希 雑《さい》賀《か》のいくさ姫《ひめ》
青木祐子 コーチ！〈はげまし屋・立花ことりのクライアントファイル〉
秋《あき》保《う》水《すい》菓《か》 コンビニなしでは生きられない
相沢沙呼 medium《メディウム》 霊媒探偵城塚翡翠《じょうづかひすい》
相沢沙呼 invert《インヴァート》 城塚翡翠倒叙集

講談社文庫　目録

池井戸　潤　新装版 不祥事
池井戸　潤　ルーズヴェルト・ゲーム
池井戸　潤　半沢直樹 1〈オレたちバブル入行組〉
池井戸　潤　半沢直樹 2〈オレたち花のバブル組〉
池井戸　潤　半沢直樹 3〈ロスジェネの逆襲〉
池井戸　潤　半沢直樹 4〈銀翼のイカロス〉
池井戸　潤　半沢直樹 アルルカンと道化師
池井戸　潤　花咲舞が黙ってない〈新装増補版〉
池井戸　潤　ノーサイド・ゲーム
池井戸　潤　新装版 BT'63 (上)(下)
石田衣良　LAST[ラスト]
石田衣良　東京DOLL
石田衣良　てのひらの迷路
石田衣良　40《フォーティ》 翼ふたたび
石田衣良　sex
石田衣良　逆《さか》島《しま》断《たつ》雄《お》〈進駐官養成高校の決闘編1〉
石田衣良　逆島断雄〈進駐官養成高校の決闘編2〉
石田衣良　逆島断雄〈本土最終防衛決戦編1〉
石田衣良　逆島断雄〈本土最終防衛決戦編2〉

石田衣良　初めて彼を買った日
井上荒野　ひどい感じ—父・井上光晴
稲葉　稔　椋鳥の影〈八丁堀手控え帖〉
いしいしんじ　プラネタリウムのふたご
いしいしんじ　げんじものがたり
伊坂幸太郎　チルドレン
伊坂幸太郎　サブマリン
伊坂幸太郎　魔王〈新装版〉
伊坂幸太郎　モダンタイムス(上)(下)〈新装版〉
伊坂幸太郎　PK〈新装版〉
絲山秋子　袋小路の男
石黒　耀　死都日本
石黒　耀　忠臣蔵異聞〈家老 大野九郎兵衛の長い仇討ち〉
犬飼六岐　筋違い半介
犬飼六岐　吉岡清三郎貸腕帳
石川大我　ボクの彼氏はどこにいる？
石松宏章　マジでガチなボランティア
伊東　潤　国を蹴った男
伊東　潤　峠越え

伊東　潤　黎明に起《た》つ
伊東　潤　池田屋乱刃
石飛幸三　「平穏死」のすすめ〈口から食べられなくなったらどうしますか〉
伊藤理佐　女のはしょり道
伊藤理佐　また！ 女のはしょり道
伊藤理佐　みたび！ 女のはしょり道
石黒正数　外《げ》天《てん》楼《ろう》
伊与原　新　ルカの方《はこ》舟《ぶね》
伊与原　新　コンタミ 科学汚染
稲葉圭《よし》昭《あき》　恥さらし〈北海道警 悪徳刑事の告白〉
稲葉博《ひろ》一《いち》　忍者烈伝
稲葉博一　忍者烈伝ノ続
稲葉博一　忍者烈伝ノ乱〈天之巻〉〈地之巻〉
伊岡　瞬　桜の花が散る前に
石川智健　エウレカの確率〈経済学捜査と殺人の効用〉
石川智健　60《ロクジュウ》〈誤判対策室〉
石川智健　20《ニジュウ》〈誤判対策室〉
石川智健　第三者隠蔽機関
石川智健　いたずらにモテる刑事の捜査報告書

井上真偽《まぎ》 その可能性はすでに考えた
井上真偽 聖女の毒杯〈その可能性はすでに考えた〉
井上真偽 恋と禁忌の述語論理《プレディケット》
泉 ゆたか お師匠さま、整いました！
泉 ゆたか お江戸けもの医 毛玉堂
泉 ゆたか 玉《たま》の輿《こし》猫〈お江戸けもの医 毛玉堂〉
伊兼源太郎 地検のS
伊兼源太郎 Sが泣いた日〈地検のS〉
伊兼源太郎 Sの幕引き〈地検のS〉
伊兼源太郎 巨悪
伊兼源太郎 金庫番の娘
逸木 裕 電気じかけのクジラは歌う
今村翔吾 イクサガミ 天
今村翔吾 イクサガミ 地
入月英一 信長と征《ゆ》く 1・2〈転生商人の天下取り〉
磯田道史 歴史とは靴である
石原慎太郎 湘南夫人
井戸川射子 ここはとても速い川
五十嵐律人 法廷遊戯

五十嵐律人 不可逆少年
一色さゆり 光をえがく人
石沢麻依 貝に続く場所にて
一穂ミチ スモールワールズ
伊藤穰一 〈増補版〉教養としてのテクノロジー〈AI、仮想通貨、ブロックチェーン〉
内田康夫 シーラカンス殺人事件
内田康夫 パソコン探偵の名推理
内田康夫 「横山大観」殺人事件
内田康夫 江田島殺人事件
内田康夫 琵琶湖周航殺人歌
内田康夫 夏泊殺人岬
内田康夫 「信濃の国」殺人事件
内田康夫 風葬の城
内田康夫 透明な遺書
内田康夫 鞆《とも》の浦《うら》殺人事件
内田康夫 終幕《フィナーレ》のない殺人
内田康夫 御堂筋殺人事件
内田康夫 記憶の中の殺人
内田康夫 北国街道殺人事件

内田康夫 「紅藍《くれない》の女《ひと》」殺人事件
内田康夫 「紫《むらさき》の女《ひと》」殺人事件
内田康夫 藍色回廊殺人事件
内田康夫 明日香の皇子
内田康夫 華の下にて
内田康夫 黄金の石橋
内田康夫 靖国への帰還
内田康夫 不等辺三角形
内田康夫 ぼくが探偵だった夏
内田康夫 逃げろ光彦〈内田康夫と5人の女たち〉
内田康夫 悪魔の種子
内田康夫 戸隠伝説殺人事件
内田康夫 新装版 死者の木霊
内田康夫 新装版 漂泊の楽人
内田康夫 新装版 平城山《ならやま》を越えた女
内田康夫 秋田殺人事件
内田康夫 孤道
和久井清水 孤道 完結編〈金色の眠り〉
内田康夫 イーハトーブの幽霊

講談社文庫　目録

2023年12月15日現在